Percy Jackson

# 波西傑克森

## 天神聖杯

雷克·萊爾頓 Rick Riordan◎著

王心瑩◎譯



遠流

# 波西傑克森 6 天神聖杯

## 目錄

1 我被沖下去了 …… 11
2 我爸出手幫忙（沒有眞的出手啦） …… 20
3 我們抱怨著任務和南瓜 …… 28
4 我帶花美男去喝果昔 …… 37
5 大家都討厭甘尼梅德因爲他好漂亮 …… 44
6 因爲甘草的關係 …… 52
7 大驚嚇：我觸怒了女神 …… 62
8 我想找媽媽 …… 69
9 狂雞先馳得點 …… 77
10 我唱歌讓情況更糟，大家超震驚 …… 87
11 我們一張彩券都沒贏到 …… 96
12 甘尼梅德幫我倒滿飲料 …… 102
13 在農夫市集找死掉的東西 …… 110
14 伊麗絲給我一根棍子 …… 119

15揚克斯！…… 128
16格羅佛用力吹出小蛇之歌 …… 136
17帶來厄運的男士髮髻 …… 146
18安娜貝斯用花草茶戰勝一切 …… 154
19我嘗了一口彩虹，滿噁的 …… 162
20伊麗絲接受行動支付 …… 170
21我提供人際關係的建議，是認真的 …… 178
22我得到一個杯子蛋糕和大驚喜 …… 186
23甘尼梅德炸掉所有飲料 …… 194
24我刷了牙（用最英雄式的刷法） …… 203
25遇到高腳杯怪客 …… 210
26我針對自己的解體條款進行協商 …… 220
27我的臨終遺言超糗的 …… 228
28開始有玩具從天而降 …… 235
29我在「早午餐山」的斷崖險境上搖搖欲墜 …… 242
30潛入閃電天神三〇〇〇的巢穴 …… 251

31 面對危險掠食者，她可能是我未來岳母 …… 260
32 格羅佛吃掉我的剩菜 …… 269
33 看在懷舊的份上，再多來點快樂牧場 …… 279
34 我寫了史上最糟的信，刪除，刪除 …… 284
35 差不多是有史以來最棒的晚安吻 …… 291

# 系列榮耀肯定

★《時代》雜誌評選史上最佳百本青少年書
★《紐約時報》暢銷排行榜第一名
★《紐約時報》最佳圖書獎
★《出版者週刊》暢銷排行榜第一名
★美國圖書館協會最佳圖書獎
★《學校圖書館期刊》最佳圖書獎
★全國英文教師協會最佳童書獎
★美國NBC電視台「The Today Show」讀書俱樂部好書精選
★《兒童雜誌》最佳圖書獎
★VOYA最佳小說獎
★YALSA最佳青少年圖書獎
★CCBC最佳選書獎
★英國紅屋圖書獎

★英國阿斯庫斯圖書館組織火炬獎
★英國沃里克郡最佳圖書獎
★芝加哥圖書館最佳圖書獎
★猶他州兒童文學協會蜂巢獎
★維吉尼亞州讀者選書
★馬克吐溫讀者選書獎
★緬因州學生圖書獎
★新澤西州青少年圖書獎
★麻州最佳圖書獎
★亞利桑那州學生最佳圖書獎
★路易斯安那州青年讀者選書獎
★南卡羅萊納州青年讀者選書獎
★北卡羅萊納州童書獎入圍
★德州圖書館協會藍帽獎入圍
★懷俄明州翔鷹獎入圍

獻給沃克、雅利安和莉亞*

這裡通往全新的開始！

* 沃克・斯科貝爾（Walker Scobell）、雅利安・辛哈德里（Aryan Simhadri）和莉亞・薩瓦・傑佛瑞斯（Leah Sava Jeffries）主演〈波西傑克森〉電視影集，於二〇二三年十二月在Disney+頻道首播。

# 1 我被沖下去了

跟你說喔，我本來不想成爲高三學生。

我很希望老爸能幫我寫張字條：

親愛的隨便哪位：

請准許波西．傑克森永遠不用去學校，就把畢業證書發給他吧。

謝啦。

波塞頓❶

我認爲這是我應得的，畢竟從十二歲以來，我與很多天神和怪物大戰過數百回合。我拯救過這個世界……三次嗎？還是四次？次數多到數不清。你不需要知道細節。在這個當下，我甚至不確定自己還記不記得那些細節。

❶波塞頓（Poseidon），希臘神話中的海神，掌管整個海域，力量象徵物是三叉戟。

也許你會想：「可是，哇！你是希臘天神的兒子耶！那一定很神奇！」

實情是什麼呢？大多數時候，身爲半神半人實在是超嘔的。如果有人跟你說不是這樣，他一定只是想招募你去出任務。

所以呢，我人在這裡，在開學的第一天早上，踏著蹣跚的步伐，走在剛轉學的一所高中的走廊上……對，又轉學了，由於神祕的失憶症（很可怕，不要問）而錯過高中的整個一年級之後。

我的課本都快從臂彎裡掉出去，卻完全不曉得該去哪裡上我的第三節英文課。之前的數學課和生物課已經害我的腦袋熔掉了，眞不知道該怎麼撐完這一天。

就在這時，擴音器劈劈啪啪傳出一個聲音：「波西．傑克森，請到輔導室報到。」

至少還沒有其他學生認識我，沒有人看到我就笑出來。我只是轉過身，表現出一副漫不經心的樣子，慢慢往回走，前往行政大樓。

「替代中學」校區的前身是紐約市皇后區的一所小學，表示這裡的書桌都是兒童尺寸，也沒有置物櫃，因此你必須帶著自己所有的家當，從一間教室移動到另一間教室。路過每一條走廊，我都可以找到一些很嗨的標記，提醒你這所學校以前的童年時光，像是牆上有手指沾染顏料的按壓汙跡、消防栓上的獨角獸貼紙快要剝落，偶爾還有果汁和全麥餅乾的氣味不知從哪裡飄來。

只要有人需要完成高中學業，替代中學來者不拒。如果你是從少年感化院回歸學校，或者有嚴重的學習落差，或者恰巧是運氣超差的半神半人，都沒有問題。這裡也是紐約地區唯一一所讓我念高中三年級的學校，而且協助我補修高一錯過的所有學分。

從好的一面來看，這個學校有游泳隊，也有奧運比賽規格的游泳池（搞不懂為什麼會有），所以我的繼父保羅．布魯菲斯認為這所學校很適合我。我答應他會試試看。

我也答應我的女朋友，安娜貝斯。我們的計畫是我會準時畢業，這樣兩人就可以一起去念大學。我不想讓她失望。一想到她獨自離開這裡前往加州，總是讓我晚上睡不著覺……

我找到輔導室的所在地，這裡以前一定曾是醫務室。我是從牆上的一幅圖畫推測的，畫中有一隻可憐的紫色青蛙，嘴裡含著一支溫度計。

「傑克森同學！請進！」

輔導老師繞過她的辦公桌走來，準備跟我握手，接著才發現我的懷裡抱著將近三千公斤的課本。

「啊，就找個地方放下吧，」她說：「請坐！」

她指著一張藍色塑膠椅，那對我來說大概矮了三十公分吧。坐在那張椅子上，我的視線與她桌上的「快樂牧場」糖果罐一樣高。

「好的！」輔導老師對我眉開眼笑，她坐在成年人尺寸的椅子上，看起來很舒適。她的眼鏡像玻璃瓶一樣厚，看著她的眼睛令人頭暈目眩。她的灰髮捲成一排排扇貝的模樣，讓我聯想到牡蠣的養殖場。「你適應得怎麼樣？」

「椅子有點太矮。」

「我是說學校。」

「嗯，我只上了兩節課……」

「你開始申請大學了嗎？」

「我才剛到這裡。」

「完全正確！我們已經落後了！」

我瞥了那隻紫色青蛙一眼，看起來牠的感受跟我一樣悲慘。「嗯，這位老師……」

「叫我歐朵拉，」她興高采烈說道：「好了，來看看我們有哪些介紹摺頁。」

她在辦公桌上翻找一番。「紐約大學理工學院。波士頓大學。紐約大學。亞利桑那州立大學。佛羅里達大學。不行，不行，不行。」

我想要阻止她。我的太陽穴陣陣抽痛。我的注意力不足及過動症在全身皮膚底下砰砰作響，像撞球一樣。我今天無法思考大學的事。

「老師，我很感激你的幫忙，」我說：「可是呢，說真的，我算是已經有計畫了。如果能夠順利挺過這一年……」

「是的，新羅馬大學。」她說著，還在翻找她的辦公桌抽屜。「可是凡人的輔導老師好像沒有那裡的摺頁。」

我的耳朵發出砰的一聲，喉嚨底部嘗到鹹水的滋味。「凡人的輔導老師？」

我的手悄悄移向牛仔褲的口袋，那裡放著我最喜歡的武器：一支致命的原子筆。這不會是我第一次得在學校保護自己、抵擋攻擊。你很驚訝吧，竟然有這麼多老師、行政人員和其他的學校職員是怪物僞裝的；也說不定你覺得沒什麼好驚訝的。

「你是誰？」我問。

她坐直身子，面露微笑。「我跟你說過了，我是歐朵拉。」

我更仔細地端詳她。她的捲髮其實眞的是一排排的牡蠣。她的衣服閃閃發亮，很像水母的外膜。

「迷霧」的作用方式好詭異啊。即使是半神半人，早就對於超自然事物見怪不怪，但你還是得要很專心，才能看透人類世界和天神世界之間的障礙物。要不然呢，「迷霧」就像是在你見到的事物表面裹上一層灰泥，於是勒斯岡巨人看起來像普通行人，或者一隻巨大的古蛇龍看起來像紐約的N線地鐵。（而且相信我，一隻古蛇龍轟然衝進阿斯托利亞林蔭路車站❷的時候，嘗試要擠上去其實還滿尷尬的。）

「你把正常的輔導老師怎麼了？」我問。

歐朵拉揮揮手，一臉輕蔑的樣子。「喔，不用擔心她，她沒辦法幫你申請新羅馬大學。就是因爲那樣，我才會在這裡！」

---

❷阿斯托利亞林蔭路車站（Astoria Boulevard station）位於紐約市皇后區。

她的語氣有某種因素讓我覺得……雖然不是百分之百確定，但至少沒有威脅到我的人身安全。也許她只吃掉了其他輔導老師。

她的存在也帶來熟悉的感覺——我鼻孔裡的鹹味氣息，還有我耳朵裡的壓力，彷彿待在水底下三百公尺的地方。我回想起以前曾遇過像她這樣的人，當時我十二歲，位於密西西比河的河底。

「你是海精靈。」我說。

歐朵拉輕笑一聲。「對啊，波西，當然是。你以爲我是樹精靈嗎？」

「那麼……是我父親派你過來的嗎？」

她挑起一邊眉毛，彷彿開始擔心我的領悟力有點慢。說也奇怪，我經常接收到這種神情。

「是的，親愛的，是波塞頓。你的父親？我的老闆？好吧，很抱歉我找不到介紹摺頁，不過我知道要申請新羅馬大學，你會需要所有一般人類的入學條件：考試成績、正式的成績報告單，還有最新的教育心理評估結果。那些都不是問題。」

「眞的嗎？」我經歷了那麼多事情以後，這樣評估最後一項可能太早了吧。

「不過呢，你還需要符合幾項，啊，特殊的入學條件。」

我嘴裡的鹹水滋味變得更鮮明了。「什麼樣的特殊條件？」

「有沒有人對你說過天神的推薦信？」她一副眞心希望答案是「有」的樣子。

「沒有。」我說。

她搖晃那個「快樂牧場」糖果罐。「這樣啊。嗯，你會需要三封推薦信，來自三位不同的天神。不過我敢說，以你這種資質的半神半人……」

「什麼？」

歐朵拉嚇了一跳。「不然呢，我們可以找找看一些備用的學校名單。霍霍庫斯[3]社區大學很棒喔！」

「你是在開玩笑嗎？」

那位海精靈的臉龐開始發亮。有鹹水從她的牡蠣殼頭髮滴下來。

我好生氣，感覺實在很差。這不是她的錯，我知道她只是想要幫我的忙，因爲奉了我爸的命令。然而，我可不想在星期一早上面對這種消息。根本永遠不想面對。

我努力讓呼吸慢下來。「抱歉，只是……我很需要去新羅馬。這麼多年來，我已經幫眾神做了一大堆事。難道不能乾脆一點，例如，我用電子郵件把推薦信的格式寄給他們……？」

歐朵拉的眉毛糾結成一團。這時她的衣服滴出一大灘海水，在綠色磁磚地板上逐漸擴大，連我的課本都快要浸到那灘水了。

我嘆了一口氣。「呃。我得執行全新的任務，對吧？」

「嗯，親愛的，大學的招生過程永遠都很有挑戰性，不過我在這裡就是要幫忙……」

[3] 霍霍庫斯（Ho-Ho-Kus）是美國紐澤西州的一個小鎮，距離紐約市大約五十公里。

「這樣如何？」我說：「如果我父親真的想要幫忙，也許他應該親自向我解釋這件事，而不是派你來這裡宣布壞消息。」

「喔。嗯，那樣會，呃……」

「沒把角色扮演好。」我表示同意。

歐朵拉的髮型（還是殼型？）裡面出現某種嗡嗡聲，害她嚇得跳起來。我忍不住心想，說不定她在牡蠣殼裡塞了一隻電鰻，但她隨即拉出其中一個殼。「抱歉。我得接這通電話。」

她把那個殼附到耳朵上。「哈囉？……喔，是的，長官！我……是的，我知道。當然好。馬上。」

她把那個殼放在桌面上，盯著它看，活像是很怕它又響起來。

「老爸？」我猜測說。

她努力想擠出微笑。鹹水池依然在辦公室的地板上向外擴散，浸溼了我的課本，也滲透我的鞋子。

「他認為你說的可能有道理，」歐朵拉說：「他會親自向你解釋這件事。」

她說「親自」的語氣，很像大多數老師說「留校察看」的語氣。

我努力想表現出像是吵架吵贏的酷樣，但是我和我爸已經有……好一陣子沒有交談了。他通常只在某一場戰爭快要爆發時，才把我找去他的水底宮殿。我還滿希望他會給我一週左右的時間，讓我在學校安頓下來，然後再召喚我過去。

「好的。那麼……我現在可以回去上課嗎？」

「喔，親愛的，不行。他是指『現在』。」

在我的雙腳周圍，那些水旋轉起來，變成一個迷你颶風。磁磚開始破裂且消散。

「不過別擔心，」歐朵拉保證說：「我們會再見面！」

地板從我的椅子下方猛然墜落，只聽見「嘩！」的一聲轟隆巨響，我掉進一個激烈攪動的漩渦中。

# 2 我爸出手幫忙（沒有真的出手啦）

你知道自己是半神半人已經太久了，因此那個漩渦把你從學校沖出來、直接進入大西洋時，你甚至沒有覺得很驚訝。

我沒有試著對抗那道水流。我可以在水底下呼吸，因此這不是什麼問題。

我就坐在那張藍色塑膠椅上，急速衝過由兩百億公升的海嘯所驅動的「波塞頓牌私人抽水馬桶系統」。你還來不及說「嗯，這爛死了」，我就從海底被噴出來，活像是有隻軟體動物把我咳出來那樣。

等到周圍霧茫茫的沙塵終於落定，我想辦法搞清楚自己的方位。我的航海感官告訴我，這裡大約是在長島海岸的東南方六十公里處，深度六十公尺：對波塞頓之子來說沒什麼大不了，不過呢，各位同學，不要在家裡嘗試這種事喔。

在我的前方一百公尺處，大陸棚陡降到黑暗裡。而就在絕壁的上方，座落著一棟金碧輝煌的宮殿：波塞頓的夏日行宮。

如同以往，我爸正在重新打造那座宮殿。我猜啊，如果你有永生不死之身，好幾千年都住在同一棟屋子裡，你肯定會感到很厭煩。波塞頓似乎永遠都在拆除內裝、重新裝潢或向外擴建。而位於海底的營建計畫又更省事，因爲他有永遠用不完的動力和免費的勞力。

一對藍鯨正在拖拉一根大理石柱，那根柱子足足有一棟公寓樓房那麼大。雙髻鯊用牠們的魚鰭和「頭翼」，在一排排珊瑚礁構造之間塗抹水泥漿。數百隻人魚四處奔走，全都戴著亮黃色的硬帽，很搭配牠們那雙宛如燈火的眼睛。

幾位人魚向我招手，於是我游泳穿越工地現場。一隻穿著反光安全背心的海豚與我互相擊掌。

找到我爸了，他站在一個建造到一半的無邊際游泳池旁邊，低頭看著哈德遜海底峽谷的深淵。我不確定無邊際泳池的意義是什麼，畢竟你已經在水底下了，但我知道最好別問。大多數時候，我爸還滿隨性的，但是你不會想要質疑他在生活風格方面的選擇。

舉例來說，他的服裝。

我遇過一些希臘天神很喜歡每天改變自己的外貌。身爲天神，你知道的，他們當然辦得到。不過波塞頓似乎選定了一種適合他的外貌，即使那種外貌不適合其他人。

今天呢，他穿著皺皺的工作短褲，搭配他的鱷魚鞋和襪子。他身上的短袖襯衫看起來曾是漆彈射擊大戰的目標，交戰雙方是「紫色隊」和「凱蒂貓隊」；頭上漁夫帽的邊緣裝飾著釣魚用的旋轉亮片誘餌。他的手上有一把神界青銅三叉戟，充滿力量而砰砰作響，三根可怕的尖刺讓周遭水域爲之沸騰。

看著他的運動員體格、修剪整齊的黑鬍子、黑白夾雜的捲髮，你會認爲他大概四十五歲……直到他轉過身，對著你微笑。然後你注意到他臉上的皺紋，很像飽受侵蝕的山坡，加上一雙深邃憂愁的綠眼睛，於是你可以感受到這傢伙比大多數的國家更老——強大、古老，而且承受很多事物的壓力，不只是水壓。

「波西。」他說。

「嗨。」

我們進行像這樣的深度對話。

他的微笑很緊繃。「新學校怎麼樣？」

我嚥下內心的衝動，本來是想指出我才上了兩節課，就被沖到大海裡面來了。「到目前爲止還好。」

我的語氣一定沒什麼說服力，因爲我爸那對濃密的眉毛皺成一團。我想像大西洋沿岸捲起暴風雨雲，船隻在憤怒的浪濤裡激烈搖晃。「如果狀況不好，我很樂意送去一道浪潮……」

「不用，學校很酷，」我急忙說：「那麼，關於大學的那些推薦信……」

波塞頓嘆口氣。「對啊。歐朵拉自告奮勇要去輔導你。她是海精靈，她的才能來自大海，你懂吧，熱愛幫助別人。不過呢，也許她應該等一陣子再宣布這個消息……」

換句話說，現在得由「他」來做這件事，而他不喜歡這樣。

如果你因此而得出結論，認爲波塞頓是「不干涉孩子」的父母，你就贏得雞肉晚餐大獎啦。我甚至一直到讀中學時才見到他，當時（純粹是巧合）他有某件事有求於我。

不過呢，現在我們相處得還不錯，我知道他用自己的方式在關愛我。天神與他們的凡人後代實在很難親密相處，相較於天神，我們半神半人的壽命並不長。對他們來說，我們有點像沙鼠；沙鼠很容易就死掉。況且，波塞頓有很多其他事情要忙：掌管海洋；處理油料外洩、颶風和暴躁的海怪；重新打造他的宅邸等等。

「我只想要去新羅馬大學，」我說：「你有沒有什麼方法可以……？」我搖動自己的手指，試圖指出天神的魔法可以讓問題迎刃而解。並不是說我見識過這種事。天神比較擅長用魔法製造問題，而不是解決問題。

波塞頓用他的三叉戟尖刺梳理自己的鬍子。他怎麼不會割傷臉啊？我眞是搞不懂。

「可惜的是，」他說：「我能夠盡力幫忙的部分就是那些推薦信。只有透過那個方法，奧林帕斯會議才會讓你的負債一筆勾消。」

水底下的溝通方式還滿複雜的。我有時候是把鯨魚的鳴唱聲和喀答聲翻譯成他說的話，有時候又是以心電感應的方式在腦中聽見他的聲音，因此不確定有沒有聽懂他的意思。

「我還沒有任何學生貸款，」我說：「甚至沒有人接受我的申請。」

「不是學生貸款，」波塞頓說：「你的負債是關於……你的存在。」

我聽了心一沉。「你是指身爲『三大天神』的孩子。『你的』孩子。」

波塞頓凝視著遠處，彷彿剛好注意到深淵裡面有什麼新鮮事。我有點期待他會大喊「你看，好閃亮啊！」，然後等我一轉頭，他就消失得無影無蹤。

大約七十年前，宙斯[4]、波塞頓和黑帝斯[5]「三大神」達成一項協議，再也不生下半神半人孩子。我們這些「三大天神」的半神半人孩子，力量太強大，也太難預測了；我們往往會挑起重大的戰爭、引發天然的災害、製作難看的情境喜劇……等等。身爲天神，三大神依然想盡辦法要違反那個協議又不會惹禍上身。然而，受苦的卻是我們這些半神半人孩子。

「我以爲我們已經跨過那個問題了，」我嘀咕著說：「我幫你們打敗了泰坦巨神……」

「我知道。」我爸說。

「還有蓋婭和一堆巨人。」

「我知道。」

「還有……」

「我的兒子。」他的聲音有點尖銳，於是我知道最好別再列出我的暢銷金曲名單。「如果能由我來作主，我會把這種可笑的申請條件一筆勾消。唉，就是有人……」他抬頭往上看，「有人」顯然是「我那位不可理喻的兄弟宙斯」的代號，「有人堅持要照規矩來。你本來是絕對不可能出生的，所以嚴格來說，你沒有資格就讀新羅馬大學。」

我不敢相信有這種事。

同時，我又完全相信有這種事。

就在我自認可能有大好的機會時，才發現根本就沒有。奧林帕斯眾神似乎認爲我是他們的私人皮球。

我放鬆下巴，免得一直咬著牙。「所以，三封推薦信。」

波塞頓眼神一亮。「宙斯希望是二十五封，我跟他談到減爲三封。」

他看起來好像很期待什麼事。

「謝謝你，」我咕噥著說：「我想，你不能幫我寫一封囉？」

「我是你的父親。我會有偏見。」

「是啦，我們不想要有任何偏見。」

「我很高興你能理解。爲了爭取每一封推薦信，你都得要執行一項新任務。三項任務全都要在申請期限之前執行完成，也就是在冬至之前。每次有一位天神幫你寫一封推薦信，你就交給歐朵拉，她會放進你的檔案夾裡。」

我試著想想哪些天神可能對我網開一面，給我一些簡單的任務。這些年來，我曾經幫助很多永生不死的神。我的策略是想出某位天神會「記得」我曾經幫助他們……甚至只記得我的名字都好。「我想，可以問問荷米斯。還有阿蒂蜜絲……？」

「噢，你不能自己去問天神，得由他們來找你。不過別擔心！」波塞頓看起來眞的很樂在其中。「我有特權，可以把你的名字張貼在奧林帕斯山的任務布告欄上。」

---

❹宙斯（Zeus），希臘神話中的眾神之王，掌管與天空相關的一切，包含雷電與氣象。

❺黑帝斯（Hades），冥界之王，掌管整個地底世界，是宙斯與海神波塞頓的兄弟。

「接下來呢？」

波塞頓彈了彈手指，他的手中出現一張螢光黃色的廣告傳單，上面有我的照片和以下這段文案：

**波西．傑克森會執行你的任務**
**（以之交換大學推薦信）**

傳單底部切割成一條條小紙片，每一張都有我家的地址。

照片看起來像是拍攝我在浴室鏡中的模樣，這引發一大堆令人不安的問題。我的頭髮溼溼的。我的眼睛半閉著。一支牙刷從我的嘴巴伸出來。

「你已經把這個張貼出去了？」我說。

「這不是問題啊，」波塞頓向我保證，「我也派遣手下的海精靈，把傳單張貼到整個奧林帕斯山。」

「我好……」

「感激吧。」他伸手重重壓在我的肩膀上。「我知道。我也知道，你沒料到會多出這個阻礙，不過就這樣想吧！等你進入大學，生活應該就會輕鬆多了。怪物幾乎很少攻擊年紀比較大的半神半人。你和你的女朋友……」

「安娜貝斯。」

「對。你和安娜貝斯就能夠好好放鬆，享受你們的生活。」

波塞頓挺直身子。「而現在呢，我聽到室內設計師在叫我了。我們還沒決定浴室的磁磚應該要選海沫綠色或海藍寶石色。波西，很高興又見到你，那些任務就祝你好運了！」

他用三叉戟的底部敲打露台的石頭。地板打開了，我立刻被沖回去、穿越海底，而這次連塑膠椅都沒得坐。

# 3 我們抱怨著任務和南瓜

「你得要做『什麼』？」

我和安娜貝斯坐在我房間外面的防火逃生梯上，兩隻腳在一〇四街上方晃來晃去。過去這幾個星期，隨著夏天威力減弱，防火逃生梯變成我們開心相聚的地方。儘管今天發生了那麼多事，我還是很快樂。與安娜貝斯在一起，我很難覺得不開心。

我把自己在替代中學第一天的狀況一股腦兒告訴她：上課、頭痛，以及出乎預料的海底校外教學。安娜貝斯搖晃著雙腿，這是她緊張時的習慣，彷彿想要踢開蚊子或惱人的風精靈。

「太荒謬了，」她說：「也許我可以請我媽幫你寫推薦信。」

安娜貝斯的媽媽是雅典娜，掌管智慧的女神，因此由她來寫大學推薦信可能很有用。可惜的是，我們見過幾次面，雅典娜用她那雙觀察敏銳的灰眼睛打量我，活像我是超級大騙子。

「你媽媽不喜歡我，」我說：「況且，波塞頓還滿確定的，我得幫三位天神執行全新的任務，而且那些任務必須由他們來找我。」

「呃。」

「我也是這麼說。」

安娜貝斯凝視著地平線，彷彿準備從揚克斯市❻找出解決方案。但是揚克斯市那裡有解決方案嗎？

「我們會把狀況搞清楚，」她很確定地說：「我們經歷過更糟的事。」

我好愛她的自信。而且她說得對……我們一起經歷過那麼多事，很難想像還有什麼是我們不能面對的。

不時有人會問我，我有沒有跟安娜貝斯以外的人約會過，或者有沒有想要跟別人約會？要說實話嗎？答案是「沒有」。如果你們曾經彼此扶持，穿越了塔耳塔洛斯那個全宇宙最深邃、最恐怖的地方，而且你們活著出來，變得比剛開始的時候更強悍……那麼，你們之間的關係不是可以隨便取代的，應該也不會想要取代。對啦，好吧，我其實還沒有十八歲。可是……沒有別人比安娜貝斯更了解我、更能忍受我、更能讓我振作起來；我知道她也會對我說同樣的話，因為我作為男朋友如果有點偷懶，她很快就會讓我知道。

「也許會是一些小任務，」我滿懷希望地說：「像是星期六去高速公路撿垃圾之類。不過這是『我』的事，不是『我們』的事，我不想把你扯進來。」

「嘿。」她伸手握住我的手。「你不是要把我扯進什麼事。我要幫你完成高中學業，跟我一起去念大學，無論要經歷什麼樣的過程。」

❻揚克斯市（Yonkers）是紐約州的城市，位於紐約市北邊。

「所以你會幫我寫作業？」

「想得美。」

我們兩人肩並肩，默默坐了一會兒。我們都有注意力不足及過動症，但我可以維持這樣好幾個小時，心滿意足，欣賞午後的陽光照亮安娜貝斯的頭髮，或者我們牽著彼此的手，她的心跳變得與我同步。

她的藍色T恤有幾個顯眼的金色字母「SODNYC」。聽起來像是罵人的話[7]，但那只是她剛入學的高中名稱：紐約市設計學校（School of Design, New York City）。

我已經問過她開學第一天的狀況。她才剛開始講起建築學的老師和第一份重要的作業，突然話鋒一轉說：「都很好啦。你呢？」我想，她知道我有更多事要說、更多問題要解決。

對我來說，這樣好像很不公平，不只因爲她這樣是不對的，也因爲我不想讓她的事變成次要的事。很會解決問題的人總有個狀況：有時候不讓別人幫忙解決他們的問題。

我正準備鼓起勇氣再問一次，想確定開學的第一天沒有什麼天神或怪物去找她、給她任務，而就在這時，我媽從屋內叫道：「嘿，你們兩個。想要幫忙準備晚餐嗎？」

「莎莉，當然好！」安娜貝斯將雙腿甩上來，從窗戶爬進去。除了我以外，如果有其他人是安娜貝斯更想幫忙的對象，那一定是我媽。

我們到達廚房時，保羅正在切大蒜，準備要炒菜。他穿的圍裙是一位學生在學期末送給他的禮物。圍裙的正面引述了一句話「食譜這個故事的結局，是一道美味佳餚。——帕特·康洛伊❽」。

我不知道那個人是誰。可能是文學作家，畢竟保羅教的科目是文學。不過呢，我喜歡這段引文，因爲我喜歡美味佳餚。

安娜貝斯抓著一把刀子。「我來負責花椰菜。」

保羅對她嘻嘻笑。暑假期間，他的斑白頭髮變得稍微長一點、捲一點，而且每隔幾天才刮鬍子，因此看起來，如同我媽說的，是一副「愉快的流氓樣」。

「我把砧板轉讓給雅典娜之女。」他說著，微微一鞠躬。

「謝謝你，好心的先生。」安娜貝斯以同樣禮貌的語氣說。

我媽媽笑起來。「你們兩個好可愛啊。」

保羅對媽咪眨眨眼，接著轉身預熱炒菜鍋。甚至從去年春天開始，保羅指導安娜貝斯做一份重要的英文作業，他們兩人就透過莎士比亞等等之類的建立了緊密的關係，因此他們彼此交談時，聽起來常常像是上演《馬克白》的劇情。

「波西，」我媽說：「你可以擺好餐桌嗎？」

她其實不需要開口問，畢竟那就是我平常的工作。五個各不相同的粉彩色盤子，我總是

---

❼前三個字母「Sod」有咒罵、討厭鬼的意思，會讓人誤以為在罵人。

❽帕特．康洛伊（Pat Conroy）是美國作家，著名作品《潮浪王子》曾改編成電影。

拿藍色的。紙巾、叉子、玻璃杯和一壺開水，沒什麼花俏的東西。

我很感激有這樣的簡單儀式，其中不包含辛苦打怪、神聖預言，或者在冥界深處瀕臨死亡的經驗。準備晚餐的餐桌，你可能覺得聽起來很無聊，但是如果你的人生從來沒有休息的機會……無聊聽起來就滿棒的。

我媽查看煮飯的電鍋，接著從冰箱拿出一碗滷豆腐。她一邊忙碌一邊哼唱……超脫樂團❾的歌吧，我想。是〈做你自己〉嗎？根據她臉上的神采和眼中的光芒，我可以看出她的狀態很好。她步伐輕快，幾乎快跳起舞來。光是看到她那樣，我就忍不住微笑。

實在太久了，她一直是壓力很大、大材小用的母親，與海神短暫相戀之後心碎不已，也一直都很擔心我；自從我長大到開始會爬之後，她就很擔心這個不斷遭到怪物追捕的半神半人孩子。

如今，她和保羅一起過著幸福的生活。而如果因為一切都愈來愈好，讓我覺得快要變成半個局外人而有點難過，那並不是我媽或保羅的錯。爲了接納我，他們盡了所有的努力。況且，我很想去念大學。如果我必須做出選擇，一邊是與安娜貝斯在一起，另一邊則是……嗯，其他任何選項，那根本沒什麼好選的。

保羅把一瓣大蒜扔進炒菜鍋，只見鍋內滋滋作響且冒著煙，很像一隻龍在打噴嚏。（喔對啊，我見過打噴嚏的龍。）「夫人，我想我們準備好了。」

「馬上來。」安娜貝斯把炒菜備料放進油鍋，而就在這時，我家門鈴響起。

「我去開門。」我說著，跑去迎接晚餐的第五位食客。

我一打開門，格羅佛・安德伍德就把一籃水果塞進我手中。「我帶了草莓。」他的鼻子抖動幾下。「那是炒豆腐嗎？」

「我也向你問好喔。」我說。

「我愛炒豆腐！」格羅佛繞過我身邊，直直奔向廚房，因爲格羅佛很懂吃。

我最要好的朋友讓自己的外表有點狂野，這是有道理的，畢竟他是羊男。他頭上的羊角和捲髮好像正在比賽，看誰可以長得比較高聳。目前羊角取得領先，但領先幅度不大。他的山羊後肢長滿了粗毛，因此他不再穿人類的褲子加以掩飾，不過他向我保證，透過「迷霧」魔法的遮掩，人類還是把他的後肢看成穿了褲子。假如有人用奇怪的眼神看著格羅佛，他也只是說：「這是運動休閒風格的打扮啦。」

他穿著標準的混血營橘色T恤，也還是用特別合腳的網球鞋來掩飾腳上的偶蹄，因爲羊蹄踩在地上很大聲，很難用迷霧去遮掩。我想，「運動休閒風格加上踢踏舞鞋」的解釋沒辦法完全說得通。

我媽抱住格羅佛，然後看到我把整籃草莓放在廚房流理台上，簡直樂翻了。

---

❾ 超脫樂團（Nirvana）是一九九〇年代美國著名的另類搖滾樂團，〈做你自己〉（Come as You Are）是他們在一九九一年發行的歌曲。

「聞起來好香喔！」她說：「最棒的點心！」

「夏天收成的最後一批。」格羅佛以留戀的語氣說。

他對我露出感傷的微笑，像是反芻著一個念頭：這也是我在混血營度過的最後一個暑假了。半神半人一旦從高中畢業，如果我們活得了那麼久的話，大多數人都會轉移出去，進入普通的世界。想法是到了那時候，我們成長得夠強大了，能夠照顧自己，而怪物也傾向於放我們一馬，因爲我們不再是那麼容易攻擊的目標。總之，理論上是這樣啦……

「現在呢，我們準備要迎接南瓜的季節，」格羅佛嘆口氣繼續說：「別誤會我的意思喔。我很喜歡裝飾用的南瓜，但那些南瓜不是很好吃。」

我媽拍拍他的肩膀。「我們很確定，這些草莓不會浪費掉。」

煮飯電鍋的計時器響起，保羅剛好也關掉爐火，在熱氣蒸騰的炒菜鍋裡最後翻攪幾下。

「有誰餓了？」

與你摯愛的人一起吃飯，每一道菜都加倍美味。我還記得在「阿爾戈二號」船上廚房與朋友們共享的每一餐，即使在生死交關的每一場戰役間，我們多半只能狂吞一些垃圾食物。如今，在家裡，我好好品嘗跟我媽和保羅共進的每一頓晚餐。

在我的童年時期，大半時間都花在從一間寄宿學校轉學到另一間寄宿學校，所以在成長過程中，我從來沒有所謂的「家庭晚餐」這種事。少數幾次待在家裡，回想起當時我媽和臭蓋柏．亞力安諾⑩結婚，共進晚餐連一點吸引力也沒有。比蓋柏身上的臭味更糟的一件事，就只有他張大嘴巴咀嚼食物的樣子。

我媽盡力了。她所做的每一件事都是想要保護我，包括與蓋柏生活在一起，他身上的臭味可以讓怪物追蹤不到我。可是呢……過往的辛苦生活，只讓我更加珍惜眼前的時光。

我們談起我媽的寫作成果。經過數年來的夢想和奮鬥，她的第一本小說即將在春天正式出版。她沒有從出版合約得到很多報酬，但是，嘿，真的有出版公司「付費」給她的創作！目前她的心情在興高采烈和極度焦慮之間來回擺盪，不曉得她的書出版時，她會出現什麼樣的反應。

我們也聊到格羅佛在「偶蹄長老會議」的工作，他們派遣羊男去全世界各地查看野地裡的各種災難事件。如今，偶蹄長老會議要處理的問題還真不少。

最後，我把開學第一天的情形告訴格羅佛，以及我得從天神那邊拿到三封推薦信。

他的臉上閃過一絲驚慌的神色，但很快就忍住。他坐直身子，撥掉山羊鬍上的一些飯粒。「嗯，那麼，我們會一起執行這些任務！」

我努力看起來沒有徹底鬆口氣的樣子。「格羅佛，你沒有必要……」

「你是開玩笑嗎？」他對安娜貝斯露出大大的微笑。「有機會去執行任務，只有我們三個

---

⑩ 臭蓋柏・亞力安諾（Smelly Gabe Ugliano）曾是波西的繼父，渾身臭味難聞，是個粗魯的討厭鬼。參見《波西傑克森：神火之賊》第三章。

人？就像回到以前的時光？三劍客？」

「像飛天小女警。」安娜貝斯提議說。

「是史瑞克、費歐娜和驢子。」我說。

「等一下。」格羅佛說。

「我覺得可以喔。」安娜貝斯說。

保羅推一推他的眼鏡。「那些怪物絕對不會知道是誰襲擊了它們。只是要注意安全喔，你們三個。」

「喔，沒問題啦，」格羅佛說，不過他的左眼皮一直跳，「況且，消息總是要花一點時間才會在天神之間傳開。我們可能要等好幾個星期才有第一個任務進來！」

# 4 我帶花美男去喝果昔

第一個任務隔天就來了。

這一次，我至少把所有課都上完了。我在數學課存活下來，整堂英文課一直都有睜開眼睛，在自修時間稍微瞇一下（我向來最喜歡的課），而且在第七節課跑去游泳隊集合。教練說，我們第一次游泳聚會是在星期四舉行。沒問題，只要我記住：不要在水底下呼吸、不要用五馬赫的速度游泳，也不要在離開游泳池的時候全身乾乾的。這些事情會引來異樣的眼光。

等到我要去「花美男果汁」找安娜貝斯和格羅佛時，有一位天神向我搭訕。

我搭乘F線地鐵時，有個人的影子籠罩著我。「我可以坐你旁邊嗎？」

我立刻知道自己有了麻煩。非必要的話，沒有人會在地鐵上交談，尤其是不認識的人。從來沒有人會問能不能坐在你旁邊，都是自己擠進有空位的地方，更何況這個車廂幾乎空無一人。

我面前的傢伙看起來約莫二十歲。他的黑髮剪得很短，大大的褐色眼睛，一身古銅色肌膚，穿著牛仔破褲、緊身黑色T恤，搭配各種不同的金飾，有戒指、耳環、項鍊、鼻環、手鐲，就連靴子的鞋帶也是閃亮的金色。他看起來好像剛從麥迪遜大道某間古董店的廣告傳單中走出來，傳單上寫著：購買我們的珠寶，你看起來就會像這位老兄！

我聞到一陣古龍水氣味：介於丁香和肉桂之間的某種味道，害我淚眼汪汪。

他又開口說了話。

「什麼？」我問。

他作勢指著我旁邊的座位。

「喔。呃……」

「謝謝你。」他撲通一聲坐下，飄起一陣太過甜膩的香氣。他環顧車廂裡其他六位乘客，彈彈手指，像是召喚一隻狗，然後所有人都定住不動。其實你也看不出有什麼差別。

「那麼，」他把指甲修剪整齊的雙手平放在膝蓋上，轉頭對我微笑，「波西．傑克森，這樣很棒。」

「你是哪一位天神？」

他嘟起嘴。「什麼原因讓你認爲我是天神？」

「僥倖猜中。」

「唔。我花了好一番工夫才穿搭成這樣。我甚至穿了衣服。」

「我很欣賞這樣的成果。眞的。」

「嗯，你毀了我的盛大登場啦。我是甘尼梅德[11]，宙斯心愛的斟酒人，而我需要你的協助。波西．傑克森，你覺得如何？」

火車發出尖銳的聲音，進入我要下車的車站。安娜貝斯和格羅佛正在等我。

「你喜歡『花美男果汁』嗎？」我問那位天神。

我以前與天神有過各式各樣的相遇場面，不過這是第一次帶天神去果昔店。這個地方擠滿了人，幸好安娜貝斯和格羅佛已經占了我們平常坐的角落小隔間。安娜貝斯揮手叫我過去，接著皺起眉頭，因爲看到走在我後面的金色傢伙。

「我們已經點好飲料了。」她說著，看著我們滑進他們對面的位置。「我不知道你帶了朋友來。」

「格羅佛點的飲料！」櫃檯的服務員說。如同在花美男果汁店工作的大多數店員，他身材魁梧、肌肉壯碩，穿著無袖上衣，雪白牙齒的笑容閃瞎眾人。「我做了一杯『斐濟優格冰淇淋』、一杯『海鹽水手』，還有一杯『金鷹』！」

「有鷹？在哪裡？」甘尼梅德尖聲說道，盡全力躲到桌子底下。

安娜貝斯和格羅佛互看一眼，滿臉困惑。

「我去拿飲料。」格羅佛說，然後小跑步去櫃檯。

---

⓫ 甘尼梅德（Ganymede）原是特洛伊國王特洛斯（Tros）的兒子，有著俊美非凡的長相。宙斯派老鷹將他擄至奧林帕斯山，接替青春女神希碧（Hebe）的工作，為眾神斟酒。

「『金鷹』只是一種果昔的名稱。」安娜貝斯對甘尼梅德說，他還是縮成一團瑟瑟發抖。

天神小心翼翼伸直身子。「我……我對於飛鷹有某種無解的心理創傷。」

「你一定是甘尼梅德。」安娜貝斯猜測說。

天神皺起眉頭。他低頭看著自己的上衣。「我配戴了名牌嗎？你怎麼知道？」

「嗯，你很亮眼啊。」安娜貝斯說。

這番話似乎讓天神高興起來，雖然對我的心情起不了什麼作用。

「謝謝你。」他說。

「而且甘尼梅德應該是最漂亮的天神，」安娜貝斯繼續說：「當然啦，除了阿芙蘿黛蒂[12]以外。」

甘尼梅德搖頭晃腦，像是在衡量比較一番。「我想我會認可喔。」

「你本來是凡人，」她繼續說：「你那麼漂亮，於是宙斯變成一隻飛鷹，把你抓走，帶你去奧林帕斯山。」

甘尼梅德畏縮身子。「對，很久以前，不過還是好痛喔……」

格羅佛又出現了，端著一盤各式果昔。「我幫你點了一杯『強力蜜酒』，」他對甘尼梅德說：「希望可以。有什麼我沒聽到的？」

「他是天神。」我說。

「我知道啊，」格羅佛說：「他是甘尼梅德。」

「你怎麼會……？」甘尼梅德自己住口。「算了。」

「我們正準備聽甘尼梅德說他爲何來找我。」我說。

格羅佛把果昔傳遞給大家。「海鹽水手」顯然是給我的，只是有少量的海鹽焦糖搭配蘋果和香蕉。「斐濟優格冰淇淋」是格羅佛的。「金鷹」則是安娜貝斯的：薑黃、生薑、椰奶，以及一堆提振腦力的食物，簡直像是她在這方面還需要加強似的。

甘尼梅德顯得若有所思，攪動他的「強力蜜酒」，偶爾瞄向安娜貝斯的果昔，彷彿那有可能長出爪子，把他抓到空中去。「我在布告欄上看到你的廣告，」他開口說：「那個……那個好像也太棒了，不像是眞的。」

「多謝囉？」

「而我要給你的回報就只有寫一封推薦信？」

我咬住自己的舌頭，免得說出以下幾個意見：給小費會很感激；其實呢，我們實施浮動定價。

「條件就是那樣。那麼，我得要做什麼呢？」我說。

「是『我們』。」安娜貝斯和格羅佛異口同聲更正我的說法。

甘尼梅德拉動果昔蓋子裡的吸管，發出吱嘎聲。我痛恨那種聲音。「我得確定這件事完全

---

⑫阿芙蘿黛蒂（Aphrodite），掌管愛情與美貌的女神。

低調進行。」他壓低聲音說道，而且緊張兮兮左右探看，即使根本沒有其他客人特別注意我們。「你們不能告訴別人。懂嗎？」

「低調是我們的作風。」格羅佛說，這人曾經穿著一雙飛行鞋，盲目朝著梅杜莎俯衝而去，同時扯開喉嚨放聲尖叫。

甘尼梅德稍微坐直身子。「對於我在奧林帕斯山的職責，你們知道多少？」

「你是天神的斟酒人。」安娜貝斯說。

「肯定是一份愜意的工作，」格羅佛以作夢般的語氣說：「永生不死之身，擁有天神的力量，而且你只需要服務飲料的部分？」

甘尼梅德沉下臉。「那是一份可怕的工作。」

「對啦，一定很可怕。」格羅佛點點頭。「全部的工作就是……倒飲料。」

「只有在舉辦宴會的時候，」甘尼梅德說：「那是一回事。不過現在呢，我接獲的命令有百分之九十是快遞服務。阿瑞斯⓭要把他的神飲快遞去戰場上。阿芙蘿黛蒂要像平常一樣，加很多碎冰和兩顆馬拉斯奇諾櫻桃⓮，在十五分鐘內送去赫爾辛基的蒸氣浴。赫菲斯托斯⓯……別讓我開始講赫菲斯托斯的事。這種『零工經濟』真是要了我的命。」

「好吧，」我說：「我們可以幫什麼忙？」

我很怕他會把快遞的差事外包給我，那麼最後我會帶著杯子在全世界趴趴走。

「關於我的職責，最重要的象徵……」甘尼梅德說：「你們猜得到是什麼嗎？」

我認爲這一定是陷阱題。「既然你是天神的斟酒人，我會猜是……一個杯子？」

「不只是普通的杯子！」甘尼梅德叫道：「是天神的聖杯！增添絕佳風味的高腳杯！唯一配得上宙斯本人的杯子！而現在……」

「喔，」安娜貝斯說：「它不見了，對吧？」

「不是不見，」甘尼梅德可憐兮兮地說：「是有人偷走了我的杯子。」

⑬阿瑞斯（Ares），戰神，統管所有戰爭相關事項，是野蠻、戰爭與屠殺的代表。

⑭馬拉斯奇諾櫻桃（maraschino cherry）是先後用鹽水和糖漿醃漬過的櫻桃，常附加於雞尾酒和冰淇淋等。

⑮赫菲斯托斯（Hephaestus），希臘神話中的火神與工藝之神，是天神界的工匠與鐵匠，手藝超群。

# 5 大家都討厭甘尼梅德因爲他好漂亮

甘尼梅德用雙手摀住臉，哭了起來。

我看著安娜貝斯和格羅佛，他們似乎跟我一樣，不知道該怎麼安慰一位傷心哭泣的天神。我拍拍他的肩膀。「好了，好了啦。」

這樣似乎沒有用。

「花美男果汁」有一位店員走過來，他嘴角的微笑有點垮掉。「先生，果昔有問題嗎？我可以幫你另外做一杯。」

「不用。」甘尼梅德吸吸鼻子。「只是……」他虛弱地指著我們的果汁飲料。「我沒辦法忍受看到這麼多杯子。太快了。實在太快了。」

店員緊張兮兮繃緊他的胸大肌，然後趕快溜之大吉。

「你也知道，」格羅佛說：「混血營的學員做了一些很棒的手工藝製品。他們有可能幫你打造新的高腳杯。」

天神搖搖頭。「那樣不會完全相同。」

「不然你可以找些只能用一次的杯子，用回收材料做的。」

「格羅佛，」安娜貝斯斥責著：「他要他的特殊杯子啦。」

「我只是要說，只能使用一次的杯子可能比較衛生。那些天神全部都從同一個高腳杯喝飲料喔……？」

「你說有人把它偷走了，」我插嘴說：「你知道是誰偷的嗎？」

甘尼梅德立刻變臉。這是第一次，我看到他的眼裡閃耀著天神的怒火；這個跡象顯示，這傢伙不只是外表好看和亮眼而已。

「我有點頭緒，」他說：「不過首先呢，你們得答應這一切全都要保密。那個高腳杯能讓天神覺得飲料很好喝，不過如果有某個凡人拿到它……只要喝一口，就能保證他們得到永生不死之身。」

突然間，我的「海鹽水手」喝起來沒什麼特別了。我的第一個念頭是：所有可能找到那個杯子的閒雜人等，喝一口飲料，就變得永生不死。在替代中學餐廳供應炸魚條的那位眼神惡毒的女士。每次我經過第一大道「快樂美食先生」店外就尖叫著要我買冰淇淋的那位老兄。老是在咖啡店插隊而且以爲每一次叫號都是他的咖啡的那位華爾街股票經紀人。

根據我以前的經驗，這個世界最不需要的事情，就是出現更多的天神。

我的第二個念頭是：這些天神爲什麼一天到晚搞丟他們的魔法物品啊？以下有點像他們的職位條件：一，成爲天神；二，得到一件很酷的魔法物品；三，把它搞丟；四，請一位半神半人去找回來。也許他們就是很樂在其中，就像小貓很喜歡撞翻桌上的東西那樣。

我的第三個念頭是：「如果它的力量那麼強大，你爲什麼信任我們去把它找回來？」

甘尼梅德盯著我看。「我不能信任其他人！波西．傑克森，你曾經有一次拒絕永生不死。」

他說這話的語氣，彷彿我曾經做過一整個莫名其妙的事，像是訂了一個上面有藍莓的披薩。（不過仔細想想……那種披薩値得一試喔。）

而且，我的意思是，對啦，我確實有一次拒絕永生不死。幾年前，我從泰坦巨神手中拯救了奧林帕斯山之後，宙斯提議要讓我成爲小神（可能要適用一些規則和限制條件）。不過我反而選擇了全面改變。我要求天神別再忽視他們的半神半人孩子。

結果呢，天神又在另一方面表現得像貓。他們很不擅長學習新把戲。

「好啊，」我對甘尼梅德說：「完全保密。」

「而其他這些人呢？」甘尼梅德指著格羅佛和安娜貝斯。

「『其他這些人』知道該怎麼保密啦，」安娜貝斯說：「口風不緊絕對不是好策略。」

「完全保密。」格羅佛說。

「他們是我最要好的朋友，」我說：「你可以信任他們，就像你可以信任我。」

關於這點，再仔細一想……其實可以從不同角度來解讀，不過甘尼梅德的肩膀放鬆了。

他用戴著金戒指的手指抹掉眼淚。

「好，」他說：「我懷疑是奧林帕斯山有人企圖讓我出糗，讓我在宙斯面前難看。如果宙斯發現我弄丟杯子……」天神的身子抖了一下。「不行。我得把它找回來。」

「你有敵人嗎？」我問。我很難想像這位天神的飲料服務員要怎麼讓別人抓狂。

「喔，有啊，」甘尼梅德說：「希拉，她是其中一位。自從宙斯把我抓上來奧林帕斯山，她就超討厭我。宙斯老是稱讚我，你們懂吧……說我有多帥，有多麼讓宮殿增添光彩。我的腿比她好看又不是我的錯。」

安娜貝斯抖了一下。「希望不是希拉啊。」

「對呀。」甘尼梅德開始喝他的果昔。「可能不是。她會認爲自己不屑做這種事。」

這我就不是很確定了。那位天后都會把我的人生搞得一團亂了，就表示那並不是太瑣碎的小事，所以我不會把她排除在偷取飲料容器的人選之外。

「不過還有別人，」甘尼梅德繼續說：「奧林帕斯山的每一個人都討厭我，眞的，因爲我是新來的菜鳥，一個傲慢自大的小伙子得到永生不死之身。他們居然叫我『拜金男』！你們能相信嗎？」

我努力不要盯著他身上穿戴的十公斤黃金。「你有沒有特別懷疑哪個人？」

他環顧整間店，彷彿某位花美男店員可能是間諜。他作勢要我們靠攏過去。

「在我擔任斟酒人之前，」他說：「有其他兩位女神做我的工作。最先是希碧⑯，後來是

⑯希碧（Hebe），古希臘神話中的青春女神，宙斯與希拉所生的女兒，也是奧林帕斯山眾神的斟酒官。後來她嫁給升上天界的英雄海克力士。

伊麗絲⑰。」

伊麗絲是傳遞訊息的女神，我見過她。每一位半神半人不時都會召喚她幫忙傳遞彩虹訊息，就是我們這世界的視訊電話啦；不過我也記得曾經造訪她在加州開設的有機健康食品店。那次經驗在我的鼻子留下一個廣藿香的燒灼印子，花了好幾星期才消失。

格羅佛吃著他的斐濟優格冰淇淋。「伊麗絲好像還滿愛好和平的，不會去偷聖杯吧。」

「也許吧。」甘尼梅德皺起眉頭。「可是希碧……她啊，我就不知道了。她在混血營有一棟小屋，是那些新建小屋的其中一棟，不過她從來不曾出現在我的「任務賓果卡」上面。

「掌管青春的女神。」安娜貝斯說，她可能注意到我毫無頭緒的樣子。「可是呢，甘尼梅德，你一副永遠年輕又漂亮的樣子，她爲什麼會想要讓你出糗？」

「喔，你不了解她，」甘尼梅德說：「剛開始的時候，每次我要在宴會桌上提供飲料，只要經過她身邊，就會聽到她喃喃說著『濺出來，濺出來啊』。她很不成熟。」

格羅佛聳聳肩。「這個嘛，如果她是掌管青春的女神……」

「那不是藉口！她需要趕快長大！」那位三千歲的二十出頭小哥說。

「好吧，」我說：「你有沒有什麼證據顯示是她拿走了？」

「證據？」他以嘲弄的語氣說：「那是我需要你的原因啊。你們英雄不是會採集指紋、分析DNA樣本之類的事？」

「你想的可能是《CSI犯罪現場》⓲吧。不過好啦，我們會從希碧著手，然後確認伊麗絲。」

「很好。」甘尼梅德吸吮他的果昔。「唔。不錯。也許等我被炒魷魚，恢復凡人之身，我可以在這裡工作。」

「你會是很棒的花美男，」安娜貝斯坦白說：「所以你的聖杯弄丟多久了？」

甘尼梅德停下來想了一下。「一個世紀？」

「一個『世紀』?!」我問。

「還是一個星期？」甘尼梅德皺起鼻子。「我老是把那些時間單位搞混了。反正呢，沒有很久。到目前爲止，我還能用外送訂餐的方式唬弄過去。其他天神大概預期外送訂餐就是用外帶杯裝飲料。不過，在下一次大家親自出席的宴會前，如果我沒有把眞正的聖杯找回來，每個人都會注意到。我會超丟臉啊！」

「下一次宴會是什麼時候？」格羅佛問。（格羅佛很喜歡宴會。）

「我不知道！」甘尼梅德大叫。「宙斯是很難預料的啊！他可能會規劃在二十年內舉辦一次，或者有可能是明天。重點是，我需要在耳語流傳出去之前找回高腳杯！」

⓱伊麗絲（Iris），彩虹女神，也是眾神的使者，她沿著彩虹降臨人間，幫眾神向人類傳遞消息。

⓲《CSI犯罪現場》是美國影集，描述一群刑事鑑識專家的故事。

他的身子向前傾，表情非常嚴峻。「去問那些女神，看看她們知道什麼事。但是不要激怒她們喔，而且千萬不要說是我派你們去的，千萬不要洩露有人偷走我的杯子。」

「這樣會很難問她們問題耶，」安娜貝斯說：「知不知道那些女神會在哪裡出沒？」

我讓自己有心理準備，他可能會說是北極或外蒙古。假如我要請病假去世界的另一端出任務，大學推薦信就再也不重要了。我絕對沒辦法從高中順利畢業。

「她們待在奧林帕斯山附近，」他這樣說，讓我鬆了口氣，「我是指曼哈頓。她們應該是在這附近某處。」

他胡亂揮揮手，彷彿要在整個曼哈頓找人不可能太困難。「波西．傑克森，幫我這個忙，我會幫你寫一封信！」

聽起來不像是很大的回報。不過呢，天神通常只會開口要求事情，不會承諾任何回報。有點像《愛心樹》⑲那本書裡的頑皮小孩。

（說到這個，千萬別拿那本書送給羊男當生日禮物，以爲他可能很喜歡，因爲那是描述一棵樹的故事。羊男看了會哭，然後他會打你。我是根據自身經驗才這樣說。）

「這封推薦信會是正面的稱讚嗎？」我向他確認。「而你眞的會簽名？」

甘尼梅德皺起眉頭。「你討價還價哦？不過好啦！那麼你們快點出發，免得我丟臉！」

他在一團閃亮的塵埃之中消失了。如同平常的魔法事件，我們周圍的凡人似乎沒有注意到任何異樣。也說不定別人只以爲他找到完美的果昔，晉升到花美男的神聖境界。

「嗯。」我喝一口自己的「海鹽水手」，仔細檢視兩位夥伴的臉，看看他們有沒有後悔的跡象。「這應該很好玩。要從哪裡著手呢？有沒有什麼頭緒？」

「不幸的是，有啊，就從希碧開始，」格羅佛說：「不過讓我先把飲料喝完，我們會需要充沛的體力。」

---

⑲《愛心樹》（*The Giving Tree*）是美國作家謝爾·希爾弗斯坦（Shel Silverstein）創作的繪本。

# 6 因爲甘草的關係

挑戰是這樣的：努力在學校上一整天的課（其實呢，這本身就是一大挑戰）；接著，在那之後去執行任務，尋找一位女神；也知道等你回家之後，如果有回家的話，還要做好幾個小時的數學和科學作業。

我們前往市中心時，我感到濃濃的鹹味，而那與我喝的「海鹽水手」一點關係也沒有。

格羅佛直接帶我們去時報廣場，那裡是曼哈頓最吵雜、最擁擠、最多觀光客出沒的地方。我盡可能想辦法避開時報廣場，不過當然啦，那就表示我一直被吸引去那裡，通常是與怪物大戰一場、與某位天神講話，或者穿著四角內褲垂掛在一個廣告牌上。（說來話長啊。）

格羅佛走到一間店面停下來，是我路過一定會錯過的那種店面。這店面占了半個街區，所有窗戶都貼著鋁箔紙。一般來說，這樣表示店面沒有營業，不然就是超級可疑。接著，我抬頭看到門口上方的巨大電子招牌。我以前可能從這裡經過十幾次，但是從來沒有注意過。在時報廣場，所有閃閃爍爍的巨大螢幕有點像是全部融合成一片。

「不會吧。」我說。

安娜貝斯搖搖頭。「她眞的把自己的地方取名叫『緊張希碧』[20]？」

「恐怕是喔。」格羅佛嘆口氣。

「那你怎麼知道這個地方？」我問。

他的臉頰紅起來。「他們有很棒的甘草彩繩糖。你經過門口不可能沒聞到氣味！」

我從窗戶看不到任何東西，也絕對沒有聞到半點氣味。再說，我沒有羊男的鼻子能聞到甘草味，那有點像是羊男的貓薄荷。

「那麼這是一間糖果店？」安娜貝斯問。

「不是，比較像是……」格羅佛歪著頭。「其實呢，你自己看比較快啦。」

像這樣隨便晃進女神的藏身處，我不確定是不是最好的主意，但格羅佛推開店門，我們只好跟上。因爲甘草的關係吧，我猜。

在店裡面……嗯，想像一下，把一九九〇年代所有最俗氣的遊樂中心湊在一起，而且幾乎快要擠爆。「緊張希碧」就像那樣。

一排排滾球遊戲機設置就緒，準備讓人大玩特玩。十幾台「勁爆熱舞」遊戲機台閃爍著亮光，邀請我們隨樂起舞。走道上有我以前聽過的每一種街機遊戲，還有數十種我沒聽過的，排列在廣大昏暗的賣場內，讓整個地方成爲一座閃閃發亮的迷宮。（「迷宮」是我絕對不

---

⑳ 這裡取的名稱原文是「Hebe Jeebies」，嵌入了希碧（Hebe）的名字，剛好與「heebie-jeebies」（緊張兮兮）這個詞諧音。

會輕易使用的字眼。）

我看到遠處有個糖果專櫃，擺了「自己裝到滿」的糖果機，還有內含五顏六色甜食的巨大容器。賣場的另一側有間小餐廳，擺了一些野餐桌，以及一個舞台，台上有幾具蟗蜥機器人彈奏著樂器。

這裡有個彩色球池像房屋那麼大，有一座攀爬設施看起來像巨大的倉鼠籠，有一條碰碰車跑道，還有一個彩券兌換處，獎品有很多超大型絨毛玩具。

整個空間都飄蕩著披薩、蝴蝶脆餅和商用清潔劑的氣味，而且裡面擠滿了許多家庭。

「我現在懂了，」安娜貝斯一邊說一邊發抖，「這個地方真的讓我覺得緊張兮兮。」

「我來過這裡幾次。」格羅佛的神情綜合了焦慮和飢渴……嗯，仔細一想，這就是他平常的神情。「我從來沒去過這個地方的另一端。」

我看著開心的小孩子忘情地跑來跑去，他們的父母玩起遊戲似乎也同樣興奮，可能是回憶起自己的童年時光吧。

「好吧，」我說著，慢慢退向店門口，「我在這裡感受到強烈的『蓮花賭場』㉑氣氛……很像廉價版的蓮花賭場，不過還是……」

我不必解釋自己的意思。好幾年前，我們曾經受困於拉斯維加斯的一間賭場，那裡提供了一千種理由讓你永遠不想離開，我們差點無法逃離。

「這不是陷阱，」格羅佛說：「至少，我從來沒有覺得要離開是件很困難的事。這些家庭……他們來了又走。他們似乎沒有受困在時間裡。」

他說得有道理。我沒看到有誰穿著以前流行的喇叭褲，或者頂著一九五〇年代的髮型，這是好兆頭。有個家庭從旁邊經過，他們懷裡捧著滿滿的絨毛動物玩具獎品，毫不困難地離開賣場。

「那麼……什麼地方不對勁？」安娜貝斯問。「永遠有不對勁的地方。」

我點頭表示同意。走進某個地方，如果是由希臘天神、怪物或其他永生不死之人所掌管，我還從沒碰過哪個地方完全沒有險惡的一面。看來愈有趣的地方就愈危險。

「我不知道，」格羅佛坦白說：「我通常拿了甘草糖就走人。我保持低調。」

他對我皺起眉頭，彷彿很擔心我會做出什麼高調的事，像是把這個地方燒個精光之類。說實在的，他這種反應讓我很傷心。只因爲大家知道我曾把一些地方燒個精光、把一些東西炸光、所到之處引發巨大的災難……那並不表示我完全不可靠啊。

「那麼，你很肯定希碧就在這裡？」我問。

「沒有，不過……」格羅佛扭動肩膀。「你知道那種感覺，就是附近有天神而你看不見，不過你覺得自己的頸背上好像有一群糞金龜？」

㉑蓮花賭場（Lotus Casino）位於拉斯維加斯，踏入其中會讓時間停滯，波西他們三人曾經踏入此陷阱，耗費了許多時間。故事可參見《波西傑克森：神火之賊》第十六章。

「並沒有……」我說。

「而且，」安娜貝斯說：『糞金龜』也太具體了吧。」

格羅佛把頸背上想像的糞金龜匆匆撥掉。「總之，我現在有那種感覺。我們可以問店員，看看希碧有沒有在附近。如果可以找到人的話。」

我們走進賣場。我將手一直放在側邊，準備隨時拔出「波濤劍」，就是我的筆劍，雖然好像沒什麼對象需要戰鬥，現場只有小學生和電動玩家。我有點期待那個機器蠶蜥樂團用五弦琴刺刀發動攻擊，但它們逕自彈奏預先設定的曲目。

「喔，天神哪，」安娜貝斯說：「疊疊樂。我好久沒玩了，自從……」

她的思緒似乎飄到遠方去了。她從七歲就待在混血營，所以一定是重溫了非常早期的回憶。把一塊積木堆到另一塊積木上面，我覺得她會喜歡這樣的遊戲是很合理的事。她熱衷於建築物和建築學。

我們走近糖果櫃檯時，我感到胸口一陣劇痛。不是因爲肚子餓了，而是因爲那個氣味，讓我深深回想起我媽媽以前工作的「美國糖果店」。我以前放暑假時很愛去那裡看著她幫客人挑選糖果。我覺得那是很辛苦的工作，薪水又不高，但我媽媽每次都讓客人展露笑容。他們離開時總是很開心，帶著完全符合心意的糖果組合，讓我覺得媽媽很像超級英雄。

當然啦，因爲很多原因，她在我心目中依然是個超級英雄。不過回想起我七、八歲的時候，媽媽是「糖果女士」這件事，感覺是全世界最酷的事。她以前會帶一些免費樣品回家給我，而眼前這個地方擁有我當時最喜歡的所有品項：藍莓鹽味太妃糖、藍色酸味甘草糖、藍色……嗯，每一種都愛。我的舌頭沒有永久變成紫色眞是太不可思議了。

格羅佛嗅聞一排排的甘草彩繩糖，那些糖果色彩繽紛的程度，讓我聯想到保羅的領帶架子。（保羅很愛佩戴稀奇古怪的領帶去學校。他說那樣讓他的學生不會打瞌睡。）

一群成年人從旁邊走過，每個人都又哭又笑，緬懷著以前他們最喜歡的糖果和遊戲。

「這是個懷舊的陷阱。」我終於體會到。「這個地方販賣的是大家自己的童年時光。」

安娜貝斯點點頭。她的目光飄盪在整個遊樂中心，似乎仔細查看著有沒有危險。「那樣說有道理，不過很多地方都販賣懷舊之情啊，這不必然是壞事……」

有個店員路過，她穿著亮藍色的「緊張希碧」Polo衫搭配短褲，小心翼翼拿著一整個紙捲的獎品彩券。

「小姐，不好意思？」安娜貝斯碰碰她的手臂，那個店員嚇得跳起來。

「什麼？」她氣呼呼說道。

這時我才發現她只是個小孩子。她有一頭硬梆梆的黑髮，佩戴粉紅色髮夾，稚氣的臉龐嘟著嘴，身上的名牌寫著「史帕姬，經理」。她不可能超過九歲。

「抱歉，」史帕姬深吸一口氣，「代幣機又壞了，我也得趕快拿這些彩券去……別提了，我可以幫什麼忙？」

我不禁心想，天神的魔法事業有沒有制定童工方面的法律規定？如果有，這位掌管青春的女神顯然不信那一套。

「我們想要找希碧？」我問。

「如果是因爲遊戲故障需要退款……」

「並不是。」我說。

「還是披薩發霉了……」

「不是啦。而且，好噁。」

「要看哪一種發霉。」格羅佛喃喃說著。

「我們只是需要與負責的女神聊一下，」安娜貝斯說：「還滿緊急的。」

史帕姬沉下臉，接著神情變得溫和。「經過跳水懸崖，接著在雞舍左轉。」

「跳水懸崖？」我問。

「雞舍？」格羅佛問。

「她會在卡拉OK區。」史帕姬皺皺鼻子，活像這是生活中令人不愉快的事。「別擔心，你們會聽到的。」

她拿著那捲獎品彩券匆匆離開。

我看著安娜貝斯和格羅佛。「我們眞的要去找出卡拉OK區……像是，特地去嗎？」

「你可以跟我合唱〈淺灘〉[22]。」安娜貝斯提議說。

「你不會想要跟我合唱啦。」我打包票說。

「哦，不知道喔。」她輕捏我的手臂。「可能很浪漫啊。」

「我要繼續往前走了喔。」格羅佛說。

這可能是最睿智的選擇。

我們找到跳水懸崖：是一道兩層樓高的假岩壁，你可以從那上面跳進一個很可疑的黑暗水池。有幾個小孩玩了一次又一次，嘩啦一聲跳下來，爬出去，又再衝回到最頂上，而他們的父母站在附近，全神貫注玩著「太空侵略者」㉓遊戲。

我是波塞頓之子，但你付給我再高的費用，我都不可能跳進那個水池。小孩子玩耍的封閉水池？不，謝了。然而，我默默記下水池的位置，免得萬一需要一點 $H_2O$ 到處亂炸。

我的才能很有限。如果我不能用水、一把劍或冷嘲熱諷來造成殺傷力，基本上就毫無防禦能力。我預先內建了冷嘲熱諷的功能。那把筆劍永遠都在我的口袋裡。現在我可以取得水，所以一切準備就緒。

我們經過雞舍……我以爲這可能是個暱稱，稱呼某種私人聚會空間之類的，例如可以舉辦婚前姊妹淘派對的地方。但不是。眞的是雞舍，就在遊樂場的正中央，豎立著一座紅色的高腳小屋，周圍有一圈細鐵絲網圍籬。四周的地板上大約有十幾隻母雞，還有一些黃色小雞

---

㉒〈淺灘〉（Shallow）是電影《一個巨星的誕生》的主題曲，由女神卡卡（Lady Gaga）和布萊德利・庫柏（Bradley Cooper）合唱。

㉓太空侵略者（Space Invaders）是一九七八年發行的射擊電玩遊戲。

正在啄著食物，發出咯咯叫聲，基本上就是雞。

「爲什麼？」我問。

「希碧的神聖動物，」安娜貝斯說：「也許我們該繼續前進。」

我沒有反駁。那些雞用晶亮珠子般的黑眼睛盯著我們，彷佛這樣想：「老兄，如果我們還是恐龍，就會把你撕成碎片。」

至少，我們找到卡拉OK區了。眼前有一組桃花心木滑門，把這裡與遊樂中心的其他部分做了區隔，但是無法阻止音樂從裡面流瀉出來。裡面有六張桌子，面對一個小得可憐的舞台，舞台上有一群老人家放聲高歌，聽起來隱約有胡士托音樂節[24]的風格。舞台發出一陣陣黯淡的黃色燈光，音響系統劈啪作響。

那些嬰兒潮世代[25]的老人家似乎並不在意，他們摟著彼此的肩膀，揮舞手上的拐杖，每個人的禿頭閃閃發亮，呼喊著和平與陽光。

「我們現在可以離開嗎？」格羅佛問。

安娜貝斯指著遠處牆邊一個小隔間。「看那邊。」

坐在那個小隔間裡，用腳輕點著拍子的人，是大約與我同年的一位女孩。至少，她的外表看似如此。不過我看得出來她是一位女神，因爲永生不死的天神顯現成人類的形體時，總是讓自己有點太過完美無瑕：完美的膚色、髮型永遠準備好要讓人拍照、服裝太過乾淨俐落又色彩繽紛，不像一般的凡人。小隔間裡的女孩穿著粉紅色和藍綠色的迷你裙，搭配白色的低跟馬靴，但努力讓那身打扮看起來很時髦，而不是重新流行的萬聖節裝扮。她的黑髮盤繞成蜂窩頭髮型。這一切讓我覺得她想要傳達某種時尚風格，但只是讓嬰兒潮的老人家回想起他們自己的童年時代。

我們走近那個小隔間。

「是希碧女士嗎？」我問。

我認爲這是稱呼她最安全的方式。我猜想她的姓氏並不是「緊張」。

女神舉起一隻手指頭要我安靜，她的目光依然緊盯著那群唱歌的老人家。「他們看起來是不是很開心？又變得好青春！」

那群老人家確實看起來很開心。我不確定青春的部分，但也許「青春」在當年代表的是不同的意義。

「嗯，對啊，」我說：「我們只是很好奇想知道……」

「請坐。」女神揮揮手，於是有三張椅子出現在小隔間的外面。

接著希碧說的話，是我很少聽到天神會說的可怕恐嚇句子：「我會訂幾個披薩來吃，我們可以一邊聊天，一邊聽那些老人家唱抗議歌曲。」

---

㉔ 胡士托音樂節（The Woodstock）於一九六九年舉行，在搖滾樂史上具有非常重要的地位。當年受到深刻影響的二十多歲的年輕人，如今已是七十多歲的老人家。

㉕ 嬰兒潮世代（boomer）是指二次大戰後於一九四五到一九六五年之間出生的一代。

# 7 大驚嚇：我觸怒了女神

結果披薩害我中招。

我的意思不是指食物中毒，而是懷舊之情。

鋪滿乳酪的披薩切片，看起來很像三角形的熔融塑膠，上面點綴著三小片可憐兮兮的羅勒葉，放在沾了油就變得軟趴趴的紙盤上。我一點都不想吃，並不是因爲史帕姬說了發霉的事，而是那個氣味讓我瞬間回到小學三年級。

星期三是披薩日。我還記得地下室餐廳有乳酪燒焦的氣味、破爛的綠色塑膠椅、我以前經常和同學交換卡牌的熱烈討論、監督我們吃午餐的歷史老師，還有基督老師。（不是在開玩笑，「基督」眞的是他的姓。我們太怕他了，根本不敢問他叫什麼名字。）

而現在，看著「緊張希碧」那種閃亮的塑膠質感披薩，我覺得又回到了八歲。

「哇。」我說。

希碧笑了笑，彷彿很清楚我心裡在想什麼。「很棒吧？覺得又年輕一次？」

好吧，也許她不太清楚我心裡在想什麼。對我來說，三年級的時候並沒有很棒，披薩也不行。不過回憶依然湧現，光是一種氣味就把我拉回往日時光。

格羅佛吃得津津有味，吞光了他的披薩切片、紙盤，還有我的紙巾。每當他處於吃草模式，或者有可能開始啃咬我的手指時，我都要記得讓自己的雙手離他遠一點。

安娜貝斯一直緊盯著唱卡拉OK的那些老人家。他們正現在高聲唱著一首緩慢悲傷的歌曲，講述所有的花朵都去了哪裡，讓我好想大喊：「我不知道啦。你們爲什麼不去外面找找看啊？」

「那一代人眞是超棒的，」希碧說著，稱讚那幾位老人家歌手，「即使到了現在，他們拒絕接受自己逐漸老去。」她轉頭看著我。「而你呢，波西．傑克森，我認爲你是來請求協助的。也許你開始後悔當時拒絕變成永生不死之身？」

開始了，我心想。

每一次有天神提起當年我拒絕宙斯的提議，他們都把那件事當作愚蠢的象徵……或更糟的是，當作是對天神的羞辱。我還沒想出什麼好方法，向他們解釋自己的構想。舉例來說，如果你們全都答應要早點認領自己的半神半人孩子，你們的孩子就不會一輩子都不知道自己是誰或來自何處，於是每個人都是贏家，對吧？

我看起來一定像是準備脫口說出冷嘲熱諷的話，因爲安娜貝斯突然插嘴。

「他做了無私的選擇，」她說：「因爲那樣，你的孩子才能在混血營有自己的小屋。你終於獲得應有的尊敬。」

希碧瞇起眼睛。「也許是吧。不過呢，波西．傑克森，拒絕永遠青春的提議？你不可能眞的希望自己變老吧。你難道不知道那樣會有多可怕嗎？」

這個問題似乎沒有正確的答案。

坦白說，我花了大半輩子希望自己能變老一點，這樣才能去念大學，脫離每一天都有怪物以我爲目標、嘗試要殺掉我的這些年頭。

可是呢，我並不想反駁這位女神，因此嘗試了一個小心翼翼的答案。「我的意思是，我覺得變老是人生的一部分……」

「這個披薩很好吃！」格羅佛插嘴說，可能是企圖要救我，免得我會遭遇天神等級的瞬間摧毀。「還有那個音樂……」他看著那些老人家皺起了眉頭。「等一下……他們是不是眞的變年輕了？」

他說得對。改變非常細微，但現在他們的頭髮似乎沒有那麼灰白了。他們的姿勢比較挺直，聲音聽起來比較扎實，雖然還是很恐怖。

「他們來這裡緬懷舊日時光。」希碧指著自己四周。「懷舊是回春的管道。我只是向他們示範該怎麼打開那樣的管道。」

一陣顫慄傳過我的肩膀。這個世界最不需要的事，就是老人家返老還童，那就像是說：「我們好享受第一次稱霸世界的感覺，準備再來一次！」

「呃……你人眞好。」格羅佛試著說。但從他微微發抖的聲音聽來，我覺得他再也不喜歡這個地方了，無論甘草彩繩糖有多麼好吃都一樣。

希碧穿著她的低跟馬靴交叉腳踝。她張開兩隻手臂，放在小隔間的椅背上。看著她自鳴得意的表情，我聯想到的比較是黑手黨老大，而不是一九六〇年代的青少年。

「那麼，這是你來這裡的原因吧？」她問：「你想知道青春的祕訣？我想，你們全都沒有真正的童年，對吧？老是幫天神跑腿、躲避怪物的追殺，就這樣長大成人。」

她一臉厭惡的表情，活像是這番話令她作嘔。

「我們的滾球錦標賽通常能消滅個一、兩歲，」她繼續說：「不然你們可以在獎品櫃檯兌換各種長生不老藥的票券。只是要警告一下，如果你們要找的是很極端的方法，我可不把任何人變成小嬰兒喔。小嬰兒什麼都不會，只會哭叫、大便、嘔吐。眞正的童年魔法是從大約八歲開始。」

安娜貝斯在椅子上扭動身子。「遊樂場裡面沒有小嬰兒。沒有人的年紀小於，呃，八歲。你的經理，史帕姬……」

「留在大遊樂場，」希碧說：「在任何一個空間裡，我永遠是最年輕的人，你懂吧，即使只年輕幾個月。我無法忍受有人比我年輕。」她揮走這個念頭，把它從眼前排除掉。「不過我確實比較喜歡青少年的時光。」

「所以你流連在卡拉OK這一區，」我說：「這樣就說得通了。」

她點點頭。我在心裡默默記住，不必用冷嘲熱諷來挑釁她這位青少年。她顯然不受影響。

「好啦，」她說：「如果你們告訴我想要變得多年輕，我會告知需要付出的代價。」

「不用。」我說。

突然間，我們周圍的空氣感覺變冷了，而且比披薩更油膩。

「不用？」女神問。

「那不是我們來這裡的原因。」

希碧的神情從自鳴得意變成「靜默女神臉」，這可不是好事。

「那麼，原因是什麼？」她問道：「你們是來浪費我無窮多的時間嗎？」

「我們正在尋找一些資訊。」安娜貝斯說。

「關於天神的資訊，」格羅佛補充說：「一位天神。我是說假設喔。不知道耶……舉例來說，甘尼梅德？」

我好想拿一個面紙盒塞進格羅佛的嘴巴，但是太遲了。

希碧往前坐。她的手指甲塗成螢光黃色。「嗯，你們為什麼會問他的事？」

那些老人家唱完歌曲了。互相擊掌幾下之後，他們歸還麥克風，蹦蹦跳跳走下舞台，回到遊樂場去。老人家典型的時間安排：玩得盡興，接下來趁每一件事都變調之前立刻離開。

在女神的凝視之下，格羅佛顯得侷促不安。一條紙巾碎片掛在他的山羊鬍上，很像小小的鬼魂。「我們只是做個簡短的意見調查……」

「他派你們來這裡。」女神猜測說。她與我們坐在一起愈久，看起來就愈年輕。如果我在替代中學見到她，一定會認定她是二年級學生，甚至是高一新生……一位花枝招展、滿臉惡意的高一新生。「那麼，甘尼梅德爲何派你們來？」

安娜貝斯舉起雙手，試圖展現我們的和平之意。「不太算是他派我們來啦……」

「他最近一直表現得很緊張的樣子，」希碧若有所思地說：「不過他不會派出一群英雄，除非……」她笑了起來。「除非他弄丟了什麼東西。噢，你們不是開玩笑的吧。他弄丟了天神的聖杯？」

她笑得那麼開心，我開始鬆口氣。如果她覺得這很好笑，也許是好事一件。我喜歡開心的女神，遠勝過生氣的女神。

我聳聳肩。「嗯，我們既不能承認，也不否認……」

「太棒了！」她笑呵呵。「那個傲慢自大的小狐狸精，這下子麻煩大了！而他派你們來問我問題，是因爲……」

她臉上的笑意消失得無影無蹤。「喔，我懂了。」

「我們只是想問一些背景資訊，」我急忙說道：「你也知道，就像是有人可能有某種理由會……呃……」

「偷走聖杯。」她幫忙把話說完。

安娜貝斯搖搖頭。「我們的意思不是……」

「你們認爲是我偷的！你們來這裡指控我！」

「完全不是這樣！」格羅佛叫道：「我……我是來這裡買甘草糖！」

希碧站起來。她的裙子旋轉著粉紅和藍色的變形蟲毛呢光澤。「英雄指控我是竊賊！我唯一偷過的東西，是從命運三女神㉖的手中偷走時間，於是凡人可以享受更長的壽命！我對那個……那個『篡位之人的杯子』，根本不屑一顧！我在這裡擁有自己的事業，有我渴望的所有披薩、卡拉OK和碰碰車，你們以爲我會想要奪回以前的工作在奧林帕斯山擔任侍者嗎？」

聽起來像是另一個陷阱題。我好蠢，居然努力想要回答。

「你說得對，」我說：「那樣當然很蠢。不過呢，也許你知道可能有其他人偷走杯子？或者能不能讓我們在附近看看，這樣才能回報那個杯子確實不在這裡……」

「夠了！」希碧大吼。她攤開雙手。「波西．傑克森，你剛才是怎麼說的？『變老是人生的一部分？』嗯，也許你該再次經歷那個過程。也許你這次會做得很好，學到一些禮貌！」

女神突然爆發成一團彩虹閃光風暴，把我從椅子上撞飛出去。

㉖命運三女神（Fates），希臘神話中掌管所有生命長短的三位女神。她們手中的每一條線代表每個生命，當線切斷時，就是這個生命的死期到了。

# 8 我想找媽媽

如果懷舊是回春的管道，我覺得希碧打開了那條管道，把我拋起來，踹進那裡面。

我全身劇痛。腹部和背部肌肉非常疼痛，要不是這樣，我甚至不知道那些地方有肌肉。腦袋陣陣刺痛，感覺好像變得太大，快把頭骨撐破了。

我仰躺在地板上，手臂貼著的地毯感覺黏膩又粗硬。我坐起來，覺得動作既遲緩又太過輕飄，彷彿有人對我的血管輸入液態氦。安娜貝斯躺在我的左邊，這時剛開始動起來。格羅佛則是臉朝下趴在幾公尺外，對著地毯打呼。

我們活著。我們沒有變成閃光或遊樂場票券。希碧消失了，但有點不對勁。我覺得雙手又粗又短。我的褲腳太長了，褲腳的褶邊在腳踝周圍擠成一團。

我完全不懂到底怎麼了，直到安娜貝斯發出呻吟聲，坐了起來。她呢，也一樣，在太大件的衣服裡苦苦掙扎。她的臉……這個嘛，嗯，我不管在哪裡都認得安娜貝斯的臉。我深愛她的臉。但是呢，眼前的她是以前從沒見過的……只在幾張老照片和夢境裡見過。

眼前的安娜貝斯，是她剛到混血營之後的模樣。她退回到大約八歲左右。

她揉揉自己的頭，盯著我看，兩隻眼睛睜得好大，接著開口咒罵一聲，從小學三年級的孩子口中說出那種話，聽起來超怪的。「希碧讓我們變年輕了。」

「哎喲喂喂喂喂呀呀呀呀！」格羅佛坐起來，揉揉他的頭。

他的羊角縮成小小的短根，山羊鬍現在不見了。他的假腳和鞋子已經滾到旁邊去，因爲羊蹄突然變成嬰兒的尺寸，上衣也顯得太大，看起來很像睡衣。

「感覺很不好。」他從臉上挑掉一條乳酪絲，接著看一看自己的羊蹄，忍不住哀嚎起來。「噢，不。我不想再變成小孩子啦！」

我不知道他指的是人類的小孩還是山羊的小孩……可能兩者都是吧。羊男的成長速度是人類的一半，我記得格羅佛對我這樣說過。那就表示……乘以二，進位一，除以……不，算了。我還是把數學留給家庭作業吧。如果我還回得了家的話。

「如果我們離開這棟房子，也許會變回去？」我提議說。

安娜貝斯搖搖晃晃地站起來。看到她變成小女孩，感覺好奇怪啊。我有種不理性的恐懼感，覺得她會大喊：「噁心！臭男生！」然後從我身邊跑開。

不過，她以猶豫的語氣說：「値得一試。」

我們沿著來時路穿過遊樂中心。經過籠舍時，那些雞以興味盎然的全新眼光看著我們。我甚至不知道雞會有興味盎然的眼光，但牠們抬高了頭，發出咕咕叫聲，噗噗拍打翅膀。有一隻小雞很特別，眼睛和嘴喙周圍有著粉紅色的羽絨，牠沿著圍籬跟著我們跑，並且昂首闊步啾啾叫著。

「哇，好沒禮貌。」格羅佛說。

「什麼？」

「她威脅說要把我們的肉從骨頭撕扯下來。」

我緊張兮兮瞥著那隻小雞。「好吧，小殺手。冷靜一點。我們要離開了。」

突然間，格羅佛向我衝來，他把頭壓低，猛撞我的胸口，害我踉蹌倒退一步。

「哎喲！」我抱怨說：「老兄，幹嘛啦？」

「抱歉，抱歉！」格羅佛揉揉他的羊角。「我……我需要演練一下。我在練習群體中的社會支配性。」

他再一次用頭撞我的胸口。

「這樣很快就會變老啦。」我說。

「此時此刻，我非常樂意很快就變老，」安娜貝斯說：「繼續走吧。」

其他顧客沒有一個人特別注意我們，我猜我們只是群眾之中的另外三個小孩。我尋找史帕姬，或者其他身穿員工制服的人，但是沒看到半個人。我試著專心尋找出口，但每一道閃光和嗶嗶聲都吸引我的注意力，誘惑我去試玩遊戲。

具有注意力不足及過動症是很辛苦的，但現在我才想到小時候又更加辛苦，當時的我還沒學會怎麼引導自己的注意力、控制坐立不安的狀況，或者，說穿了，我甚至不會操控自己的身體。

再一次變成八歲實在很可怕，一想到可能又得經歷那麼多個年頭……感覺眼淚就快要奪眶而出。我好想找媽媽。我盡全力壓抑內心的驚慌感受。出口，只要找到出口就好。

沒有一個人試圖阻止我們。沒有人把大門鎖起來。我們就這樣走出去，回到時報廣場的午後陽光下……

而我們依然是小孩子。

我緊緊抓住格羅佛的手臂，免得他用頭去撞一位打扮成米老鼠的街頭藝人。

「那麼，現在該怎麼辦？」安娜貝斯問道，她的聲音聽起來很緊繃。「我們不能就……像這樣回家吧。」

每當安娜貝斯開口徵求建議，我就知道情況很不妙。她永遠是胸有成竹的人，而且，她的「家」是紐約市設計學校的一間宿舍。她絕對不能以年輕九歲的模樣出現在那裡。

「不會有事的。」我說。

她氣沖沖瞪著我。「你覺得是這樣嗎？那你就是大笨蛋！」

她用兩隻手掌壓住兩邊鬢角。「波西，抱歉……我沒辦法好好思考。我覺得希碧改變的不只是我們的外貌。」

我懂她的意思。我已經有很長的時間沒有這種驚慌失措的感受，感覺好像吃了糖粉和玻璃的混合物，要不是被割成碎片，就是整個人抖到從裡面散掉。

「我不要再次經歷那九年，」我說：「我們回去裡面找希碧。」

「那然後呢？」格羅佛可憐地咩咩叫：「她有可能把我們變成小嬰兒！」

「別說了！」安娜貝斯說。

「不，小氣鬼，你才別說了！」

「我不是！」

「你也是！」

「你們兩個！」我抓住他們的手臂，把他們分開。「我們一定可以想出解決的方法。回去裡面。」

我努力當那個理性的人。這肯定是世界末日的徵兆。我帶他們回到「緊張希碧」裡面，那是我最不想去的地方。

幾乎是立刻，我們遇到史帕姬，她現在沒有拿著那捲獎品彩券，整個人看起來高興多了。

「嗨，歡迎來到『緊張希碧』！」她說：「你們知道自己要去哪裡嗎？」

「我們剛才來過這裡，」我說：「只不過剛剛老一點。」

「這樣並沒有縮小範圍……」她更仔細看著我們。「老多少？五十歲？八十歲？」

「你是說真的嗎？」安娜貝斯說。

「我們剛剛問你希碧在哪裡，」格羅佛試著說：「你指引我們去卡拉OK區？」

「噢，對耶，」史帕姬說：「你們三個人。好吧，那麼，祝你們愉快。」

「等一下！」格羅佛說：「我們需要再去找希碧！」

史帕姬皺起眉頭。「怎樣？你們想要變得更年輕嗎？希碧對你們施予神恩，你們不應該那麼貪心。我自己是六十五歲。我在這裡工作了好幾個月，才能又變得這麼年輕！」

這是當然的了。史帕姬是另一位老人家……只不過是九歲的老人家。

「我們不想變得更年輕，」我說：「而是想要希碧把我們變回原來的樣子。」

史帕姬沉下臉。「等等……你們要提出『年齡方面的客訴』？」

我不喜歡這位小孩／老人經理看我的眼神，活像是準備把我埋在「買一送一」披薩優惠券底下。「這個嘛，只是……我覺得有誤會。我們是想要……」

「你們想要客訴。」史帕姬從她的腰帶取下一個擴音器，對整個遊樂場高聲廣播。「我們有個年齡方面的客訴！」

人群爆出歡呼聲、噓聲和嘻笑聲。很多人用充滿惡意的笑容看著我們，彷彿很期待一場精彩的表演。

「呃……」我說。

「把掠食者放出來！」史帕姬尖聲說道：「開始追逐！」

鈴聲匡噹響起。金錢交易十分熱絡。有幾位顧客猜測著誰會先倒下：我、安娜貝斯，還是格羅佛。從投注賠率看起來對我不利。

我的脈搏砰砰跳，但環顧整個空間，並沒有看到什麼嗜血的掠食者。

「我們只是想要找希碧談一談！」我堅持說。

史帕姬拿著擴音器對準我的臉，差點把我的眉毛吹掉。

「也許你們會見到她，如果能在這場比賽存活下來的話。祝玩得愉快！」她放下擴音器，緩步離開。

在遊樂場深處，有人高聲尖叫。有張椅子飛起來。一架彈珠台翻覆在地。

安娜貝斯拔出她的佩刀，在她的小孩子手中看起來比較大。

格羅佛大喊：「牠們來了！我可以聞到牠們的氣味！」

「聞到什麼？」我追問著：「我沒看到……」

然後我看到了。從雞舍而來的那些雞，牠們橫衝直撞穿越遊樂場。一般來說，我不會用「橫衝直撞」這種字眼來描述家禽的行為，但那些鳥完全就是充滿羽毛的大混亂。一大群雞翻過遊戲機台、踹倒家具，還用牠們的腳爪和嘴喙扯爛室內裝潢。其他一些雞則是從顧客手中搶走熱狗。

「緊張希碧」的顧客似乎不以為意。他們逃離「雞界末日」時開心尖叫，很像西班牙奔牛節的那些群眾，彷彿心裡想著：「這些動物有可能殺了我，但至少我用超酷的方式死翹翹！」

那些雞直直朝我們衝來，珠子般的小眼睛充滿殺戮之氣。

我拔出自己的筆劍。「這些雞想要找麻煩？我就給牠們大麻煩。」

這恐怕是我有史以來最爛的英雄台詞。

更糗的是……我打開了波濤劍的筆蓋，結果它依然是一支原子筆。我的手中並沒有彈出一把劍。

「這是怎樣……爲什麼？」我對著那支筆尖聲大喊，結果沒用，更別提我連一點英雄氣概也沒有。

「也許它不能給小孩子用，」格羅佛提示說：「你現在年紀太小了。」

「你的意思是，我的劍有『兒童安全筆蓋』？」

「嘿，你們兩個？」安娜貝斯說著，把她的佩刀放入刀鞘。「要吵架等晚一點再吵。現在呢，我有不一樣的計畫：快跑！」

# 9 狂雞先馳得點

如果你從來不必衝刺穿越一座遊樂場，而且後面的追兵是一群殺人雞……你會不會想要交換一下這樣的人生？因爲說眞的，歡迎你來跟我交換一下喔。

那些鳥的身形嬌小，但是速度飛快、超級凶猛，而且異常強壯。牠們的一波羽毛和利爪席捲整個空間，扯爛更多家具，顧客四散奔逃，而且更推升了「勁爆熱舞」遊戲機台的最高得分。這整個期間，牠們目不轉睛盯著我們，嘴喙和鳥爪閃閃發亮，很像擦得晶亮的鋼鐵。

我聽過一些故事，人們讓鬥雞登上擂台，在雞腳上綁了銳利的刀片，以便造成額外的傷害，因爲人類就是會做這種可怕的事；但是眼前這些雞更加駭人。牠們是天生的殺戮機器，而且看起來眞的很熱愛自己的工作。

我的八歲小孩雙腿不太能負荷這種追逐。我向來不擅長跑步，現在又遠遠落在安娜貝斯和格羅佛的後面。

「快點！」安娜貝斯回頭對我大喊，活像是我沒有要跑的意思。「過來這裡！」她衝向一座遊樂設施，是大型的塑膠爬行管。

我很想問她有何計畫，但已經喘得上氣不接下氣。

「你們兩個，抓住那張桌子！」她指著一張餐廳高腳桌，就是你們會隨意站在周圍來個花俏派對之類的那種桌子。

我只愣了一下下，就弄懂她為何想要那樣做。到目前為止，我們一起經歷的冒險事件夠多了，我通常只比安娜貝斯的思考過程慢個幾拍，沒有到幾天那麼久啦。

格羅佛抓住桌面。我抓住桌腳基座。桌子很重，我又不像一隻兇雞那麼強壯，但我們奮力把桌子拖拉到遊樂設施的入口處。安娜貝斯率先爬進管道，我和格羅佛隨即跟上，同時把桌子的基座從我們後面拉進來，很像幫一個瓶子塞上瓶塞。圓形的桌面剛好夠大，能把入口完全擋住，沒有留下空間讓那些雞衝進來。

過了一會兒，雞群猛力衝撞著遊樂設施，讓塑膠管道震動搖晃。那些雞憤怒尖叫。不過呢，我們暫時安全了。

「牠們要花多久的時間才能找到其他方法進入管道？」我問。

「不用很久。」安娜貝斯的眼神顯得很緊張。我可以看出她有多害怕，但也知道她就是為了這些狀況而生。安娜貝斯努力思考、著手解決非常棘手的情境時，最能展現她的本色。

這樣很棒，因為我們一天到晚面對很多棘手的情境。

「為什麼是雞？」我咕噥著說：「有那麼多種動物……」

「你比較想要美洲豹嗎？」她問。

「是因為希碧的神殿。」格羅佛說著，一邊咬著自己的指關節。「女祭司總是養著母雞和小雞。海克力士㉗的神殿則養著公雞。這些雞只有在希碧的聖日才會聚在一起。」

「喔，對耶，」安娜貝斯說：「海克力士變成天神時，希碧與他結婚。」她忍不住抖了一下。「我都快為她感到難過了。」

「鎮定一點，」我說：「格羅佛，你怎麼知道那些母雞和公雞的事？」

「日間托兒所，」他可憐兮兮地說：「希碧贊助小羊男的日間托兒中心。我們以前每天早上都會唱〈快樂的神聖母雞〉。」

突然間，對於羊男變老的速度為何是人類的一半，我有了一個全新的理論，但覺得現在可能不是探討理論的時機。

「你是『偶蹄長老會議』的一員，」我說：「不能請那些雞趕快撤退嗎？」

「我可以試試看。」他用山羊語咩咩叫了一些話。

那些雞甚至以更大的力道衝撞遊樂設施。有個鋼鐵鳥喙刺穿了我雙腿之間的塑膠管。

「我猜答案是不行。」格羅佛說。

「希碧的聖日，」安娜貝斯沉吟道：「嬰兒小雞……」

我皺起眉頭。「你在想什麼？某種分散注意力的方法嗎？我手邊沒有半隻公雞啊。」

㉗海克力士（Hercules），宙斯與底比斯王后所生的兒子，是希臘神話中的大力士，曾完成十二項不可能的英雄任務。

「不是，不過那個雞舍裡面有小雞……」

「所以呢？」我大叫一聲，因為又有個嘴喙差點刺進我的大腿。

「所以我們需要回到那個雞舍，而且抓住一隻小雞。」

「殺人母雞正在追殺我們耶，」格羅佛說：「而你竟然想要跑去牠們的雞舍，偷走牠們的小嬰兒？」

「對。然後繼續跑。」她舉起雙手，做出阻擋的手勢。「波西，我知道你會說這個主意糟透了……」

「這個主意糟透了。」

「……不過你得相信我。走吧。」

她爬進遊戲管道的更深處。我低聲抱怨，跟在她後面。我固然很討厭她的點子，自己卻想不出半個方法……而且我確實很相信她。

管道轉個角度往上走，直到我們爬行在天花板的下方。我從一個樹脂玻璃凸窗往外偷窺，看到大多數的雞群依然在地板上跑來跑去，憤怒地呱呱大叫。有幾隻雞比較聰明，已經發現，嘿，牠們自己有翅膀耶！有幾隻雞拍翅飛起，用身體去撞遊戲管道。其他一些雞則沿著管道往上跑，一路猛啄塑膠管，但是到目前為止，牠們還搞不清楚該怎麼逮住我們。

我們到一個T字路口停下來。

「格羅佛，向左轉，」安娜貝斯說：「分散雞群的注意力，我和波西則往右轉，找到出口去雞舍。我們回去卡拉OK區那裡碰面。」

「我也可以說這個主意糟透了嗎？」格羅佛問道。

「反正我們盡力就是了，」安娜貝斯說：「你的跑步速度最快。你也是唯一能說『雞語』的人。」

「嚴格來說，『雞語』並不是一種明確的語言，」他說：「不過有很多種動物的方言聽起來很像雞語……」

「老兄，反正就對牠們大吼大叫，」我提議說：「你知道有什麼罵雞的話嗎？」

「這裡是闔家同樂的遊樂中心耶！」

「也是在這裡，我們提出客訴，牠們就要殺了我們啊。」

「說得有道理，」格羅佛說：「我會罵那些雞。」他用肩膀頂開我，沿著左邊的通道往下爬，他的羊蹄移動的方式很像偶蹄活塞。

「走吧。」安娜貝斯用最像小隊長的語氣說。於是我們沿著右邊的管道往下爬。

我們滑下一條很像彎曲吸管的滑道，衝進一個小球池；這可不妙，如果你想要趕快逃走的話。幸好有人搶先占據那些雞的注意力。在遊樂設施的另一端，格羅佛冒出來破口大罵，超級激動，再從滾球遊戲機台上面跳過去，拿起木球往後丟，害那些母雞絆倒而無法前進。

我想起某個神話，提到一位女子往背後扔出金蘋果，迫使追逐她的男子拖慢腳步。滾球似乎也有相當好的效果。

「呱呱！」格羅佛大喊：「咯咯！咯咯！」

從他激怒那些雞群的程度看來，他一定對小雞的媽媽做了苛刻的評論。格羅佛的身影消失在遊樂場裡，後面跟著大多數的「暴雞」。

「繼續前進。」安娜貝斯奮力穿越那個球池，兩隻手舉在頭頂上，很像是不想讓不存在的步槍弄溼了。在此同時，我繼續握著我的筆劍，猜想那些雞如果決定想要我的親筆簽名，筆劍會超級有用。

「無論你想要做什麼，」安娜貝斯警告說：「都不要傷害那些母雞。牠們畢竟是希碧的神聖動物。」

「那是我的最優先事項啦，」我嘀咕著說：「不要傷害那些雞。」

「我是說眞的，」她說：「如果我們沒有進一步激怒希碧，事情才辦得成。」

我不知道安娜貝斯有什麼盤算，也不知道要怎麼進行，但你可以把它歸檔爲「我沒有更好的主意」，那個資料夾已經相當厚了。

安娜貝斯爬出球池，向我伸出一隻手。我很想說我以優雅的動作爬出來，但沒有。我從褲腳的寬大褶邊甩出十幾顆塑膠小球，還從鞋底刮掉一個有人咬過的乳酪漢堡。眞想知道還有什麼別的東西會在球池的底部慢慢變成化石燃料……可能是一群半神半人吧，他們好大膽子，竟敢提出年齡方面的客訴。

「雞舍。」安娜貝斯說著，拔腿就跑。

即使是八歲小孩，她專心一意的程度還是比我強多了；假如我有足夠頻寬能注意到這點，可能會覺得忿忿不平吧。

我們在雞舍裡找到小雞，就在剛才離開牠們的地方。小雞錯過了出去追逐的機會，此時顯得很不高興。史帕姬放出這些掠食者時，顯然啟動一個控制器，讓鐵絲網圍籬降低一半的高度，低到足以讓成年的母雞跳過去，但又高到能夠擋住小雞。我想，充滿希碧風格的遊樂設施招牌會這樣寫：「你必須長到『這麼高』，才能宰殺我們的顧客！」

安娜貝斯端詳著那些小雞，牠們急得團團轉，踩踏稻草，也對著我們叫罵一些不能翻譯出來的話。先前我注意到臉上有粉紅絨毛的那隻小雞似乎特別生氣，牠扯開喉嚨發出細碎的啾啾叫。

「希望我能抓到一隻。」安娜貝斯嘀咕著說，基本上是自言自語。

我還來不及說「對一個聰明女生來說，那似乎不是什麼聰明之舉」，她就伸手到雞舍裡。

「哎喲！」

「小殺手」咬中她的手指，而且緊咬不放。安娜貝斯將手往後甩，把那隻毛絨絨的小雞甩來甩去，很像透過靜電吸附在手上的襪子，但小殺手拒絕放開。

「記得不要傷害她喔。」我說。

「金玉良言啊。」安娜貝斯咕噥著說。

她的手指滴著血，但她用空著的那隻手握住小雞，讓小雞貼著她的胸口而無法脫身，假設牠終究會對人肉的滋味感到厭倦的話。「我們去卡拉OK區吧。」

「一隻小雞夠嗎？」我問。

「如果你吃醋的話，可以來抓這隻喔。」

「以殺人雞來說，牠還滿可愛的。」

遊樂場的另一端突然傳來一陣顧客的歡呼吼聲、母雞尖銳刺耳的「嘎！嘎！」聲，還有一位驚恐羊男的喊叫聲：「快來啊！」

我忘得還眞快，那群神聖母雞想要把我們碎屍萬段耶。

我和安娜貝斯衝向卡拉OK區，不過我的兩條雙腿才剛變年輕，動作比較像是鴨子搖晃前進。我們經過跳水泳池時，我甚至沒有時間或力氣讓它爆炸開來。

格羅佛與我們在同一時間到達門口。他的毛皮沾滿了羽毛，上衣背後也變得破破爛爛，像是在一張超危險的床墊上滾過好幾輪。

「超好玩的。」他氣喘吁吁地說。

「把門打開！」安娜貝斯說。

我和格羅佛抓住巨大的桃花心木門板，準備一起讓門板滑開。我也不知道卡拉OK爲何要自成一區……也許是要讓遊樂中心的其他區域聽不到音樂聲，或者要爲生日派對或個人審問場所提供私人的舉辦空間。

我們才剛把門關上，雞群就開始猛力撞擊。

那些母雞憤怒呱叫。桃花心木門板劇烈抖動、吱嘎作響。受到那些雞的全力攻擊，我想門板撐不了多久。

「再來怎麼辦？」格羅佛問道，氣喘吁吁。

他看起來好年輕又好害怕，讓他這樣的小孩子捲進這種情況，感覺實在很不好。接著我才想起，我也跟他一樣是小孩子啊。

「再來就是困難的部分了。」安娜貝斯說。

「剛才是『簡單』的部分？」我追問說。

安娜貝斯皺起眉頭，這時她終於甩掉手指上的「小殺手」，把小雞放到地上。

小殺手抖一抖身上血跡斑斑的羽毛。她抬起頭，以晶亮的黑眼睛看著我們，自鳴得意啾啾叫，像是說「對啊，你最好把我放下來」，然後漫步走開，啄食地毯上的披薩碎屑，顯得心滿意足。

安娜貝斯拿了一張紙巾裹著受傷的手指頭。「卡拉OK區是希碧的神殿，對吧？她的核心聖所？」

我通常不會把這樣的字眼與卡拉OK聯想在一起，不過我點頭。「然後呢？」

「在希碧的聖日，膜拜的人通常會來她的聖壇。」安娜貝斯繼續說。

「對耶，」格羅佛說：「他們會請求寬恕，而希碧會給他們庇護。」

「不過今天不是她的聖日，對吧？」我問。「我們沒有這種好運吧？」

「可能沒有，」安娜貝斯說：「不過大可一試。」

在那些邪惡家禽的重壓之下，門板激烈抖動，向內彎曲。

「格羅佛，」安娜貝斯說：「你盡一切的努力擋住那道門。我和波西會找到正確的歌曲。」

「歌曲？」我問。「你不是眞的在講〈淺灘〉二重唱吧？」

「不是啦，海藻腦袋，是『道歉』的歌曲啦！我們要祈求希碧的寬恕。等到她現身，我們請求庇護和第二次機會。」

「萬一她拒絕呢？」

安娜貝斯看著小殺手。「那麼，我希望『小雞計畫』能派上用場。否則我們就死定了。」

# 10 我唱歌讓情況更糟，大家超震驚

你一定會愛上安娜貝斯的那些激勵演說。

永遠都可以歸納成「如果A等於B⇓很好；如果A不等於B⇓死定了」。

我不知道爲什麼要綁架「小殺手」，也不知道安娜貝斯打算拿牠來做什麼，但我希望不會用到「小雞計畫」。可惜的是，那表示我得把自己的希望寄託於「波西唱歌計畫」，聽起來就等於是害我們死翹翹。

這時格羅佛把家具堆在門口，我和安娜貝斯則是跑向舞台，啓動卡拉OK機器（我從來沒想過自己會說出這種話）。小殺手把這裡當成自己的家，在桌子底下翻找食物碎屑、發霉披薩或新鮮手指來吃。

安娜貝斯對著卡拉OK的螢幕沉下臉。「這個有搜尋功能嗎？也許我可以交叉搜尋『抱歉』和『寬恕』。」

「〈抱歉不抱歉〉㉘。」我提議說。

㉘〈抱歉不抱歉〉（Sorry Not Sorry）是美國歌手黛米．洛瓦托（Demi Lovato）於二〇一七年發行的歌曲。

「波西……」

「好啦，好啦。」我絞盡腦汁拚命想。「有位老兄唱的那是什麼歌，好像是，『我不是故意要傷害你讓你哭』？」

「我們沒有眞的害希碧哭吧……喔，等一下，你是指約翰．藍儂（John Lennon）的歌？〈嫉妒的傢伙〉[29]？」

「我猜是。」

「你剛才叫約翰．藍儂是『有位老兄』？」

「隨便啦。看看他們有沒有這首歌！」

那些雞聚集在門口，猛力撞擊門板，讓門框發出喀啦聲，還把桃花心木戳出許多嘴喙大小的洞。格羅佛氣喘吁吁，把一些桌子拖過去擋住門口，但是一位還沒進入青春期的羊男也只能做到這樣了。我正準備過去幫他時，安娜貝斯說：「找到了！」

她用力按下一個按鈕，開始播放〈嫉妒的傢伙〉的第一個小節。

我不確定是否該覺得鬆口氣還是怎樣。現在我得唱這首歌，但我不會唱。「你想先唱嗎？」

「喔，不要，」安娜貝斯說：「你才是讓希碧抓狂的人！」

「我？我們所有人一起吧！」

「百分之九十是你。」

「可是只有百分之九十啊。我有改進了！」

格羅佛又搬了一張桌子塞到門邊。「把伴奏的音量調大啦！我們都會支持你！」

提詞機開始捲動，安娜貝斯把麥克風遞給我（這是我從沒想過自己會說的另一句話）。

我從小時候就記得這首歌。我媽一天到晚播這首歌，即使她聽了會哭。我討厭看到媽媽哭，也因爲這樣，我的腦袋無法擺脫這首歌。

回想當時，我不確定這首歌是否讓她想起波塞頓，或者她播放這首歌是要暗中提醒我的第一任繼父，像是說：「也許你應該要爲自己的所作所爲好好道歉。」如果是後者，臭蓋柏絕對沒有聽出其中的含義。

這首歌開頭的節奏慢慢的，很像送葬的輓歌。等我開始含糊唱出第一句，那些雞更加死命猛撞門板。很顯然，牠們體認到必須不惜一切代價阻止我，免得我把一首完美的好歌摧毀殆盡。更糟的是，我用很像鴨子叫的八歲嗓音唱著歌。這也是我一點都不想念小學時光的另一個原因。

安娜貝斯在旁邊「幫唱」（要在空中做出上下引號的手勢），比我慢了半拍，輕聲唱出每個字。你就是因爲這樣而知道自己找到眞愛：你心愛的另一半，唱起歌來跟你一樣難聽。

我唱到副歌的地方，扯開喉嚨大喊：「希碧，這首歌是獻給你的！」

（我也想要特別指出，我在這裡打出「chorus」〔副歌〕這個單字時，系統自動更正爲

---

㉙〈嫉妒的傢伙〉（Jealous Guy）收錄在約翰・藍儂於一九七一年發行的《想像》（*Imaging*）專輯。

「curse」〔咒罵〕，好像也說得通。）

「……傷害你，」我含糊唱著：「哭泣。嫉妒。喔，耶！」

我們的小雞朋友「小殺手」匆匆跑去角落的小隔間底下躲起來。牠探出頭，用受傷的眼神窺視我，彷彿想著：「我才出生兩天大，我來唱都比你唱得好。」

到第二段，安娜貝斯加入一起唱。她伸出手臂摟著我，聲嘶力竭唱著，她呢，也一樣，就是個嫉妒的傢伙。她的熱情對歌曲的改善程度是負百分之五。

最後，我們唱起第二段副歌／咒罵，一陣旋風般的閃光和獎品彩券在舞池正中央逐漸成形。希碧出現了，她的手指塞住耳朵。「停下來！停下來，快點！」

卡拉OK機器停止運作。小殺手回到隔間底下消失不見。大門停止搖晃，母雞大軍結束攻勢。

「噢偉大和極致青春的希碧！」我說：「我們真是抱歉……」

「特別是波西。」安娜貝斯說。

「我占了百分之九十的抱歉！」我附和道：「請原諒我們！」

希碧瞪著惡狠狠的眼神。「如果那首歌的用意是道歉，你應該要對約翰．藍儂道歉。」

「求求您，賜予我們庇護，遠離您的憤怒母雞！」格羅佛從門口叫道。

「而且求求您恢復我們適當的年齡！」安娜貝斯說。

「哇，哇，哇！」希碧的兩隻手比出T字形的手勢，意思是時間到。「首先你們褻瀆我的卡拉OK機器，接著用一堆要求對我發動猛烈攻擊？我為什麼要讓你們恢復以前的年齡？」

「因為……」我遲疑一下。「因為您很慷慨又好心，而且超年輕。」

「我們在祭壇誠心祈求您。」安娜貝斯說。

「在您最神聖的神聖卡拉OK舞台！」格羅佛說：「迪斯可搖擺舞的至高聖地！」

希碧瞪著他。

「太過頭了嗎？」格羅佛問道。「我們只希望能夠靜靜離開這裡，而且回到正常的年齡，這樣才能廣為宣傳『緊張希碧』的神奇和恐怖之處！」

「而且附上天神聖杯的一點點訊息，拜託了。」我說。

安娜貝斯朝我的小腿踢了一腳，但是太遲了。

希碧咬牙切齒地說：「又來了。傲慢無禮。誹謗中傷。也許我把你們送去的童年年齡還不夠小。」

「原諒他吧！」安娜貝斯大叫。我注意到她的目光一直飄向角落的小隔間，盯著小殺手躲藏的地方。但如果她等待的是小雞偷偷對女神發動攻擊，我對我們的機會不抱希望。

「我們絕對不會對你嘗試『讓時鐘跑完』㉚那一招！」安娜貝斯補上一句。

---

㉚「Run out the clock」字面上的意思是讓時鐘跑完，通常用於球類比賽勝負已定、僅剩少數時間，勝方持球把時間拖完。

最後那句話是說給我聽的。即使是八歲小孩，即使腦袋不夠靈光，我也聽得出弦外之音。安娜貝斯正在拖延時間。可是爲什麼呢？

「是眞的！」我說：「時鐘很糟糕！」

希碧的髮型似乎捲得更緊了，彷彿構成一頂具有保護效果的頭盔，能夠抵擋令人痛苦的傷害，例如聽我們說話。她也變矮了嗎？難道只是我的妄想？

「你喋喋不休講些沒道理的話。」她說。

「眞的，」安娜貝斯附和道：「他一天到晚都那樣！就是因爲那樣，您必須原諒他。」

「必須？」

「應該！可能，如果您有這種意願的話。偉大的女神啊，求求您！」

希碧用力蹬踏她的低跟馬靴，現在那雙馬靴頂著她的臀部，很像是高筒長靴。「你們全都好……好討厭！」

她在我們的眼前逐漸縮小。她的迷你裙變成了長洋裝，變形蟲毛呢布料褶邊拖在腳踝周圍。她的臉頰胖胖的變成嬰兒肥。

「到底怎麼了？」她揮舞著拳頭，拳頭現在變得好小。「我不喜歡這樣啦！」

現在她的年紀看起來比我們更小……也許七歲吧。她的雙眼依舊有著憤怒的目光，但聲音變成「我剛剛吸了氦氣」那種尖細的吱吱聲，很難嚴肅看待。

「不要用那種眼神看我！」她大叫，嘴唇氣得發抖。「你們是大笨蛋！」

可是我忍不住盯著她看。她縮小成幼稚園小孩的體型，接著變成剛學會走路的嬰兒。就連「小殺手」都從躲藏的地方探頭出來偷看。

最後，我終於了解「小雞計畫」的意思。

希碧永遠都必須是整個空間裡最年輕的人。面對小雞的存在，她的力量發揮了作用。身爲女神，她應該要能夠阻止這個過程，但我猜想，她太過驚訝而反應不過來。也說不定讓自己變老根本違反她的天性。

她倒在地上，沒辦法走路。然後，她朝我爬過來，似乎想要抓住我的腳踝，但接著往側邊倒下，扭動身子，開始哭叫。掌管青春的女神現在是整個空間最年輕的人：焦躁的新生嬰兒，臉蛋漲得紅紅的。

「剛才是怎樣？」格羅佛問道。

安娜貝斯慢慢走過去，抱起嬰兒，用希碧的變形蟲圖案裙子裹住她。「小殺手拉低了希碧的年齡。」安娜貝斯逗逗女神的下巴。「不過你好可愛喔。」

希碧一邊哭叫一邊嘀咕。她企圖咬住安娜貝斯的手指，但根本沒有牙齒。

「好了安靜一下，」安娜貝斯對小嬰兒說：「我知道你很有意見，但我敢說，你不會提出年齡方面的客訴，對吧？那些雞不喜歡那樣喔。」

小嬰兒希碧變得非常平靜。

「太好了，」安娜貝斯說：「那麼以下是我的建議。我們一致認爲，有些青春的年齡實在太過青春了。我們把小殺手從這一區移出去，那麼你可以讓自己的年齡至少回到小學階段。然後你接受我們的道歉，讓我們恢復正常的年齡，把你所知關於天神聖杯的資訊告訴我們，我們就各奔東西。你發出『咯』一聲表示同意，大便就表示不同意。」

我這輩子從來沒有這麼想要聽到「同意」。

希碧發出「咯」的一聲。有可能只是隨便「咯」一聲，但安娜貝斯似乎接受這樣就是作出承諾。

「格羅佛，」她說：「你可不可以請『小殺手』回到牠的籠舍？」

格羅佛發出好幾聲咩咩叫。小殺手瞥了我們一眼，可能是要說「感謝你們這麼刺激和食物屑屑和鮮血」，然後小跑步去門口，扭動身子穿過一個洞，那是母雞的嘴喙戳出來的。

從外面的咯咯叫聲聽來，那些母雞熱烈歡迎小雞，認爲牠是致勝英雄。接著，牠們的咯咯叫聲變小，撤退回到自己的巢穴。我想，「小殺手」已經把消息傳播出去，說我們一致同意停火。

說時遲那時快，希碧開始長大。安娜貝斯趕緊把她放下。我們看著小嬰兒像是影片快轉一樣變成幼稚園學生，接著是小學五年級學生，最後站在我們面前的，是我這輩子所看過最憤怒的高中生。

「你們三個……」她咆哮著說。

「偉大的希碧，我們很抱歉，」安娜貝斯說：「還有請求庇護。」

「還有資訊。」我補上一句。

安娜貝斯用手肘頂我一下。

「求求您。」我再加一句。

女神氣得七竅生煙。她彈彈手指，而一瞬之間，我們又是正常的年齡了。

「算你們運氣好，我喜歡約翰．藍儂，」女神嘀咕著說：「坐下，我會把知道的事情告訴你們。不過你們不會喜歡這些訊息的。」

# 11 我們一張彩劵都沒贏到

「你們得去農夫市集。」希碧這樣說，彷彿是要派我們去參與一場超級可怕、令人髮指的升學考試。

我們再一次圍坐在小隔間裡，享用第二份披薩。這一次我眞的吃了，因爲我又變回青少年。而且，附近沒有嬰兒潮世代的老人家唱著抗議歌曲，對我的消化很有幫助。

格羅佛吞了一大口油膩膩的紙盤。「農夫市集有那麼不好嗎？」

女神皺了皺鼻子。「伊麗絲開始認爲，她只在加州開設有機商店是不夠的，現在她必須把自己的理念宣揚到全世界！這個星期六在林肯中心前面，你們會找到她在那裡販售水晶、香氛，還有宙斯才知道有什麼別的東西。」

我鬆了一口氣。又一個本地的任務？而且在星期六？表示這個星期接下來的時間，我能夠好好應付學校的事。那並不好玩，但至少比起千里跋涉橫越整個國家、跑去愛達荷州某個該死的農夫市集要好多了。

但是安娜貝斯瞇起眼睛。她仔細端詳希碧，活像是女神有可能再次用閃光攻擊我們。「那麼，你認爲是伊麗絲拿走聖杯嗎？」

希碧聳聳肩。「那要由你們來判定。我只能告訴你們不是我，而除了我之外，曾經擔任天神斟酒人的，就只有伊麗絲了。說不定呢，在代表愛與和平的彩虹門面後方，她對甘尼梅德的痛恨之情遠超過她承認的程度。」

「我見過伊麗絲，」我說：「她不像是懷恨在心的樣子。」

「那我有嗎？」希碧問道。

我緊閉自己的嘴巴。有時候，我也是有學習能力的。

「偉大的希碧，謝謝您的指引，」安娜貝斯說：「也請求您允許我們平靜離開這裡。」

「唔。」女神交叉雙臂。「那好吧。不過你們不能拿獎品彩券喔。」

格羅佛清清喉嚨，就像你吃了油膩膩的紙盤會有的反應。「而且，嗯……您不會對其他人講起聖杯的狀況吧？」

希碧冷笑一聲。「當然不會。我等不及看到甘尼梅德在下一場宴會中徹底丟臉，被宙斯劈成一團灰燼。不過記住我的話：如果你們觸怒了伊麗絲，就像觸怒我這樣，你們不會這麼容易就逃得掉。你們會希望自己停留在小孩子的狀態。」

我們看到希碧的最後一眼，她正在歡迎一群千禧世代的顧客，那些人希望透過「辣妹合唱團」卡拉ＯＫ的魔法，重溫一九九〇年代的舊夢。我希望他們能活著出去。

一路穿越遊樂場，我感受到職員、顧客和那些雞的目光跟隨著我們。我好怕隨時會變成學走路的小嬰兒。

我們終究還是回到時報廣場。看到熟悉的觀光人潮，我從來沒有覺得這麼開心過；現在是眼睛對著眼睛的高度，而不是眼睛盯著人家的屁股。

到了地鐵站，我、安娜貝斯和格羅佛各奔東西。三個人都沒有說什麼。經歷了下午的青春、母雞和恐懼，我們全都受到相當程度的驚嚇。但我不太擔心，像這種冒險之後的創傷壓力症狀，我們一起經歷了好多好多次，我也知道大家都會恢復。

安娜貝斯前往市中心的紐約市設計學校；格羅佛搭乘長島鐵路前往混血營；至於我，我一路步行到上東城，因為需要一點空氣。每隔一陣子，我會看看自己的雙手，回想起剛才這雙手有多麼幼小，不能使用自己佩劍的感覺又有多麼無助。在我內心，感覺好像還是那個八歲小孩，隨時要哭出來。

那天晚上，我拖延著沒有做功課。超驚訝的吧，我知道。

我坐在防火梯上，兩條腿在巷子上方晃啊晃。焦慮在我的血管裡嗡嗡奔馳。我的提心吊膽總有某個底限，但這次比較糟。

我出過很多次任務的風險都比這次更高；那些時候如果我失敗了，有些城市會焚燒殆盡、世界會徹底爆炸、喇叭褲會捲土重來等等。這一次只是要取回天神的某個杯子，感覺卻像以前做過的事一樣危險。

也許因為我快要畢業了，希望能在加州展開新生活。只差幾步就快到了，腳下的地面卻開始龜裂。我無法信任這個世界可以繼續撐住我的重量。

「嗨。」我媽說。

我回頭瞥了一眼，看到她正爬出窗戶。

「需要拉你一把嗎？」我準備起身。

我不確定自己爲什麼擔心。她從窗子爬出來一百次了，但今天晚上我滿心擔憂，也許是因爲我覺得自己的整個未來好脆弱。

她揮揮手，要我坐著別動。

「我沒問題，」她說：「只是覺得你看起來可以找人陪伴一下。」

她坐在我旁邊，背靠著磚牆。她頭髮摻雜的灰色髮絲閃閃發亮，很像銀色的條紋。

說也奇怪，我第一次感受到灰髮的衝擊並不是來自我媽，而是要多虧一位名叫阿特拉斯的泰坦巨神；但媽媽的灰髮比較適合她。她看起來並沒有比較老，甚至顯得比較莊嚴。我還記得啊，很久很久以前，波塞頓曾經把我媽與一位公主做比較……而他比較的原型不是等待英雄救美的少女。他指的是古希臘的戰士公主，態度強硬積極，很清楚該怎麼揮舞青銅大刀。

我媽就是有那樣的力量。她也有一副好心腸，能夠注意到我遭受打擊，於是爬出窗外陪伴我。

有好一陣子，我們只是安於令人自在的沉默，看著家家戶戶的窗戶透出燈光，呈現出都市生活的數十幅小風景。有個家庭正在烹煮晚餐，笑嘻嘻互相亂扔義大利麵條；一位老先生獨自癱坐在椅子上，臉上閃爍著電視螢幕投射的藍光；兩個小孩子在床上蹦蹦跳跳，用枕頭互相揮打。

我很愛紐約，因爲你可以看到人生百態，就像不同的電玩遊戲螢幕串連到天邊，邀請你按下遊戲鍵，墜入某一個全新的現實。我不禁心想，是否有人曾經考慮要墜入我的人生？

「我小時候是什麼樣子？」我問。

我媽緊張起來，彷彿這是個腦筋急轉彎問題。「你爲什麼要問？」

「我今天變成八歲的樣子。」

一般來說，我不會把任務的細節告訴媽媽；除非必要，我不想讓她更加擔心。她早已知道半神半人的生活有多危險。然而，今天晚上，我講述了下午那一大堆讓人緊張害怕的事。

「也發生太多事了，」她說：「我一直都很喜歡〈嫉妒的傢伙〉那首歌，不過……」

我點頭，覺得喉嚨哽了東西。

「你挺過去了，」她說：「你總是有辦法。」

「我想也是……不過，感覺好像我有那麼多的經歷、有那麼多的歲月逐漸長大和學習如何存活下來……結果希碧彈一彈手指，就把那一切全部奪走了。我又變成無助的小孩。」

「波西，你有很多特質。但是『無助』不包括在內。」她把一隻手放在我肩膀上。「你小時候……每次覺得害怕，會後退一下子，但接下來會邁開大步，迎向那個讓你害怕的事物。你會直視它，直到它離開，或到你了解它爲止。想到你還在學走路那時，讓我覺得……」

「厭惡到快吐了？」

她笑起來。「是讓我覺得充滿希望啦。你持續往前挺進。你長大了，變成優秀的年輕人，我以你爲榮。」

我喉嚨裡哽住的東西像奇異果那麼大顆。

「懷疑自己也沒關係喔，」我媽補上一句，「那樣完全是正常的。」

「即使是半神半人？」

「特別是半神半人。」她把我拉過去，親吻我的頭，就像我眞正八歲的時候，她常常這樣做。「而且，你需要去洗碗盤。」

我做個鬼臉。「講了那麼多甜言蜜語，只是要讓我甘願去做家事？」

「不是『只是』啦。好了，拉我一把，好嗎？坐下來很簡單，爬起來就沒那麼簡單了。」

我洗了碗盤。因爲我想，半神半人要做他們必須做的事。

我讓保羅和我媽留在客廳，他們窩在沙發裡，聽著保羅的爵士樂黑膠唱片。他們都很感謝我，祝我晚上有好夢。

但我沒有去睡覺。我把功課做完。不知爲何，我找到動力做高等代數的題目了。我甚至寫了一篇報告，不過那些字在我眼前搖來晃去，可能有一半的字都拼錯了。

那天晚上，我好好睡了一覺，已經很久沒有這樣了。

# 12 甘尼梅德幫我倒滿飲料

在那之後，我有整整三天完全沒有遇到外來的超自然干擾。哇。好奢侈。

我努力與功課奮戰。每天下午，我和格羅佛和安娜貝斯碰面喝果昔，或看電影，或只是在中央公園散步。我得說，這樣很棒。

到了星期四，我有第一次的游泳聚會，準備讓大家印象深刻，但不要太深刻。我沒有在深水區召喚出一陣浪潮之類的。

我差點忘記週末快到了，還有農夫市集的事，直到星期五的午餐時間。

替代中學的校園沒有對外開放，每個人都應該在餐廳一起吃午餐。是沒錯，很多高年級學生偷溜出去吃午餐，但我留在學校，因爲這一年我不想冒著太早被踢出學校的風險。這所學校很小，很容易會有人發現你蹺課。

我自己一個人坐，嘴裡咬著花生醬香蕉三明治（嘿，這是我自己做的，出自我的專業食譜），試著讀一篇短文，講的是一個人喜歡開罐頭[31]……搞不懂爲什麼。接著有人靠近我，說著：「幫你倒滿。」

甘尼梅德拿著一個大型玻璃水壺，倒了某種東西到我的汽水罐裡，那裡面本來只有半滿。他的動作極度專注又精準，連一滴都沒有濺出來，但是倒入的液體肯定不是原本汽水罐裡的飲料。

「呃，謝囉？」我勉強說著，因爲嘴裡滿是花生醬。

「不客氣。」甘尼梅德很有禮貌地點點頭，彷彿我們是兩個國家的大使，互相交換禮物。

「我想聽取任務的最新進展……但我馬上就回來。」

我有時間好好吃完三明治，因爲甘尼梅德環繞餐廳一圈，沒有徵求同意就幫學生倒滿飲料。有些學生以興味盎然的眼神看著他，但多數人甚至沒有注意到。這很奇怪，畢竟甘尼梅德穿著一襲希臘長袍和一雙綁帶涼鞋，幾乎沒穿其他衣物。我猜想，多虧有「迷霧」蒙蔽了凡人的心智，也說不定那些學生只以爲他在做戲劇課的作業。

他回到我的桌旁，坐在我對面。「所以呢？」

「你倒的是什麼飲料？」我問。「你沒有打算把所有學生變成永生不死之身，對吧？」

他嘆口氣。「波西．傑克森，當然沒有。我告訴你，有魔法的是那個『聖杯』。」

「你的水壺裡面不是神飲吧？」我問。「因爲凡人喝到神飲會燒掉喔。」

㉛這裡是指海明威的短篇小說〈大雙心河〉（Big Two-Hearted River），描述一位退伍軍人獨自釣魚的故事，裡面有個句子是「He liked to open cans」（他喜歡開罐頭）。

「什麼因素讓你覺得這是神飲？」

「嗯……那是藍色的，而且發光。」

甘尼梅德對著他的水壺皺起眉頭。「好像是耶。不是啦，這只是標準的奧林帕斯山飲料五號。它能消除疲勞和恢復元氣，而且喝起來很像是你想要喝的任何飲料。它不會把凡人變成永生不死，也不會讓他們自爆。試喝看看。」

我好想知道奧林帕斯山飲料一號到四號究竟是怎麼回事。不過甘尼梅德緊盯著我，而萬一惹他不高興，對於我取得推薦信又沒有幫助。我喝了一口。喝起來很像普通的檸檬萊姆汽水，跟我剛才喝的一模一樣，但是氣泡比較多，也比較清涼。整個餐廳沒有人燒掉或發亮。

「好吧，很好喝，」我說：「謝啦。」

甘尼梅德聳聳肩。「補充水分很重要。好啦，關於我的聖杯。」

我讓他了解最新進度。

我說完時，他那宛如雕刻一般的莊嚴眉頭揪成一團。我覺得他並不高興，彷彿有可能決定在我的推薦信上勾選「還算滿意」，而不是「非常滿意」。

「而你相信希碧說的話？」他問。

「我從來沒有……」我自己住口。

我本來要說「我從來沒有相信過天神」，但是對一位天神說這種話不太妥當吧。「我絕對沒辦法百分之百確定，但是我認為希碧沒有拿走你的杯子。」

「如果她決定告訴每一個人呢？」

「她不會，」我說：「至少……直到你的下一場宴會之前不會。她說，她寧願看到你在所有天神面前丟臉出糗。」

我沒有補上「而且被宙斯劈成一團灰燼」這一刀。

甘尼梅德的額頭變得暗沉，我想像那是奧林帕斯山飲料三號的顏色。「聽起來很像希碧說的話。而那個農婦司機……」

「農夫市集。」

「那個農夫市集是明天營運。」

「對。」

「你的計畫呢？」

「找伊麗絲談一談。找到你的杯子。不要被變成彩虹。」

他點頭。「這樣很妥當。但是，如果她沒有聖杯……」

「我們明天再擔心這件事。」

他在椅子上挪動身子。「原諒我，我很少派半神半人去出任務。到了這個節骨眼，我是不是應該威脅你，如果失敗了，就要取你的小命？」

「不是，」我說：「那要之後再說。」

「唔。好吧。但是，波西．傑克森，別讓我失望，我的名聲都靠它了，還有你的大學生活也是！」接著他站起來，穿著他的浴袍慢慢走開，再去幫大家倒更多天神的「酷愛」飲料32。

後來我順利度過那一天。我得承認，我覺得恢復活力且補滿水份。

那天晚上，做完功課之後，我坐在床上與安娜貝斯聊天。她其實沒有在這裡……她在城市另一端的宿舍房間裡，不過我們能保持聯絡，多虧有高科技的伊麗絲通訊。

半神半人不用手機，因爲那會吸引怪物。我一直不太懂爲何會這樣，反正這攸關我們的性命，所以我一直都接受這種說法，覺得「當然是那樣囉」。如果要確認某位半神半人，最快的方法就是拿一支手機給他們。如果他們還不滿十八歲，而且不曉得該怎麼使用手機，那麼很可能就是半神半人。等到怪物現身、把他們吃掉，你更可以百分之百確定。

爲了取代手機，我有手電筒、加溼器，以及一整碗的德拉克馬金幣。你讓手電筒的光線照向水蒸氣，就可以自己製造出彩虹。你扔一枚金幣進去，唸一段祈禱文，於是瞧啊！你得到一個閃爍發亮的全像式安娜貝斯坐在你旁邊。她的那一端也設置了類似的系統，不過我們只能趁她室友不在的時候才能聊天。安娜貝斯曾對室友說，使用加溼器是因爲她會過敏。她沒說的是，過敏的對象其實是手機。

她正躺在自己的床上，用一隻手肘撐著身子，面前有一整疊建築學書籍。我們之間的水蒸氣閃閃發亮，很像煙火。

「所以明天呢，」她說：「我擬定了計畫。」

不是什麼驚喜的事。安娜貝斯永遠都想好計畫，這是從雅典娜遺傳而來的特質，但安娜貝斯發揮到全新的層次。

不過我沒有抱怨。如果她不是擅長規劃的人，我會痛苦掙扎，不知道明年該怎麼辦才好。我可能早就放棄了，跑去「怪物甜甜圈店」找份工作。

「來聽聽看吧。」我說。

「嗯。」她把匕首壓在課本上，標記剛才讀到的地方。我也不知道她的室友認爲那把刀是什麼東西。「我在想，如果有人把我們引薦給伊麗絲，可能會容易一點。」

「可是我已經認識她了。」

安娜貝斯挑起一邊眉毛。我了解她的意思：以前見過某位天神，並不保證他們會記得你或對你好。我聽過很多天神嚷嚷著說，他們把我們所有的凡人都搞混在一起……我們很像一群沙丁魚。

「你想到的是誰？」我問。

「我們沒有很多選擇，」她說：「不過我想到伊麗絲的一個孩子。」

「巴奇[33]在明尼蘇達州的家裡……」我匆匆想著自己在混血營認識的所有半神半人。「而現在，伊麗絲的小屋沒有整年都待在營區的學員。」

---

[32] 酷愛（Kool-Aid）是五顏六色的沖泡式飲料粉末，是美國小孩常喝的飲品。

[33] 巴奇．華克（Butch Walker）是伊麗絲之子，也是伊麗絲小屋的首席指導員。

「沒錯，」安娜貝斯附和道：「不過伊麗絲確實有個孩子住在本地。在南邊的蘇活區。」

我的胃糾結成硬硬的一團，而且甘尼梅德的五號飲料全部開始流進我的雙腿。「你不會是認眞的吧。」

「她已經同意在市集跟我們碰面。」

我眞好奇安娜貝斯是怎麼辦到的。一定是答應了什麼好處。金錢。長子長女。某種東西。

「可是……」我拚命抓住任何一種想法，希望能改變安娜貝斯的心意。「大多數的任務不是都由三個人參與嗎？多了第四個人會不會帶來厄運？」

「她沒有要加入我們的任務，只幫忙把我們介紹給她媽媽，而等到我們告訴伊麗絲……嗯，說我們懷疑她是偷杯子的人，希望到時候她能說服伊麗絲對我們好一點。」

我渾身發抖。「她也有可能讓情況更糟。你還記得上一次營火晚會發生的事吧？」

安娜貝斯笑起來。「其實呢，我覺得那還滿有趣的。海藻腦袋，冷靜一點。這件事在我的掌控之中。」

「唔。」

「不要對我『唔』。」她瞥了背後一眼。「我室友來了。該走了。愛你喔。」

「也愛你。但是不愛你的計畫。」

「把你的功課做完啦。」

「是的，女士。」

她點頭，顯得心滿意足，然後對我來個飛吻。伊麗絲連線消散成隨機分布的水珠。

我看著自己成堆的週末作業，不禁哀嚎。要寫另一篇英文課報告……這一次是關於那個喜歡開罐頭的傢伙；外加數學課、科學課、歷史課的兩個章節。

還有我明天得面對伊麗絲和她的女兒。我不禁心想，現在去應徵「怪物甜甜圈店」的夜班工作是否太遲了。

# 13 在農夫市集找死掉的東西

格羅佛好興奮。

「布蘭琪要來？」他拍一拍自己的山羊角，像是要確定那些角沒有彎曲。「我這樣看起來還行嗎？」

他穿著工作短褲，羊蹄套了網球鞋；這樣的僞裝剛好足以讓人類認爲「那小子需要刮腿毛」，而不是「那小子是半羊半人」。他的本日上衣是手織綠色毛衣，有小小的樹木圖案；我還滿確定那是樹精靈爲了植樹節幫他做的衣服。

「你看起來很好。」我說。

「格羅佛，提醒你喔，」安娜貝斯斥責道：「這位是布蘭琪。她又不是你的女朋友。」

格羅佛有女朋友，叫朱妮珀；看到格羅佛表現得這麼慌張，她可不會太高興。

「對啦，我知道。」他的臉紅到山羊鬍的底部。「只是說，她是很棒的藝術家啊。」

「別再這樣了。」我嘀咕著說。

「她好酷喔！」

「我們說的是同一位布蘭琪嗎？」我問。

「你們兩人都閉嘴。」安娜貝斯望著百老匯大道。「她來了。」

布蘭琪，伊麗絲之女，穿著像夜色一樣黑的軍裝式雨衣、牛仔褲、戰鬥靴，全都搭配她的妝容，那讓她的眼睛宛如黑鑽石般閃亮。她剃了光頭，只有頭頂留著一撮白金色髮髻。她的脖子掛著一台尼康相機，足足有鞋盒那麼大。

「哇，」她說著，看看周圍，「上城耶。」

她瞇起眼睛，彷彿覺得上西城太明亮、太開闊、太吵雜，一切都太超過。她住在下城的蘇活區，可能得要拿護照蓋了章，才能到這麼遙遠的北邊來。

「有好多東西可以拍照！」格羅佛說。他有點刻意地倚靠著郵筒，擺出給她拍攝側臉輪廓的姿勢。

布蘭琪似乎對正中央病懨懨的小樹比較有興趣。「這快死了。好酷。」她取下尼康相機的鏡頭蓋，開始轉動對焦環。

我和安娜貝斯互看一眼。

「真的要這樣？」我無聲地問她。

「要有耐心。」她無聲地回瞪我一眼。

我聽說布蘭琪正在翠貝卡區[34]的一間藝廊舉辦個展。她拍攝乾掉的葉子、腐爛的樹頭和路

---

[34] 翠貝卡區（Tribeca）是紐約市下城的一個街區，一九七〇年代許多藝術家進駐這裡，後來許多倉庫和閣樓建築改造成充滿設計感的辦公室和豪華公寓，目前是高級社區。

殺的動物，全都是黑白照片，每一張好像要賣一千美元。她是拍攝死亡大自然的安瑟・亞當斯[35]。而自從我們上一次舉辦營火晚會後，格羅佛對她留下深刻的印象，決定要請她拍攝肖像照，當作禮物送給朱妮珀。

你要問，我們上一次營火晚會怎麼了？

講鬼故事。那是混血營的一項傳統。大家沒想到的是，那天晚上布蘭琪自願講最後一個鬼故事。在六、七十位學員面前，布蘭琪拿著一把手電筒放在自己的下巴，讓恐怖的氣氛達到最高點，然後開始講一個故事，是說幾年前有個半神半人死掉了，他是掌管疾病的天神莫爾布斯之子。據說，混血營沒有人喜歡這個小子，因爲呢，嗯，疾病的關係。到最後，他因爲某種可怕的瘟疫而變得消瘦，但他死掉之前，對混血營下了一個詛咒，要是有人跨過他的墳墓，就會完全失去血色，得到一種痛苦的腐爛疾病，接著粉碎爲無形。學員們把他的遺體拿去火化，將骨灰遍灑在各處，企圖避開他的詛咒。

「但是沒有用，」布蘭琪對我們說：「因爲火化遺體的那個地方就算他的墓地。而那個墓地……就是這裡！」

接著她把手電筒照向我們。大家環顧四周，既驚嚇又半盲，然後發現所有人都面無血色。整群人已經變成單色調，很像古早以前的黑白卡通。

尖叫聲四起。有人在原地轉圈大哭。那就是我啦。其他有些半神半人眞的嚇壞了，這可不妙，因爲你周圍是一大群身懷佩劍的小毛頭。

就在這時，布蘭琪對我們拍照，她那部尼康相機的閃光燈害大家更加驚恐。最後，我們的營主任，奇戎，想辦法恢復秩序。他解釋說，布蘭琪只是把周圍的顏色全部吸到她自己身上，有些伊麗絲的孩子可以玩這種把戲。單色調的效果會消失，而且不會，我們不會死掉。他瞪著布蘭琪，要求她道歉。她只是謝謝大家，說晚上很好玩，然後就漫步離開，走進黑暗中。不知為何，這件事讓她在格羅佛眼中成為一位藝術天才。

而現在，安娜貝斯要仰賴她幫助我們。

「謝謝你來。」安娜貝斯對她說。

「呃。」布蘭琪又按了一次快門。「你提出了我不能拒絕的提議。我們去找『最親愛的媽咪』吧。」

我瞥了安娜貝斯一眼，很想知道她答應了布蘭琪什麼事，是否牽涉到販賣我們的器官。安娜貝斯只是嘻嘻笑。接著，我們跟隨布蘭琪走進鬧哄哄的農夫市集。

這天陽光普照、氣候溫和，所以群眾很踴躍。購物人潮在一排排產品攤位之間轉來轉去，在裝滿藍莓和朝鮮薊的籃子裡仔細翻找。整個廣場充滿了番茄和洋蔥的溫暖香氣。小販叫賣著牛奶、雞蛋、乳酪、蜂蜜，全都來自本地農場。在曼哈頓的市中心有這麼多來自鄉村的新鮮產品，感覺很超現實，但我想這正是吸引人的地方。格羅佛經過蔬菜時，鼻子不斷扭

---

35 安瑟．亞當斯（Ansel Adams）是美國知名攝影師，最著名的作品是以黑白照片呈現大自然。

來扭去。我很慶幸他不是荷米斯的孩子，因爲我滿確定他想要當扒手，偷走一些蕪菁甘藍。

他一路跟在布蘭琪旁邊走，想要跟她搭話。他不時積極搶占她的視線，擺出各種誇張的姿勢角度，俯身在蔬菜攤位上，活像是低頭彈鋼琴的夜店歌手。她根本無視他的存在，每隔一陣子就停下來拍攝路面裂縫中快枯死的蒲公英或豬草。

「放輕鬆，」安娜貝斯對我說：「你在磨牙。」

「才沒有。」我說，不過我根本就在磨牙。

她牽起我的手。「好好享受這一天。也許等一下我會讓你買午餐給我吃。」

「這樣說沒有讓我心情比較好。」我說，不過心情根本就比較好。

我們更往市集裡面走，開始有許多攤位也提供一些不是農產品的東西。有一位皮革師傅，銷售的是手工製作的工具袋、皮夾和刀鞘。（紐約上城有大型市集銷售刀鞘的嗎？）有的人製作的肥皀沒有做過動物試驗，因爲用傷害過動物的肥皀來洗澡是最惡劣的事。一位製作香氛產品的人展示了一千種不同的焚香。

我漸漸了解爲何會有女神想要流連於農夫市集了。天神熱愛焚燒的祭品，他們可以依賴香氣維生，就像我可以依賴我媽的七層沾醬[36]維生。而這個農夫市集就像是提供了各種氣味的自助餐廳。

布蘭琪突然停下腳步。「好吧，我媽在那裡。」她指著走道遠處，在一個販賣亞麻毛巾的人和一個流蘇花邊植物掛繩展示櫃的後面。

伊麗絲就在那裡。

她看起來完全不像我記憶中的模樣。我是不驚訝啦。天神可以改變他們的外貌，就像凡人改變穿著一樣。今天，伊麗絲是一位很像老祖母的豐滿女性，留著一頭長長的灰髮，穿著一襲平滑的淺紫色夏威夷長洋裝，上面裝飾著……嗯，鳶尾花[37]。

不知為何，女神的存在讓我的手臂寒毛直豎。我的生存本能正在尖叫：「快跑！她會拿穀麥片給你！」

她的攤位裝飾著數千顆水晶，有些掛在刺繡的燈芯絨布上，有些安置在青銅基座上，全都在陽光下閃閃發亮，也對整個市集射出一道道彩虹。我想像那些彩虹全都包含了伊麗絲訊息，結果全部搞混在一起，把錯誤的任務分配給錯誤的半神半人……這樣確實可以解釋很多事。也許我的整個生涯正是一連串的伊麗絲訊息撥錯號碼所致。

「只要放輕鬆就好，」布蘭琪對我們說：「由我來談。」

「只要我看起來還行。」格羅佛說著，把臉轉過去迎向太陽，他盡力模著仿一朵快要凋謝的野花。

布蘭琪沒把他放在心上。她大步走向攤位，我們跟在後面。

[36] 七層沾醬（seven-layer dip）是源自墨西哥料理的一種美式開胃菜，將豆泥、酪梨、酸奶油、番茄莎莎醬、乳酪等材料層層堆疊，用玉米片沾著吃。這也是波西的媽媽的拿手菜。

[37] 鳶尾花的英文是「iris」，即伊麗絲名字的來源。

我們逐漸靠近，伊麗絲的眼神亮了起來。「親愛的，好棒的驚喜！而你帶了……朋友！」她說著「朋友」這個詞，語氣像是我們在布蘭琪身邊完全不搭調，就像她穿了龍蝦造型的拖鞋那麼不搭。

「他們是混血營的同學，」布蘭琪說：「他們想要見你。」

伊麗絲往我們看過來。她的眼睛有許多顏色，很像水面的油膜。我面帶微笑，努力顯得充滿善意，但我看不出來她認不認識我。

「好棒啊。」伊麗絲含糊說道。她仔細端詳女兒，嘴角垮了下來。「而我看到你還是穿了一身黑。你不喜歡我送你的圍巾嗎？」

「對啦，那很棒，」布蘭琪說：「粉紅色蜂鳥完全是我的風格。」

伊麗絲皺起眉頭。「而且我認為……」她指著相機。「我想，你沒有開始用彩色底片吧？」

「黑白的比較好。」布蘭琪說。

伊麗絲一副努力擠出笑容的樣子，但同時像是有一把匕首捅進她的肚子，還轉了好幾下。「這樣啊。」

我開始質疑安娜貝斯的計畫。看來我們快要捲進一齣母女關係八點檔，對任務毫無幫助。我想像伊麗絲詛咒我們，結果離開市集的時候，我的頭髮永遠變成藍色，而且皮膚裝飾著粉紅色的蜂鳥。

「所以，總之，」布蘭琪繼續說：「你說你很樂意幫我一個忙？」

伊麗絲瞪大雙眼。「對，親愛的，當然好！一件新洋裝？一台更好的相機？一趟旅行去看極光？」

女神的懇求聽起來異常迫切。這讓我想到，布蘭琪已經找到一種獲得天神父母注意力的新穎策略：表現得完全不感興趣。伊麗絲看著自己的孩子對於單色調這麼執迷，心裡感到很痛苦。

我不禁心想，這種策略能不能適用在我身上？如果我搬到薩哈拉沙漠，假裝超級痛恨水，波塞頓會不會開始運送一些禮物給我：魚缸、游泳池、越洋郵輪的介紹摺頁……？哼，可能不會。

「我希望你聽聽他們要說的話。」布蘭琪說著，伸出大拇指朝我們的方向戳一戳。「聽起來他們要指控你是小偷。」

伊麗絲整個人僵住，看起來很可怕。「再說一次？」

「不過他們只是想要得到資訊。不要把他們炸掉。不要詛咒他們。只要……試著幫助他們，好嗎？就是要幫這個忙。」

伊麗絲更仔細端詳我們。我努力讓自己看起來不值得炸掉。

最後，女神嘆口氣。「那好吧，親愛的。這是爲了你。」她的聲音有點甜膩，帶了一點懇求的語氣。「然後，我們也許可以一起做點什麼事？狂追《汪達幻視》[38]影集？」

---

[38]《汪達幻視》（*WandaVision*）是以超級英雄為主角的美國影集，由漫威漫畫的角色「緋紅女巫」改編而來。

「媽，聽起來很棒。我會傳訊息給你。」布蘭琪轉身看著我們。「那麼，我要走了。祝好運。要記得我們講好的條件。」

安娜貝斯點點頭。「格羅佛會去那裡。」

格羅佛叫了一聲。「去哪裡？」

「我的工作室。」布蘭琪遞給他一張名片。「下個星期，來拍攝一系列靜態照片。一直嘗試要你永遠站好，但你一副不肯合作的樣子。」

格羅佛的下巴掉到地下室去了。布蘭琪穿越市集慢慢走開，顯然一直尋找枯萎的野草和死掉的老鼠，用鏡頭讓它們永恆不朽。

「嗯，那麼，」伊麗絲對我們說：「來聽聽看，你們認為我偷了什麼東西。而我會盡全力幫忙……或者至少不要殺了你們。」

# 14 伊麗絲給我一根棍子

看看我有多興奮。

我們對女神描述到目前爲止的冒險歷程。我會這樣形容伊麗絲：她很善於聆聽。面對凡人提出的問題，天神經常很沒耐心，但我想，既然伊麗絲是傳送訊息的天神，她必須學習注意聆聽人們說的事情。

我提到甘尼梅德弄丟聖杯時，她做了個怪怪的表情，像是有水晶的碎片卡在某個地方很不舒服。等我們講到先前在「緊張希碧」的時候，伊麗絲閉上雙眼，嘆口氣，像是在說：「天神哪，請賜予我耐心。」只不過呢，她當然也是天神的一員，我不確定天神對著自己禱告會不會實現。

「很顯然的，我們不認爲您拿走聖杯，」安娜貝斯總結說：「那樣很蠢。」

「不過如果您拿走了，」格羅佛說：「我們很樂意把它拿回來。」

安娜貝斯對他皺起眉頭，格羅佛似乎沒注意到。此刻像是有攝影棚的投射燈照亮了他，他是布蘭琪的肖像模特兒，他刀槍不入。

「但是您當然沒有拿，」我對女神說：「對吧？」

我的本意沒有要讓最後一句話帶有問號。只是就這樣脫口而出。

伊麗絲緊抿雙唇。她的手指拂過攤位上展示的水晶墜子，傳送出鮮豔多彩的光線，飄越整個市集。我有種不安的預感，覺得只消她的一個念頭，就能把所有的光束轉變成雷射，把我們這些半神半人切割成碎碎的肉餡。

「你們可知道，斟酒人的工作有多麼吃力不討好嗎？」她問。

我回想起甘尼梅德那種執著的模樣，他在我學校的餐廳裡走來走去，用奧林帕斯山飲料五號斟滿大家的杯子和容器。

「似乎不是好玩的事。」我坦白說。

「是的，波西．傑克森。並不好玩。」

這是第一次有跡象顯示她記得我，或至少知道我的名字。這項訊息完全沒有讓我比較有安全感。

「那麼，」我說：「您沒有想要把聖杯拿回來。就像是說，您連惡搞甘尼梅德都不想。」

這一次，我努力不讓自己說的話聽起來像問句，但伊麗絲看起來還是很生氣。沒有什麼事比一位嬉皮老奶奶突然氣呼呼瞪著你更恐怖了。

「我沒有惡搞別人，」她說：「我沒有其他感覺，只是很同情那位可憐的年輕天神。宙斯把他席捲到天界，只因爲他很引人注目，可以用來當作永恆的派對裝飾品，而宙斯溺愛他時，他還得忍受希拉和其他天神的陰沉怒容？不好。有那麼多年輕男子和女子，都曾是宙斯和其他好人天神的受害者，他們爲所欲爲，不會受到懲罰。太糟糕了。」

我看著我的朋友們。大家顯然都同意伊麗絲的看法，但是聽到一位天神大聲說出像這樣的事，還是覺得很吃驚。這是宙斯有可能偵測到、用閃電當面劈死你的那種意見。

「看得出來，我們來到正確的地方，」安娜貝斯說：「您很敏銳、寬容、聰慧……全都是我們要找到杯子小偷所需要的。您的忠告如同彩虹一樣寶貴。」

伊麗絲露出詭異一笑。「我很清楚你在做什麼。嘗試對我阿諛奉承。」

「對彩虹的評論太過頭了嗎？」安娜貝斯問。

「徹底過頭。」伊麗絲彎彎手指頭，做出「再來啊」的手勢。

「您的指引對我們很有用，」安娜貝斯繼續說：「您很了解天神。您很了解有哪些人怨恨甘尼梅德。您認爲是誰拿走他的聖杯？」

伊麗絲沉默了一陣子，暗暗思考。對天神來說，這又一個不尋常的徵兆。一般來說，他們就是認爲自己無所不知而滔滔不絕。

「我確實有個想法，」她說：「但我需要調查這個構想……要愼重一點。」

「當然，」格羅佛說著，他的肩膀放鬆下來。「那樣很棒！謝謝您。」

「喔，資訊不會是免費的。」伊麗絲補上一句。

我只能拚命把到口的評論吞回去：當然不會。

「不是因爲我不想幫你們。」伊麗絲說，顯然是看透我的表情。「我知道，你們認爲我們天神忍不住要給半神半人一些小差事……你們的想法是對的。你們出現在我們的門口，而我們突然想起自己的代辦事項有十幾件事情等待勾選。但其實不只如此。」

「知識是有價的，」安娜貝斯猜測說：「價值愈高，愈需要努力去爭取。」

伊麗絲笑著說：「很像是雅典娜之女會說的話。而且，我去調查自己的預感時，這會讓你們有點事做。」

我沒有指出的是，我們已經有一大堆事要做了。我心想，對天神來說，即使是像伊麗絲這樣的好天神，都認爲半神半人待在某個儲藏室裡動也不動，蓋著防塵套，直到有人需要我們去執行任務爲止。

「別擔心，」她說：「我的任務不需要花很久的時間。而你們還有十五天，甘尼梅德的恥辱才會公諸於世。」

格羅佛畏縮身子。「爲什麼是十五天？」

「到時候，宙斯準備要舉行他的下一場宴會。」伊麗絲盯著我們茫然的表情，接著嘆口氣。「但是當然啦……宙斯不會費心把這種事告訴甘尼梅德，對吧？」她轉頭看著安娜貝斯。「那是『米娜瓦[39]之宴』，向你母親致敬的古羅馬宴會。宙斯決定爲她辦一場派對，可能因爲對她有所求。某種新發明。某場戰爭。某個沒有果核的橄欖品種。誰知道？如果到了宴會日期還沒有找到聖杯，所有天神都會發現甘尼梅德把它弄丟了。宙斯會暴怒。甘尼梅德會……可能不再與我們平起平坐。」

格羅佛的下唇抖個不停。他原本得到拍照機會的神采已經消失了。「您會需要我們做什麼事呢？」

伊麗絲笑了笑。「這種態度就對了。」

她轉過身，著手把攤位後方一個架子上的水晶墜飾拿下來。她移開那些項鍊時，我才發現那個展示桿不只是一根桿子。那是木製的權杖，約莫掃把大小，頂端有花俏的金屬裝飾。

伊麗絲拿起那根權杖，放在我們之間的桌面上。她的眼神閃閃發亮，像是來到「狂歡當鋪」，等著聽我們會對她提出什麼樣的條件。

安娜貝斯猛然倒抽一口氣。「那是您的商神杖！」

「啊，對喔，」我說：「一根商神杖。」

我本來打算猜測那是希臘版的「棉被拍打棒」，但我不想說錯話。

安娜貝斯翻個白眼。「波西，那是使者的權杖，就像荷米斯用的那根商神杖。」

「是的……」伊麗絲傷感地說：「這是我的另一個前任工作。我曾是天神的傳令使者。」

我細看那把權杖。它與荷米斯的商神杖不一樣，沒有活生生的兩尾蛇纏繞在上面，但是等我更仔細查看，就發現那個金屬頂蓋其實是一對蛇的形狀。它們有小小的角，而且纏繞成8字形，在頂部彼此面對面。經過這些年來，金屬已經覆蓋著塵垢，因此有許多細節很難看

---

㊴米娜瓦（Minerva），即智慧女神雅典娜的羅馬名。

清楚；木質部分的狀況也相當差，沾染著深色的煤灰印痕和油脂汙點。

我很想知道伊麗絲擔任使者女神是多久以前的事……也許是在荷米斯出生之前，那就大概是，對啊……相當久遠以前的事了。從那以後，這把權杖看起來完全沒有任何用途，只拿來當作特價品的展示架。

我也好想知道，一位天神可以有多少次更換工作的機會。伊麗絲可不可以有一天突然決定變成掌管植物性蛋白質的女神？阿瑞斯可不可以放棄戰爭而變成掌管編織的天神？我願意支付眞正的德拉克馬金幣來看這一幕。

「波西？」格羅佛問道，讓我發現我在放空。

「抱歉。什麼事？」

「你聽到了，對吧？」他問。「伊麗絲剛才解釋那個頂蓋是神界青銅，而基部是多多納⑩的橡木。」

「了解。」我完全不知道多多納橡木是什麼，但看起來不是非常衛生，而且頂蓋看起來不太像神界青銅，還比較像是神界汙垢。「那麼，我們應該要用它傳遞某個訊息？」

「喔，不是，」伊麗絲說：「我把那些日子完全拋到腦後去了。不過在古老的年代裡，我飛越天際時，用這把權杖創造出美好的彩虹，從一個地方移動到另一個地方。我想念那段時光……」她嘆口氣。「我希望你們能幫這根權杖做適當的清潔，讓它恢復往日的光彩。我承認，我應該要早一點去做這件事，但是覺得……嗯，把這份工作拱手讓給荷米斯，讓我感覺滿難堪的。」

我想起她之前說過的事……她失去斟酒人的工作時，沒有因此而怨恨甘尼梅德，但是失去傳訊使者的工作，卻爲她留下難堪。這讓我不禁心想，我們對這位友善的彩虹阿嬤能夠信任到什麼程度呢？

「我在想，我們不能只用玻璃清潔劑，」我說：「或者把權杖拿去乾洗店吧？」

「喔，不行，」她說：「它只能在埃利森河㊶裡面清洗。」

安娜貝斯瞇起眼睛。「我不知道有那條河。」

「我知道。」格羅佛說。他看起來沒有很高興。「曾幾何時，埃利森河之所以出名，是因爲它的魔法河水非常清澈。據說河水可以洗淨任何東西，無論多麼髒汙都可以。而且……有些人善用那條河。」

「說得沒錯，」伊麗絲表示同意，「復仇三女神有時候在那裡沐浴。她們必須與凡人相處時，唯一能把她們身上的冥界氣味去除掉的，就是埃利森河。」

我渾身發抖，想到以前教我數學的道斯老師，也就是復仇女神阿勒卡托。我不喜歡那種景象：她來教我們初級代數課之前，先在河裡洗過澡。

---

㊵ 多多納樹林（Grove of Dodona）位於混血營的森林裡，是一片神聖的橡樹林，由泰坦巨神瑞雅所栽種。

㊶ 埃利森河（River Elisson）是希臘神話中的神聖河流。其河水具有能夠淨化一切的神聖功效，也是天神清淨聖物的唯一選擇。

「其他怪物也一樣，」格羅佛說著，匆匆看著權杖的蛇形頂蓋，「像是有角的蛇。」

「是的，年輕的羊男，非常好，」伊麗絲說：「事實上，你們必須在那些蛇沐浴的地方清洗我的權杖。」

「而那些蛇超級友善囉。」我猜測說。

伊麗絲倒抽一口氣。「噢，不是喔。牠們會設法殺死你們。」就像希碧一樣，嘲諷句顯然也對伊麗絲無效。「不過要小心：你們絕對不能傷害那些蛇。」

「因爲牠們是您的神聖動物？」

「不算是。不過呢，我希望這項任務不會傷害任何動物。你們一定要設法完成我所指派的任務，同時不傷害河裡的所有生物。半神半人，祝好運！現在我得回去盡自己的職責了。」

一群吱吱喳喳的顧客突然湧向伊麗絲的攤位，開始對她的水晶「喔喔喔」和「啊啊啊」叫個不停。她把我們打發走了。我抓起那根髒髒的彩虹權杖，它沒辦法變成比較小而方便攜帶的形式。我步行穿越市集時，覺得自己好像廉價的巫師。

「不傷害任何動物喔，」安娜貝斯咕噥著說：「我猜啊，傷害到半神半人不包括在內。」

「我們會搞清楚狀況。」格羅佛說，沒想到他又開心起來。「我一直都想見識一下埃利森河，只有一個問題。」

「除了不能殺死怪物之外？」我問。

他搖搖手。「我是要說，眞正的埃利森河再也不位於希臘了。那條神祕的河流有可能位於任何地方。我聽說呢，各式各樣的怪物都在那位河神的河裡沐浴，他實在受不了，於是把河流藏起來，幾乎不可能找到。而伊麗絲沒有把河流的位置告訴我們。」

「我想她會說，我們得靠自己的力量找到那條河，」我猜測說：「因爲知識是有價的，吧啦吧啦。」

安娜貝斯戳戳我的胸口。「我們需要找到層級較高的水中精靈提供指引。那些海精靈和水精靈全都彼此認識。不曉得哪裡可以找到海精靈問問看……」她刻意看著我。

我磨牙磨得更用力了。「好啦。等到星期一，我會問問我的輔導老師。只希望她不會像沖馬桶一樣，又把我沖掉。」

# 15 揚克斯！

各位讀者，她把我沖掉了。

我等到第七節課才去輔導老師的辦公室，萬一她又把我彈射出去進入大西洋，我才不會錯過太多節課。不過呢，剛開始的時候，我很希望能與歐朵拉有一番冷靜良好的對話。

「波西．傑克森，歡迎！」

她似乎眞的很高興見到我，帶著我進入辦公室，揮手要我去坐一張全新的藍色塑膠椅。我眞想知道她是否在儲藏室放了一整疊那種椅子，那麼每一次把某人沖到地板底下去，就可以再抓出一張新椅子。

她在快樂牧場糖果罐後面對著我微笑。她的眼神在玻璃瓶眼鏡後方飄來飄去。她的扇貝頭髮閃閃發亮，彷彿剛用水母的黏液燙出這個髮型。「好吧！一切都還好嗎？」

「我得到第一項任務，」我說：「幫助甘尼梅德。」

她尖叫一聲。「那很棒啊！內容到底是怎樣？」

我把詳情告訴她，但她的眼神令人分心，因此我大半時候都盯著「生病青蛙」那幅紫色圖畫。牠的嘴裡含著溫度計，可憐兮兮看著我，沒有要批判我的意思。

我正準備請歐朵拉幫忙告知埃利森河的地點，這時她阻止我。「等一下。希碧牽涉其中，現在還有伊麗絲。你有沒有申請雙學分？」

「我……什麼？」

「噢，親愛的。如果有很多位天神參與其中，你可以申請雙學分。希碧和伊麗絲有可能同樣幫你寫推薦信。」

「你的意思是……我有可能從這一項任務得到全部三封推薦信？」

歐朵拉輕推她的快樂牧場糖果罐，於是它在我們之間形成了保護的屏障。「嗯，是的，只不過……」

「我現在就申請這個雙學分之類的如何？我可以回去找希碧……」我在心裡打了自己一巴掌。「好吧，也許不要去找希碧，但是可以回去找伊麗絲……」

「啊，不過你必須事先申請好雙學分。恐怕現在太晚了。」

我盯著生病青蛙。我好想揮拳打在牠臉上，但既然牠是畫在一道磚牆上，我認爲自己受的傷可能會比青蛙嚴重。

「難道不能網開一面嗎？」我問。「我是說，我執行了任務。我正在執行任務啊。」

「呃……」歐朵拉翻找她手邊的摺頁，拿出新羅馬大學那一份。「不行……你看？就在這裡。這裡說，雙學分不能事後才申請。」

「那是一般的規則嗎？我以爲我是唯一必須拿到這些推薦信的人。」

「你是啊。你看？」

她把摺頁遞給我。關於雙學分（我還滿確定的，之前根本沒有提到這個）那段小字的底部有個星號，要我去看另一段字級更小的免責聲明，寫著「這適用於波西．傑克森」。

「好吧，眞是太糟了。我根本不知道！」

歐朵拉嘆口氣。「嗯，至少聽起來任務進行得很順利。接下來呢？」

接下來，我心想，是要揮拳打你那隻青蛙的臉啦。

但我沒有說出口。我強迫自己呼一口氣。

「接下來，」我說：「我需要一點指引。」

「噢！」歐朵拉很興奮，坐直身子。「那正是我的職責！」

我對她講述伊麗絲的權杖，目前占據了我房間的衣櫥空間。「我應該把它清洗乾淨，所以需要找到埃利森河。」

歐朵拉沒有停止微笑（我不確定她到底能不能停止微笑），不過她的嘴唇延伸成扭曲的表情，活像是有人在拉扯她的貝殼髮型。「埃利森。啊。」她把摺頁整理一下，塞回抽屜裡。「很多蛇在那裡沐浴，你知道吧。」

「我聽說是這樣。」

「各式各樣的怪物。不推薦。」

「只不過我沒有選擇的餘地。就像你對我說的，我需要那封推薦信。」

她皺起眉頭，可能卡在她的工作項目和她的個人看法之間。「是的，不過……埃利森很棘手。他不喜歡別人使用他的乾淨河水。」

「他？你的意思是那位河神？」

我這輩子遇過幾位河神。他們往往有暴躁易怒、深懷敵意的傾向，也認爲半神半人只是另一種形式的汙染，就像舊輪胎或菸屁股。

「如果他發現我幫你指引方向，」歐朵拉嘀咕說著，幾乎像自言自語，「就永遠不會再讓我踏進他的瑜珈教室半步。」

「他的瑜珈……？其實呢，別提了，」我說：「你現在是要告訴我，你知道我可以在哪裡找到他嗎？」

歐朵拉看著自己的手錶。「放學時間快到了。我想，如果你只是不小心到了埃利森河的上游源頭，那就不會是我的錯。」

我椅子周圍的磁磚開始冒出氣泡且裂開。

「不要吧。」我說。

「波西，祝好運！」

然後她把我沖到地板下面去。

我最終有可能到達希臘或巴西或誰知道多遠的地方，不過我很幸運，最終來到了揚克斯市；這是歷史上的第一次，「幸運」和「揚克斯」用在同一個句子裡。

好吧，抱歉，揚克斯市，這樣說並不公平，但是嘿……這裡並不是我想要在放學之後被沖下來的地方，明知我得搭火車多花三十分鐘才能回到曼哈頓。

我和我的藍色塑膠椅從一條排水管噴射出來，滾落一道岩石斜坡，唏哩嘩啦掉進一條小溪。我在那裡坐了一會兒，昏頭轉向又鼻青臉腫，冷水滲進我的褲子裡。我注意到的第一件事，是那張翻倒的椅子底部，那裡有一塊金屬板雕刻著這些字：

如果找到，請歸還給歐朵拉，地址是大西洋

可退還的押金：一枚德拉克馬金幣

太棒了。如果我沒能進入大學或找不到工作，大可在紐約附近閒晃尋找藍色塑膠椅，拿去兌換成德拉克馬金幣。

我掙扎著站起來。小溪蜿蜒流過一個粗獷小鎮的商業區中心：低矮的紅磚建築、老舊的工廠和倉庫全部改造成公寓和辦公室。我之所以知道這裡是揚克斯市，是因爲河岸邊的整排街燈鐵柱都懸掛著奇怪的節慶旗幟，嚷嚷著：「揚克斯！」

這是常見的後工業社會地區，看起來比較適合隆冬時分，頂著深灰色的天空，覆蓋著骯髒的城市積雪，粗野、陰森，那種「好好應付不然滾回家」的地方。

河床的左右兩岸排列著低矮的灌叢和灰色的大石頭，現在很多都沾染了波西的血液和皮膚樣本，因爲我是從排水管中滾出來的。看到那種河水，你可能會禮貌性地稱之爲「非飲用水」，那混濁的褐色，還有一道道很像泡泡浴的泡沫，不過我相當確定那不是泡泡浴。

我剛好掉在一片沼澤區的旁邊，有塊牌子寫著「鋸木廠河麝鼠棲地」。

我沒看到半隻麝鼠。身爲聰明的動物，牠們可能跑去邁阿密度假了吧。

「鋸木廠河」這個名稱聽起來有點熟悉。我記得小時候在新聞裡面看過。我媽曾經唸那篇文章給我聽，講的是以前有不少城市的河流做了鋪面，變成地下排水道，而現在大家嘗試再把它們打開，營造出天然的棲地。他們是怎麼說的……？讓河流「重見天日」。

就我所見，鋸木廠河並沒有很喜歡自己重見天日的模樣。往北邊三個街區的地方，有些水從一個涵洞不甘不願地流淌而出，那個涵洞好大，足以讓一輛卡車開進去。河水流動緩慢，彷彿很想爬回黑暗之中，重新躲起來。

我眞想知道歐朵拉是不是搞錯了。

「喔，你想要埃利森河，全世界最乾淨的河水？」我想像她這樣說。「抱歉，我以爲你說的是鋸木廠河，威徹斯特郡最乾淨的河水！那些河流我老是搞不清楚！」

也說不定她是故意把我沖到別的地方去，以便保護埃利森河的地點。若是如此，河神一定經營著非常棒的瑜珈課。

我涉水往上游走，生苔的石頭非常滑溜難行。我不斷轉頭搜尋怪物、揚克斯市警察或凶暴的鼯鼠，但是沒有任何東西來煩我。走向涵洞的半路上，我從出口處聞到第一陣腐臭的氣息，很像沉睡的巨人呼出的口氣，而巨人向來以腐臭的魚肉三明治維生。我彎下腰，忍不住作嘔。

這陣氣味並沒有讓我聯想到全世界最乾淨的河水。

我彎下腰，向天神祈禱不要吐出來時，有個東西漂過腳邊。剛開始我以爲是破掉的購物袋，就是那種破爛的乳白色半透明塑膠袋。接著注意到那個膜狀物有蜂巢狀的紋路，很像鱗片，像一條蛇褪下的蛇皮。

這對我的嘔吐感眞是超有幫助的啊。

好吧……伊麗絲曾告訴我們，很多蛇在埃利森河裡沐浴。這裡不太乾淨，也許是因爲我涉水而過的河水，是從上游排放下來的怪物洗澡水。那條蛇皮也有可能來自一條正常的蛇，因爲很天然。

我又多走了幾步。

等我再次低頭看，發現水中有其他東西。擱淺在一片青苔裡的，是一個彎曲且尖尖的黑色東西，大小約像我的無名指。基於某種衝動（也許是不怕死吧），我把它撿起來。斷掉的爪子在陽光下閃閃發亮。我以前看過類似的東西，是我的六年級數學老師的指尖，她就是復仇女神阿勒卡托。

我往黑暗的涵洞裡看去。無論可能有什麼東西在裡面洗泡泡浴，我都不想獨自一人面對。況且，伊麗絲的權杖也不在我手上。

不幸的是，這表示我得回去找救兵，讓安娜貝斯和格羅佛接受「鋸木廠河之復仇女神棲地」的試煉。

我咒罵我的輔導老師、生病的青蛙，以及半神半人的日常生活。接著，我涉水離開，前去尋找最近的火車站。

# 16 格羅佛用力吹出小蛇之歌

隔天下午，我和援軍一起回去。

我告訴安娜貝斯和格羅佛要去哪裡時，他們笑笑的看著我，但沒有多問什麼。揚克斯市中心完全落在我們對「詭異」所設定的標準差之內。

在地鐵火車上，我不確定其他乘客對於我帶著伊麗絲的權杖有什麼看法。也許他們認爲我是牧羊人，要搭通勤火車去我的牧場。格羅佛呢，不愧是格羅佛，他帶了一個背包，裡面裝滿零食，加上他的排笛，因爲當你吃著酸奶油墨西哥辣椒玉米口味的餅乾時，永遠不知道何時可能會想跳個三拍子吉格舞。安娜貝斯則揹著一堆實用的東西，像是她的佩刀、手電筒，還有一支保溫瓶，不知道裡面裝了什麼東西，我希望那比河水更適合飲用。

大約四點，我們站在溪床上，探頭望進涵洞口。

格羅佛嗅聞一下空氣。「全世界最乾淨的河流？」

「這是復仇三女神和很多蛇沐浴過後的。」我說。

「而且誰知道還有別的什麼。」安娜貝斯補上一句。

格羅佛用鞋子沾沾褐色的河水。「我想，我們不能把權杖放進這樣的髒水滾一滾，然後就收工吧。」

我也有同樣的想法，但是很高興聽到格羅佛代替我把它說出來。

「我們得走進裡面，」安娜貝斯一邊說，一邊分發手電筒，「希望河流的上游乾淨一點。緊靠著河岸走，盡量避開河水。」

這樣的忠告非常明智，連我都看得出來。但是最後證明很難盡量避開河水。

我們快步走入涵洞後，兩側變得狹窄且滑溜。我發現要避免踩進河水是不可能的。我的鞋子沒有開始冒煙，褲子也沒有著火，於是我猜河水不太有毒性。不過呢，我還是把「好好洗個熱水澡」加入自己的待辦事項，如果能在今天晚上回到家的話。

大約往裡面走了一百公尺，安娜貝斯停下腳步。

「查看一下。」她說。

她的手電筒光束在涵洞的天花板移動著，那裡覆蓋著厚厚的青苔和地衣，我無法看出那底下究竟是人爲鋪設的柏油還是天然的岩石。安娜貝斯的光束照過的地方留下一條藍綠色的冷光。

「酷喔。」我用自己的手電筒在牆壁上畫出一個發光的笑臉。

「你幾歲啊？」安娜貝斯問。

「上個星期只有八歲。」

這番話引來一個微笑。我很愛逗她笑，特別是她拚命忍住不笑的時候，總覺得像是一次勝利。

我們花了幾分鐘畫出發亮的塗鴉。格羅佛寫了「永遠的潘[42]」。我寫了「AC+PJ」（安雀+波傑）。安娜貝斯描繪了幾道同心圓弧，最後劃出一道藍綠色的虹彩。青苔持續發光一會兒，讓地道充滿了藍綠色的冷光。

往前走去，涵洞變寬了，進入了一個比較大的空間。流水的聲音變得比較響亮也比較低沉。我們走進一個巨大的洞穴，似乎像是另一個世界。

這裡的天花板像天主教堂那麼高，覆蓋著發亮的鐘乳石，而下方的河流蜿蜒流向北方，兩岸的起伏原野長滿了發黃的野草。原野上點綴著灰撲撲的樹木，樹葉掉光且發育不良，樹枝彎曲的模樣很像罹患關節炎的手指。

眼前的這番景象，讓我聯想到地底下黑帝斯領域的日光蘭之境[43]……而我之所以能做這樣的比喻，就像你可能會說「喔，對啊，看起來很像紐約的中城」，背後的實情，講起來眞是我的超慘烈旅行史。

草地上到處都有突出的花崗岩構成的孤島，但最引人注目的是河流本身。它懶洋洋地蜿蜒穿越洞穴，形成大大的河彎，彷彿一點都不急著流向日光照耀的地方。河岸邊緣有濃密的蘆葦叢。在青苔的藍色微光下，流水暗暗閃耀。河水在這裡看起來確實比較乾淨，腐臭的氣味消失了。但是往上游快二十公尺處有個水池，裡面有幾十隻滑溜、黏糊、很像鞭子的生物在陰影裡翻滾扭動，讓我再也不想吃義大利細麵了。

「超噁。」安娜貝斯喃喃說著。

「嘿，好喔，注意你們的哺乳類偏見，」格羅佛輕聲說：「爬行類也是住民啊。」

「有毒耶，」我說：「而且是冷血動物，而且凶狠亂咬，而且……好啦，也許這些話也能用來描述人類。」

格羅佛點點頭，意思是「謝謝你喔」。

「把光線熄掉。」安娜貝斯輕聲說。

我們關掉手電筒，不過那些蛇似乎還沒有注意到我們。牠們太忙著嬉鬧和努力清洗自己的鱗片。

我環顧地平線。「你們認爲可以溜過牠們旁邊，走去更上游的地方嗎？」

格羅佛嗅聞空氣。「這整個地方聞起來都像是怪物的氣味。我沒辦法判斷附近有沒有更多的蛇。任何東西都有可能躲在那些長草叢裡。」

「包括我們，」安娜貝斯說：「如果我們不能對付那些蛇，那麼從牠們旁邊溜過去，聽起來是最好的選項。」

「好吧。」格羅佛表示同意。「不過讓我走在前面，我也許能夠在原野之間挑選出安全的

---

㊷潘（Pan），希臘神話中的野地之神，是牧羊人的守護神，也是羊男的首領。他是荷米斯的兒子，外表半人半羊，以山林原野為家，擅長用蘆笛吹奏優美的曲子。

㊸日光蘭之境（Fields of Asphodel）位於冥界，在希臘神話中是平凡人的亡魂歸屬之處。

路徑。」

格羅佛居然自願走在前面穿過危險地帶，這在以前是很罕見的事。我實在太感動了，也就沒有出言爭辯。我看著這位老朋友……帶頭負責踢開草叢。有時候我都忘了，他再也不是怯生生的菜鳥羊男保護者，而是怯生生的偶蹄會議長老了。我想，我們都長大了很多啊。

至少在這裡，格羅佛如魚得水，認為這個令人毛骨悚然的洞穴還算是大自然。

我們跋涉穿越草叢，草葉的高度達到頸部，而且像鋼鋸的刀片那麼銳利。格羅佛想辦法帶我們繞過最濃密的草叢，但每次有黃色的葉子割到我的手臂，還是痛得讓人齜牙咧嘴。更糟的是，我們穿越原野時發出細碎的爆裂聲，很像壓破泡泡墊的聲音。我想，如果有怪物躲在樹叢裡，一定會聽見我們的聲音。

最後，我們到達一座岩石小島。格羅佛爬到頂上，那裡只有長了山羊腿的人才爬得上去吧。然後他低頭看著河流。「這可不妙。」

「怎樣？」我問。

他協助我們爬上去。

從頂上望去，我可以看到整個河道在面前延伸到遠方。埃利森河從北邊牆壁的一道裂隙傾瀉到洞穴裡，接著從一連串的岩架層層往下流，最後河道變寬，蜿蜒流過平原。只要是有可能到達岸邊的地方，只要是你會想要用來清洗一根骯髒權杖的每一個淺水池或深水塘裡，全都是滿滿的蛇，有數百隻之多。

「至少我沒有看到復仇三女神。」格羅佛表示。

「對啊，」我說：「不過義大利細麵絕對排除在本週菜單之外。」

「什麼？」格羅佛聽起來很傷心。他超愛吃義大利細麵。

「沒什麼啦。」我說。

安娜貝斯掃視整條河。「那裡怎麼樣？」她指著洞穴的北端，河流在那裡切穿一片雜亂的花崗岩堆，形成一個深谷。「那裡會是河水最乾淨的地方，蛇類不容易到達。對牠們來說，那裡的水流可能太變幻莫測了。」

「可是對波塞頓之子來說沒什麼？」我問。

她聳聳肩。「值得一試囉。」

「只不過呢，我們一路走到那裡，不可能完全躲過別人的視線。而萬一那些蛇開始追我們……你們覺得牠們可以跑多快？」

格羅佛渾身發抖。「穿過這樣的草叢？可以比我們快多了。」

「我有點希望我們有路克[44]的飛天鞋。」安娜貝斯說。

格羅佛瞇起眼睛。「那也太快了。」

[44] 路克・凱司特倫（Luke Castellan）是〈波西傑克森〉系列重要角色，他是荷米斯之子，擁有一雙飛天鞋。其相關故事可參見〈波西傑克森〉第一至五集。

五年前，那雙遭到詛咒的鞋曾經差點把格羅佛拖進塔耳塔洛斯。創傷似乎會留下疤痕。不過最讓我吃驚的是，安娜貝斯居然會提起路克．凱司特倫，我們那位轉投敵人陣營的老朋友。自從曼哈頓戰役之後，她幾乎沒有提過他的名字。她在這個時候提起他，似乎有種不好的預兆。

「我有個點子，」格羅佛說：「很可怕，不過也許行得通。」

「我已經愛上那個點子了。」我說。

他拿出自己的排笛。「你們兩位前往那座峭壁，我會從這裡一直監視。如果你們走到那裡，那很棒，但是如果有一些蛇開始往你們的方向前進，我應該能夠看到牠們在草叢內的移動狀況，然後，我會用排笛讓牠們分心。我有一些很不錯的小蛇之歌喔。」

我記住了，這又是一項我不知道格羅佛擁有的才能：馴蛇人。

「你一開始吹奏音樂，牠們就會去找你，」安娜貝斯說：「我想那是可怕的部分。」

「甚至會比『緊張希碧』的母雞更糟糕喔。」我猜測說。

「對啊，我不愛，」他坦白說：「不過就像安娜貝斯之前說的，我跑起來是最快的，也許可以幫你們爭取一點時間。如果你們聽到排笛的聲音，就知道時間不多了，動作快一點會比較好。把伊麗絲的權杖洗一洗。我會在出口的地方跟你們碰面。」

我和安娜貝斯互看一眼。我們以前經歷過一大堆只有兩個人的危險任務，但如果沒有超強的山羊大自然嚮導，我們絕對沒辦法移動得這麼神不知鬼不覺。我也不喜歡這個點子，讓格羅佛第二次當我們的誘餌。

換個角度想，格羅佛在「勇敢羊男」的項目中連連獲勝，我不希望他認爲我是在懷疑他的能力。

「好吧，」我說：「注意安全喔。」感覺像是叫格羅佛要贏得樂透彩券，因爲我們全都知道機率是多少。

安娜貝斯擁抱他一下。「希望不需要吹出小蛇之歌。」

她爬下岩石，跋涉穿越草叢。我跟在後面，因爲我是拿著骷髏使者權杖的傢伙。

走沒多遠，草叢就比我們的頭頂還高了。鋸齒狀的蘆葦葉撕扯著我的衣服。我們每次移動，蘆葦莖就搖擺又甩動。假如我們高舉著閃光招牌，上面寫著「免費蛇食」，有可能引來更多的注意，但不會太多吧。

我們利用瀑布的聲音做爲向北的指引。我緊盯著地面，盡可能每一步都踩踏得小心又安靜。我們走得好慢，我超想擺脫這種不耐煩的感覺。更糟的是，我一直想像有蛇從草叢裡衝出來，把牠們的尖牙刺入我的腳踝。

我突然回想起來，我和好夥伴法蘭克和海柔曾經遭到「雞蛇」[45]的追逐，當時我們穿越加

[45] 雞蛇（basilisk）的頸部有一圈白色棘刺整個張開來，很像雞冠，因而有此名稱。牠們細小的蛇身移動非常快速，帶有劇毒，是很難對付的怪物。參見《混血營英雄：海神之子》。

州一片類似的草原。想到那件事，覺得我這輩子也花太多時間跟那些致命的爬行類玩捉迷藏遊戲了吧。

感覺好像花了十二年的時間才到達河邊。然而，自從經歷過「緊張希碧」的體驗後，我就再也不信任自己的時間感了。

最後，我們在靠近瀑布底部的地方走出草叢。我們爬上一連串的大石頭，終於站到一處滑溜的岩架上，俯瞰下方六公尺處的一個寬闊水池。

池水清澈得宛如玻璃，完全沒有蛇，幾乎像是懇求你像砲彈一樣投入水中。底部的池水周圍環繞著陡峭的岩壁，沒有明顯的路徑能夠再走出去，除非我想要乘著激流、穿越「潑蛇小鎮」，到達河流下游。

「你可以拿著權杖跳進去。」安娜貝斯建議說。

「當然好，」我說：「洗完之後要爬回來才是大問題。」

安娜貝斯從她的背包裡拿出一條繩索，笑了起來。

「你什麼事都想到了。」我說著，設法讓語氣顯得開心一點。那個水池看起來有點「太誘人」……我還記得伊麗絲提起過一位生氣的河神，細節好像是等一下會咬我的屁股。「也許我們應該先好好計畫一下。那是你的專長對吧，做計畫？」

接著我聽到音樂了……遠處有排笛的顫音，絕不會聽錯。我認得那首歌，從我媽收藏的黑膠唱片聽過：杜蘭杜蘭樂團的〈毒蛇聯盟〉[46]。

時鐘開始轉動。格羅佛有麻煩了。

「時間到，」安娜貝斯對我說：「一路順風。」

然後她把我從邊緣推出去。

㊻杜蘭杜蘭（Duran Duran）是從一九八〇年代活躍至今的英國新浪潮電音樂團，〈毒蛇聯盟〉（Union of the Snake）是他們在一九八三年發行的單曲。

# 17 帶來厄運的男士髮髻

你會發現有人很愛你，愛到像我的女朋友把我從懸崖推下去。

有人做這種事毫不遲疑，對你的能力有著全然的把握，對於你們的關係能夠應付這種狀況有著堅若磐石的信心，而且完全相信等到你浮出水面，確認你活得好好的，你就會完全原諒他們剛才把你推下去的舉動。幾乎確定會原諒。可能會吧。

還有額外加分喔：如果你發現有人把你推下去時，居然毫無顧忌地對你說「一路順風」。

總而言之，我緊緊握著伊麗絲的權杖，筆直墜入水池。水面撞起來感覺像極地風暴，讓微血管裡的血液瞬間凍結，所有手指和腳趾全部蜷縮起來。我可以在水面下呼吸，但是肺裡超冰的，感覺像是有史以來最慘烈的胃灼熱。有胸部結冰這種事嗎？

等到大團的氣泡漸漸消散，我發現自己漂浮在這輩子所見過最清澈的藍綠色水域裡。光線穿透水面，將閃閃發亮的藍色魚鱗圖案投射到溪谷的側壁上，因此看起來很像穿戴著鐵鍊盔甲。

似乎只有我獨自一人。沒有頭上長角的蛇類。沒有復仇三女神穿著泳衣懶洋洋躺著。不過呢，一大團青草、泥土與汗水開始從我身體周圍冒出來。權杖似乎冒著煙，數百年來的髒汙慢慢鬆脫了。

從一方面看來：好耶，它變乾淨了！另一方面，我很有罪惡感，汙染了這麼清新潔淨的水域。

接著有個聲音說：「噢，黑帝斯不會吧。」

漂浮在我前方的傢伙呈現藍寶石色，因此在水中幾乎隱形而看不清楚。我差點無法定睛看著他，雖然他只位於吐口水可及的一步之遙（但是我沒有在水底下吐口水喔，因為那樣太沒禮貌了）。

他穿著背心上衣和寬鬆褲子，頭上綁的是有史以來最華麗的男生髮髻。我看得出來他可能是瑜珈老師，只不過他沒有那種冷靜冥想的能量，加上蓄鬍的嘴巴顯得怒氣沖沖，一雙黑眼睛噴出怒火，他看起來準備當面對我來個瑜珈拜日式。

「嗨，」我說：「你一定是河神埃利森。」

「其實呢，我是你的泳池服務員。你想要來條毛巾或撐個池畔陽傘嗎？」

「真的嗎？」

「不是，你這笨蛋！我當然是埃利森，這條河的偉大河神！」

我見過的河神太多了，聽到他們說出「河神（potamus）」時，通常可以克制自己不要笑得太詭異，但還是很容易聯想到「河馬」[47]。

---

[47] 希臘文的「potamus」意思是河流或溪流，河馬（hippopotamus）的名稱即由此而來。

「抱歉闖進你的水域，」我說：「我是波西．傑克森。波塞頓之子？」

我在最後用了疑問語氣，因爲我爸的名字有時候會打開一些機會之門……通常是水門啦。

埃利森瞪大雙眼。「噢……」他那兩條肌肉發達的手臂交叉在胸前，很像一位精靈準備實現我的願望。「嗯，既然如此，你掉進我的清新潔淨私人洞穴，還帶著那根不潔的權杖，甚至沒有把鞋子脫掉，也就還好啦。」

「眞的嗎？」

「不是，你這笨蛋！」他朝我的方向彈彈兩根手指。我的鞋子和襪子從腳上脫離開來，再從水中激射而出。伊麗絲的權杖也突然脫離我的手，衝向水面。

我這邊則盤算著道德方面的問題，試著想清楚，在河神的自家河裡跟他打架到底能不能打贏；而如果打贏了，伊麗絲會不會覺得那樣是「沒有傷害任何動物」。我想，兩個問題的答案是「不能」和「不會」。

「呃……抱歉沒脫鞋，」我說著，盡可能讓語氣很得體，「不過我有點需要讓那根權杖變乾淨。你介不介意我……？」

「把它追回來？」埃利森問。「當然不行。」

他再度彈彈手指，這一次是我本人從水裡激射出去，撞上懸崖的側壁。我掉在一塊狹窄的岩架上，渾身溼透、不斷呻吟。躺在我旁邊的，正是伊麗絲的權杖，謝天謝地沒有斷掉，但依然相當骯髒。到處都沒看到我的鞋子。

我坐起來，揉揉自己的頭。我的手指又恢復血跡斑斑。這可能不是好事。

埃利森從池水裡面冒出來，他腰部周圍的水面激烈翻騰。有一圈飄逸的水滴環繞著他的頭髮，很像一個迷你星系，正中央則是他的男性髮髻黑洞。

「我只要求這麼一點點，」他說：「要填報名表。長角的蛇類是星期二和星期四。復仇三女神和其他冥界的僕人是星期一、星期三、星期五。半神半人從沒來過。進入我的水域之前要脫鞋。而且最重要的是，只能使用『較低處的水池』。我的河流源頭是禁地！你已經打破所有的規定。」

我正準備開口說：「我不知道……」

埃利森指著一塊青銅牌子，釘在我旁邊的峭壁上。「水池規定」。

我討厭書面的指令，特別是你已經違反了所有的指令之後，才發現那些指令貼在你看不到的地方。

「好吧，」我說：「可是……」

「讓我猜猜看。」埃利森的水滴星系開始旋轉得更快，他的男士髮髻讓時間和空間都彎曲了。「那些規定不適用在你身上。」

「嗯，我不會……」

「你是例外，你的需求很重要。」

「我的意思是……」

「有日光照到我，那樣就已經夠糟了，」埃利森咕噥著說：「我的下游水質變得非常惡劣。現在你想要汙染我最後沒有被汙染的清淨水池，只因爲你需要洗淨某根棍子？」

「這是伊麗絲的權杖，如果這樣有幫助的話。」

「噢，既然如此……」

「你要再用一堆冷嘲熱諷的話讓我閉嘴，對吧？」

「所以你不是徹頭徹尾的大笨蛋嘛！」埃利森笑著說：「話說這也是冷嘲熱諷喔。」

算我運氣好。我是帶著眞心誠意來面對冷嘲熱諷的攻擊啊。我想，伊麗絲和希碧已經讓我天生的反擊能力變得遲鈍了。

我朝上方的岩架瞥了一眼，安娜貝斯站在那裡一動也不動；她很聰明，沒有把注意力吸引到她那邊去。她對我露出那種熟悉的警告神情：波西，不准你死掉。

埃利森似乎還沒有注意到她。我希望保持這樣。我也不想死啊，但至少如果我在下面這裡丟了小命，安娜貝斯會因爲把我推下來而覺得非常內疚，那麼我就可以永遠取笑她了。

只不過那樣一來我就死了。隨便啦。

在遠方，格羅佛吹奏排笛的聲音聽起來瘋狂且微弱。我眞想知道有多少條蛇追著他跑，他又要花多久的時間才能逃離牠們的追逐，開始吹奏悅耳的音樂。就我所知，他沒有參加軍樂隊的經驗。

我舉起雙手，作出投降的動作。

「我了解，」我對埃利森說：「我曾經有一次遇到哈德遜河和東河❹❽。他們超級痛恨遭到汙染。而你的河水乾淨太多太多了。」

埃利森的嘴巴扭動一下。我無法判斷他究竟是覺得噁心、驚訝還是高興……不過他還沒有殺掉我，所以我決定繼續說話。（我眞是犯了大錯。）

「河流的生活容易嗎？」我說：「我不會希望別人把我變成排水溝，或者透過我排放汙水，或者在我身上建造攔水發電廠，或者水壩什麼的，這是眞的。」我的手慢慢移向伊麗絲的權杖，盡可能偷偷摸摸。我抓住把手。

「我應該要徵得你的同意才對，」我繼續說：「這是新手犯的錯誤，不過一定有什麼方法可以補償你，又能讓這根權杖洗乾淨，因爲這對伊麗絲眞的很重要。她很堅持一定要是你的河水，因爲……」我呑嚥口水。我的頭陣陣刺痛，實在很難思考。

安娜貝斯會怎麼做呢？我抬頭看，發現她輕點著手腕上假想的手錶。沒什麼幫助。格羅佛吹奏的聲音變得愈來愈遠了。

「因爲伊麗絲很欣賞你，」我對河神說：「噢，哇喔，她談起你的語氣。還有你的瑜珈課！我想，她是你的頭號大粉絲。」

❹❽哈德遜河（Hudson River）位於曼哈頓的左側，由紐約州北部往南流到這裡。東河（East River）位於曼哈頓的右側。這裡是指波西曾遇過兩條河的河神。

我尋找著任何蛛絲馬跡，想看出我說的話有沒有發揮效果。此時此刻，除了冷嘲熱諷以外，我幾乎把所有反應都用上了。誰知道一位有潔癖的瑜珈老師會這麼嚴苛啊？

「你想要補償我。」埃利森說。

「完全沒問題。」

「我想，你可以彈彈手指，把你對我的河流造成的所有傷害全部清除掉，讓這條河比你找到的時候更乾淨。」

「呃……」

「你要先得到你想要的，之後才會補償我吧，」他猜測說：「而我得相信你的話。」

「這個嘛……」我把權杖抓得更緊一點。這跟我想的不一樣啊。我真想知道自己有沒有那麼好的運氣，能夠乘著湍急的河水回到揚克斯市。「我是說，我很樂意試試看。」

「哈德遜河和東河後來怎麼樣了？」他問，語氣悅耳卻尖銳。「他們現在一切都乾淨又美好嗎？」

「噢。我是說……沒有，不過他們比較難清理。他們比你大多了。」

說錯話了。埃利森瞇起眼睛。「我懂了。你覺得我很小，無足輕重，就算我的流動瑜珈課要等待六個月才能排上名單。」

在上方的岩架上，安娜貝斯在她的背包裡努力翻找，無疑是在尋找某種東西，能把我從眼前的狀況解救出來，她本來很有信心我可以搞定的。我想像她拔出自己的佩刀，高聲喊著

「衝啊！」，然後像衝浪一樣跳到埃利森背上。雖然我很樂意看到那種情景，但也不想看到她面對這位冷嘲熱諷髮髻河神的神譴。

我努力思考其他的解決方案，但整個頭爆痛的狀況下沒那麼簡單。如果有下次，我得要記住，要等我用腦袋好好思考之後再去撞頭。

「一定有什麼補償方法，」我懇求說：「也許可以去拜訪波塞頓的宮殿？他正在建造超棒的無邊際泳池。你可以在那裡上你的……流動瑜珈課，俯瞰整個大陸棚。例如，跟鯨魚一起上課。」

就我聽來，這是很迷人的條件，因爲鯨魚很酷啊。然而，「鯨魚瑜珈」顯然不是埃利森會追求的一時流行。

「恐怕不行喔。」他的微笑變得比他的河水冰冷了好幾度。「不過呢，我確實有個想法，讓你可以補償我。」

我拚命點頭，害我覺得視線好模糊。「當然好，什麼都可以。」

「什麼都可以？太好了。我一直很想知道，波塞頓之子要花多久的時間才會溺斃。來做個實驗吧！」

河流像是一道液態磚牆，朝我奔騰而來。

# 18 安娜貝斯用花草茶戰勝一切

我希望埃利森能夠下定決心。

把我從水裡拋出去。把我扯進水裡。用冷嘲熱諷狠狠攻擊我。有那麼多種有趣的方法可以殺掉我，他卻無法做出決定。

話先說在前頭，我不是那麼容易溺斃的人。不過有一位河神在他的洞穴底部把我拋過來又扔過去，讓一堆黏糊糊的東西沖過我的鼻孔和嘴巴，感覺就像是在沙塵暴裡面呼吸。我什麼都看不見，昏頭轉向，猛力撞上岩石，無法集中注意力。

這樣讓我氣炸了。

半神半人的力量說來詭異。回想起我十歲或十一歲的時候，剛開始出現一點端倪，而我不懂爲什麼會那樣。噴泉會突然噴出來。廁所會爆開。控制水確實是我的某種本能，只是那時候我很害怕又生氣，有點像綠巨人浩克那樣，只不過我都是跟水管有關。隨著我漸漸長大，多多少少學會了控制自己的力量。現在我就可以命令你家的草坪灑水器爆開。（你可以租用我去參加小孩子的生日派對。打電話給我喔。）

不過呢，雖然我的控制力變得比較好，我的力量依然有些時候會失控。那有點像是你心裡想著「噢，我已經長大了，不能像小孩子那樣亂哭」，然後你看到一部電影是講一隻可愛的狗狗走失了，結果你開始大哭特哭。或者你覺得已經很能控制自己的脾氣，然後你的考試成績很爛，激起世界級的暴怒，結果你的滑板從房間牆壁掉下來，砸破你最愛的吉米．罕醉克斯[49]海報。當然這些純粹是假設的例子啦。

總之，這就是在埃利森的水池底部發生的事。他把我拋過來又翻過去，而且像洗衣機進行到超強力洗淨模式那樣的狠狠捶打時，我的控制力崩潰了。我又變成一個嚇壞的小孩子，尖叫著要這個大壞蛋世界離我遠一點。我的憤怒大爆炸。

於是河流也大爆炸。它朝向我的四面八方爆發開來，讓我成爲大爆炸的原爆點；我獨自一人蜷縮在一大堆氣泡裡，哀嚎得好大聲，即使洪流洶湧奔騰，我都聽得見自己的聲音。我有一些部分好像延伸出去……不只身在水池裡，更到了河流的源頭，到了下方的冥界深處，也說不定到了揚克斯市，而我將它連根拔起。數百萬公噸的河水洶湧越過洞穴，淹沒了水池，沖刷過峭壁，奔流過河岸，可能讓河流下游正在沐浴的一整群蛇類嚇破了膽。

最後，河水轟然湧回我周圍，再度平靜下來，恢復正常的流動。

我渾身顫抖，疲憊不堪，而且被自己做的好事給嚇壞了。我不知道過了多久才恢復知

[49] 吉米．罕醉克斯（Jimi Hendrix, 1942~1970）是美國著名吉他手和音樂人，主要音樂生涯只持續四年就因用藥不慎而過世，一般公認他是音樂史上最偉大的電吉他手。

覺。幾秒鐘？幾分鐘？隨著泥沙變得清澈，我抬起頭，內心冒出一個清晰的念頭：安娜貝斯。如果剛才不小心把她沖進大西洋，我絕對不會原諒自己。

我衝上水面。

我不該擔心的。在上方的岩架處，安娜貝斯交叉腳踝坐著，正在對非常慌亂的埃利森冷靜說話。那位河神倚靠在她身上，很像飽受戰爭創傷的難民，全身抖個不停，而且渾身都是河裡的汙泥。他的男士髮髻已經散掉了，現在他的頭髮看起來很像一棵快要枯死的絲蘭㊿。

「我……我完全不知道啊。」他邊說邊吸著鼻涕。

「好了，好了啦。」安娜貝斯伸手摟著他的肩膀。「沒關係。他生氣的時候還滿恐怖的。」

我在水池裡載浮載沉，很想知道我是不是在某個替代的時空浮上水面。安娜貝斯正在安慰那個傢伙，他剛才企圖要淹死我耶，而且她似乎是說我很恐怖。接著她低下頭，對我眨眨眼……那個暗號的意思是「就跟著演一下啦」。

「不過啊，你得承認，」她對埃利森說：「波西做得太好了。」

做得太好了？我狐疑想著。她到底在說什麼啊？

我頭上的傷勢似乎在水中自行痊癒了，因此這可能不是幻覺。

接著我環顧整個洞穴。我掀起的浪潮沖刷整個峭壁，高度都快到安娜貝斯的腳邊，因此把岩壁刷洗得閃亮潔淨。此刻，原本的沉積物都已落下，水池甚至比以前更清澈。空氣聞起來新鮮清爽，恢復那種「全新河流」的氣息。河水流動得比較強勁且冷冽，以歡欣的潺潺聲響奔騰流過洞穴，很像看完一場精彩表演的大批觀眾開心簇擁到街上。

我顯然爲埃利森河提供了「超豪華波塞頓清洗套組」，附加三倍泡沫保養劑、底盤生鏽保護，以及超閃亮打蠟。

我環顧四周，尋找那把彩虹權杖。沒有看到。運氣也太好，我可能把它一路轟到曼哈頓的哈林區去了。

安娜貝斯還在拍著埃利森的肩膀，發出安慰的聲音。我定睛看著她時，她用下巴指指方向，叫我看看下游，但我依然沒看到半點東西。

埃利森渾身發抖。「我……我不知道自己居然有這麼強大的水壓。」

「水流現在很順暢了，」安娜貝斯說：「應該對你的流動瑜珈很有幫助。」

「你覺得是這樣？」

「絕對是。而且我從來沒看過這麼乾淨的河流。不過呢，如果你發現波西漏掉什麼地方，我很確定他可以……」

「不用！」埃利森大叫。「不用，現在很棒。」

他說「很棒」的語氣，活像眞正的意思是「超痛苦」。

---

50 絲蘭的屬名「yucca」讀音接近「瑜珈」，在此對應河神是瑜珈老師的身分，而絲蘭的葉子是長長的劍形葉，整叢生長，很像髮髻散掉的樣子。

「抱歉。」我脫口而出。我不敢相信自己居然向一個企圖殺掉我的傢伙誠懇道歉，不過我覺得對他很不好意思。「我有一點點失控了。」

他瞇起眼睛。「不……不，是我自己問你能不能清理這條河，而你完成了。那樣可以教我怎麼好好使用冷嘲熱諷。」

就這麼一次，他的語氣聽起來不像是在冷嘲熱諷。

安娜貝斯再度指著河流的下游，像是要告訴我：「就在那邊啦，笨蛋。」

這一次我看到她所指的東西了。大約距離十公尺的地方，伊麗絲的權杖插在水面上方的一道裂縫裡。橡木把柄閃閃發亮，精緻的使者頂飾散發出溫暖的黃色光澤，它的神界青銅圖樣連一點髒汙也沒有。

「呃，如果可以的話，」我說著：「我要去……」我指著那根權杖。

埃利森不願迎上我的目光。他只是點點頭。我有種感覺，假如我要求他把皮夾交給我，他也會有同樣的反應。哇，我這個人真的好恐怖喔。

我游向河流下游時，聽到一陣微弱的樂音在空中飄盪：是格羅佛的排笛，從洞穴遠端某個地方傳來。他放棄杜蘭杜蘭樂團的歌曲了，現在吹的是披頭四的〈救命！〉（Help!）。我把它當成是一種微妙的訊息，表示他再也不想帶領蛇的遊行了。

我抓住伊麗絲的權杖，再游泳回去找安娜貝斯和埃利森。我希望安娜貝斯會丟一條繩索給我，幫我爬上去，但她看起來完全沒有急著要向河神說再見的意思。事實上，她已經把保溫瓶拿出來，正在倒熱飲給他喝。

「所以這是很棒的玫瑰果加洋甘菊口味，」她對他說：「我想你會覺得有鎮定的效果。」

埃利森啜飲一口茶。「很好喝。」

「現在到底是怎樣？」我問。

我不是眞的期待聽到答案，這樣很好，畢竟我沒有得到答案。

「一天要喝幾次？」埃利森問安娜貝斯。

「噢，我會試試早上和晚上，」她說：「還有，需要冥想的時候，隨時可以喝。拿著。」她把多帶的幾包都交給他。「不含咖啡因。我會避免喝綠茶。那讓你很焦慮。」

「我覺得你說得對。」河神嘆口氣。「那麼，至於新的課表……也許我們可以每隔一個星期六保留時間給半神半人洗滌聖物。這樣……這樣公平嗎？」

「非常公平。」安娜貝斯說。

「完全公平，」我附和說：「不過現在呢，那些蛇還在追著我們的朋友跑呢。」

安娜貝斯皺起眉頭，活像我毀了一個美妙的時刻，不過埃利森喝光他的那杯茶，將杯子交還給她。「當然沒問題。快去救你們的朋友吧，祝好運。還有，呃……」他緊張兮兮吞嚥口水。「如果呢，你說在波塞頓的宮殿開一堂鯨魚瑜珈課的事是認眞的……」

「噢，鯨魚瑜珈課絕對不是開玩笑，」我向他保證，「我會跟老爸提提看。」

埃利森吸吸鼻子。「波西．傑克森，謝謝你。還有，安娜貝斯．雀斯，你眞的很好心。」

然後，埃利森緊握著花草茶包，化身成一灘水，從峭壁邊緣流下去。我趕緊讓開，因爲不想讓他的流水沾到我。

等到非常確定他離開了，我抬頭看著安娜貝斯。「你買了茶？我在下面這裡摔過來翻過去的時候，你們居然在喝茶？」

她聳聳肩。「伊麗絲對我們說他熱愛瑜珈啊。我就想，花草茶可能是很好的供品。」

她這樣說，活像她的推理方式完全合情合理，就像在$X = 2yz^3$這個方程式裡，x當然是瑜珈而y是茶。

「對啦，」我說：「那裡面還有什麼別的東西可以幫我們救救格羅佛嗎？」

「Bien sûr（當然），」她這樣說，我覺得那句法語的意思是：「海藻腦袋，你覺得呢？」她從背包裡拿出一個紙袋，搖搖裡面的東西。「蛇類的美食。店裡的那個人推薦倉鼠口味。」

「我有好多問題要問喔。」

「該走了。我們在浪費時間。」

「你確定沒有時間再喝一杯『冥想魔法茶』嗎？把那條繩子丟給我如何？」

「沒必要。」她站起來。「游到下游去就行了。我會變成隱形人……」安娜貝斯拿出她那頂紐約洋基魔法帽……她最愛的「免費出獄」流行配件。「我會去東邊找格羅佛，用這些美食讓那些蛇分心，讓他脫離險境。」

「而我去西邊，讓我自己成爲那些蛇的新目標。」我猜測說。

「完全正確，」她說：「等到那些蛇跟在你後面，我們會繞回去，跟你約在洞穴入口那裡碰面。」

「那麼，呃，我要帶著倉鼠口味的蛇餅乾嗎？」

「你不需要帶。」

「那我該用什麼東西讓牠們分心呢？還有更重要的是，萬一我吸引了牠們的注意，又該怎麼脫身呢？因爲啊，你也知道，我還滿希望能預先想好那些細節啦。」

看著安娜貝斯的微笑，讓我得知我會很討厭她的回答，差不多就像我很討厭她把我從峭壁邊緣推出去。「你有伊麗絲的權杖啊。你有全世界最棒的工作。」

# 19 我嘗了一口彩虹，滿噁的

我現在可以把人生目標清單的「一邊跳過原野、一邊做出彩虹」這個項目劃掉了。

等到我爬出河流時，那裡是往下游幾百公尺的地方，當時格羅佛正在吹奏他最後一招的歌曲。〈YMCA〉的旋律從遠處傳來，在洞穴裡迴盪。我知道這是個暗號，表示他快要沒力也喘不過氣了。因為有人播放〈YMCA〉時，幾乎永遠都像是在大喊救命。

安娜貝斯吩咐我要蹦蹦跳跳穿越原野，同時緊握伊麗絲的權杖。她相當確定這樣可以創造出漂亮的彩虹，用高水準的「喔喔喔好美」吸引那些蛇的注意。同一時間，她會變成隱形人，找到格羅佛，護送他到安全的地方，必要的話就丟出一些蛇餅乾，讓那些蛇遠離他們。

「那麼，如果我沒辦法讓權杖發揮作用呢？」我問。

「我有信心。」安娜貝斯說。

我相當確定，她拚命忍住不笑出來。

「那麼等到那些蛇跟在我後面，萬一沒辦法甩掉牠們呢？」

「就把彩虹關掉啊，」她說：「等到你變暗，應該就沒問題了。而且不管你做什麼都要一直跳，不要停喔，跳跳馬。」

身為一名優秀的士兵，我完全按照她下達的指令。我一從河裡辛辛苦苦爬出來，就趕快穿上鞋，河水把鞋子沖到附近的蘆葦叢裡，然後我開始跳跳跳穿越草地。

就這樣持續了大約三公尺。接著我才明白，安娜貝斯一定是在捉弄我。用跑的絕對比用跳的快太多了。我也懷疑權杖根本不在乎。我邁開步伐穿越原野。果不其然，只不過跑了幾步，權杖就開始發亮。

一條條閃爍發光的光帶，從權杖頂端的神界青銅飾物向外延伸出去，我跑得愈久，光線就愈明亮。過沒多久，我的後面拉出一道十五公尺長的薄紗狀彩虹，讓整片原野像蠟筆盒一樣，亮起所有的色彩。

我突然回想起自己小時候的事，是真正的小時候，不是上星期在「緊張希碧」那種。我媽第一次帶我去中央公園的東草原放風箏。我記得在草原上奔跑，笑得好開心，看著我那隻很大的藍色尼龍章魚上升到空中。我突然覺得有點難過，想到那是好久以前的事了；我也想到那個風箏才剛升空，就遭到閃電劈落（在陽光普照的大白天耶）。即使在當時，我還不知道自己是半神半人，宙斯就一直在監視我。因為如果你是眾神之王，這就是你會做的事。你花費寶貴的時間，盡可能讓心胸顯得最狹窄，然後為了好玩，把禁止出生的小孩所放的風箏轟炸掉。

總之，有機會做不一樣的事，感覺很棒。我奮力衝刺，緊握權杖，讓整個洞穴都是我的單人彩虹遊行的舞台。過沒多久，我就聽到背後的草叢裡傳來沙沙聲和嘶嘶聲。很多蛇，非常多，正在靠近，興奮地跟在「喔喔喔好美」後面，準備把製造出彩虹的來源吃光光。

這種想法促使我跑得更快。

再跑了大約一百公尺後，我犯了大錯，回頭看了一眼。整片原野宛如衝浪手喜歡的那種大浪，正要墜落到我身上；數千隻蛇嗖嗖滑行，牠們的重量把青草都壓垮了。

在遠方某處，格羅佛的樂音突然停在〈YMCA〉旋律的「Y」字。我希望那表示他很安全，現在安娜貝斯正在護送他離開洞穴。假如我能再跑久一點，就可以把彩虹關掉，轉身往回跑向洞穴的入口……

等一下。洞穴的入口到底在哪裡啊？

有點太遲了，我這時才發現自己完全失去方向感。我在草原上忙得喘不過氣，放眼望去沒有任何其他地標。我能聽到的只有背後那群「頭上有角的蛇蛇大隊」的轟隆聲。我猜想自己依然往西邊跑，直直遠離河流，但無法確定。彩虹的光線擾亂我的視力。我感到愈來愈恐慌，完全無助於思考。

我開始轉朝右邊跑，希望帶領那些蛇繞過一個大大的弧形，往回跑向河流。然而，我沒有把自己的疲累程度考慮進去。炸開埃利森河耗費了大量力氣。我的雙腿愈來愈沉重，肺部有灼熱感。

我的速度愈來愈慢，那些蛇愈來愈靠近。

因此很自然的，我選擇在這個時候被一顆石頭絆倒。

我吃土了。腳踝出現尖銳的刺痛。就算忍受過劍傷、酸蝕及巨龍噴火，一旦發現像扭傷腳踝這麼普通的事情居然可以這麼痛，還是覺得討厭死了。我嘗試站起來，感覺像有一堆鋼釘射到我腿上。

我跛著腳多走幾步，用權杖支撐身體的重量，但我現在變成移動緩慢的目標。那些蛇朝我蜂擁而來。我踏著蹣跚的步伐，走向附近的突出岩石，開始爬上去，於是至少能看見那些蛇。等我爬到頂部，對於眼前所見的景象一點都開心不起來。

一整片蛇山蛇海，完全包圍了我先前休息的地方。在伊麗絲權杖光芒的照耀下，牠們的眼睛閃耀著紅光。牠們頭上的角可愛到驚人的地步：淺粉紅色的小鉤鉤，形狀很像建築物柱頭的羊角捲裝飾。眼看那些蛇逼近，牠們讚嘆著彩虹光芒，嘴巴全都隨之張開，紅色喉嚨嘶嘶作響，黑色舌頭快速伸縮舔嘗著空氣。牠們的聲調訴說著：「好好吃！」

「嘿，」我虛弱說道：「我們可以談一談嗎？」

牠們對我發出嘶嘶聲回應：「好吃，好好吃！」

我真想知道該不該拔出佩劍。答案：不行。牠們數量太多了。況且，如果我發動攻擊，這趟任務就會變成「對動物造成傷害」，然後就算我能逃走，一切也會變成完全做白工。還有，反正我也有可能死掉。

至少，我希望格羅佛和安娜貝斯能夠安全離開。我希望埃利森會很享受他那條美好潔淨的河流。

權杖發出的光芒，似乎是唯一能阻止那些蛇發動攻擊的因素。頂端的飾物依然發出一陣陣的彩虹能量，而那些蛇的眼睛一直緊盯著它，陶醉不已。

我實在太累了，幾乎無法保持平衡。我有種預感，萬一我踉蹌倒下，權杖會停止發光，然後我會變成一頓自助午餐。不過我得盡力嘗試。

我舉起權杖。彩虹大放光明。上千隻蛇隨著它抬起頭。我前後揮舞權杖，那些蛇全都跟隨著光線，搖著頭彷彿說不。

我又上下移動權杖，一片蛇山蛇海跟著點頭，很像小貓緊盯著雷射光點的樣子。

我克制著歇斯底里大笑的衝動。這些頭上有角的蛇類快要把我吃掉了，但至少我可以玩弄牠們一下。

我沒辦法永遠站在這些石頭上揮舞一根魔棒。到最後我會累垮，或者那些蛇覺得無聊了，然後，牠們會朝向石頭蜂擁而來，把我活活咬死，因爲我的彩虹實在好美啊。

我也不想等待安娜貝斯和格羅佛嘗試來救我。我無法想像他們要怎麼轉移這麼多蛇的注意力，又不會害自己死掉。

我想起自己和安娜貝斯對於上大學和之後生活的所有計畫。我想起自己想要告訴她的所有事情……希望至少能讓她知道我有多麼愛她。

突然間，我覺得雙腳輕盈多了。剛才扭到的腳踝沒有那麼緊繃了。我把權杖舉那麼高，手臂還差點脫臼，於是我自問：「波西，你爲什麼要這樣做？」

「我不知道。」我回答，因爲自言自語對我實在沒什麼幫助。

眼看彩虹變得愈來愈燦亮，那些蛇也看得如痴如醉。我發現自己踮起腳尖，拚命想要好好握住伊麗絲的權杖。到最後，我終於發現不是我舉起權杖，而是權杖把我向上抬高。

我的第一個念頭是：「爲什麼？」

我的第二個念頭則是：「等一下……這是一把使者的權杖。擔任使者的天神不是要飛越空中傳遞訊息嗎？」

就在權杖準備繼續把我往上拉高之際，我一直想著自己有多麼想告訴安娜貝斯說我愛她。那是重要的訊息。

我高高舉起雙手。

「帶我去找安娜貝斯。」我對權杖說。

我的雙腳離開石頭，整個人慢慢升高，進入潮溼黑暗的空中。在我下方，那些蛇投以驚嘆的眼神。

「再見了，我的朋友們，」我對牠們說：「彼此要好好相處喔。」

然後我往上升起。

我不免感到好奇，這樣是否留下一種新興宗教給那些蛇；說不定牠們會講一些故事，代代相傳給未來的子孫，說有個奇怪的彩虹天神男孩一直絆倒吃土，然後回到天上去了。也說不定牠們只是心想：「眞是個奇怪的小子啊。」

隨著速度加快，彩虹在我周圍閃耀著光芒，那光線吞沒了我。我肚子絞痛，四肢失去實質感。我不只是在彩虹裡面飛翔……我逐漸變成彩虹的一部分，這聽起來很酷，但感覺起來一點都不酷啊。我體內的所有分子都解離成能量。我的意識延伸拉長，就像是同時存在於飛行旅程那道弧形沿線的每一個點。然而，我還是保有自己全部的身體感官。別問我爲什麼，不過光譜品嘗起來很像紅銅的味道，聞起來像是燃燒的塑膠。我開始懷疑，這或許就是伊麗絲對使者工作感到厭倦的原因，而她開展的事業可以燃燒焚香和塗抹精油。

我在洞穴的入口處重新凝聚成形，剛好就在安娜貝斯和格羅佛的旁邊。我的羊男兄弟正氣喘吁吁，彎腰撐著膝蓋，但看起來毫髮無傷。

「兩位凡人，你們好啊。」我說。

安娜貝斯嚇得差點從鞋子裡面跳出來。「什麼？怎麼會？」

她大吃一驚的時候好可愛啊。不是很常發生，所以發生的時候我得好好享受。

「我有個訊息要給安娜貝斯．雀斯，」我說：「我愛你。」

我親她一下，這很困難，因爲她開始狂笑。

「我懂了，」她說著，輕輕把我推開，「使者之杖。做得好！」

「對啊，完全在我的計畫之中。」

「你完全搞不清狀況吧。」

「只因爲你說得對，並不表示我沒有生氣喔。」

她回親我一下。「海藻腦袋，我也愛你喔。」

格羅佛清清喉嚨。「我很好。謝啦。」

「也愛你啦，山羊男。」我向他保證。「排笛吹得滿不錯的。」

「哼。」他裝出氣呼呼的樣子，但根據他耳朵變紅的模樣，我看得出來，他心裡暗爽。

「趁著情況沒有凸槌，我們趕快回去曼哈頓吧。」他遲疑一下。「我是說沒有『更凸槌』。」

在回程的火車上，我們看起來像是一整天在揚克斯市的泥濘田野裡到處打滾的三位正常年輕人，只不過我帶著一根全宇宙最潔淨、最閃亮的權杖。而且我每一次打嗝，就會呼出一小團紫羅蘭色或淡黃綠色的煙霧。

# 20 伊麗絲接受行動支付

隔天下午，我們把權杖歸還給伊麗絲。

我很高興能把它移出我的房間，因爲只要想到有什麼訊息需要告訴某個人，或者有郵件貨車經過附近，它就會發出光芒，射出彩虹照亮整間公寓。

那天早上，我媽收到出版社寄來的新書快遞包裹，權杖差點把聯邦快遞員痛打一頓。我猜它以爲快遞員是它的競爭對手。

總之，我放學後與安娜貝斯碰面。格羅佛沒有來找我們，畢竟他和布蘭琪在紐約下城拍他的個人照。果不其然，她準備用枯萎的棕櫚葉做成蘇格蘭男士短裙給格羅佛穿上，讓他斜倚著一段燒焦的圓木，拍照的時候周圍全是死掉的昆蟲。格羅佛打算把照片裱框，一月的時候在朱妮珀的開花日送給她當禮物。剛才說的這些話，所有的部分我都聽不懂，但沒人問我的意見就是了。

找到伊麗絲是簡單的部分，只要用意志力請權杖帶我去找她就行。我很怕權杖會把我和安娜貝斯變成一道彩虹，然後把我們射到威斯康辛州，接下來我們整個晚上都會咳出二十種不同的顏色，也會困在威斯康辛州。不過呢，權杖只是指向北方，開始拉扯我沿著第一大道走，很像一根占卜杖。

它帶著我們走進下哈林區，那裡的人行道上有一排自產自銷的小販，我們發現女神在那裡兜售她的水晶。我不禁心想，不曉得賣小黃瓜的老兄和賣乾辣椒串的女士知不知道，她們之間的那個人其實是永生不死的彩虹女神。

可能不知道吧，但我覺得他們不會很驚訝。如果你是曼哈頓街上的小販，可能什麼光怪陸離的事情都見識過。

「噢，天啊！」伊麗絲看到我們倒抽一口氣。她接過權杖，整個檢視一番，彷彿那是一把武士刀，剛從修理刀劍的商店送回來。「梅塞迪絲，你看起來棒極了！」

「你把你的權杖取名叫做『梅塞迪絲』？」安娜貝斯問。接著她很快補上一句：「那是很美的名字[51]。」

「她好像很開心！」伊麗絲噴淚說道，彩虹色的眼淚從她的眼角撲簌流下。「很抱歉我爲你造成這麼多的麻煩。」

我好蠢。我正準備接受她的道歉，然後才發現她是在對梅塞迪絲說話。

「噢，我親愛的。」她摟著權杖，繼續哭個不停。「我應該在好幾年前就幫你清理乾淨！我絕對不會再把你當成展示架了！」

---

[51] 梅塞迪絲（Mercedes），與「Mercedes-Benz」（賓士汽車）同名。

「任務進行得很順利，」我試著說：「完全沒有動物受到傷害。」

「什麼？」伊麗絲突然反應過來。「喔，對耶。沒有動物受到傷害。當然。很好。」

我有種感覺，我大可把滿山遍野的蛇都消滅殆盡，伊麗絲也絕對不會知道有什麼差別。然而，我很高興情況沒有演變成那樣，畢竟那些長了角的蛇超級可愛，「把你的臉吃掉喔」那種可愛法。

「那麼，」安娜貝斯說著，維持樂觀的語氣，「這表示你又可以執行一些個人化的伊麗絲通訊嗎？」

「唔？」伊麗絲的視線終於離開她那根漂亮的使者之杖。「不，不。雖然又看到梅塞迪絲的狀態這麼好實在太棒了，但那些日子結束了。我很感激你們的協助！」她開始自顧自地哼著歌，同時著手整理桌面上陳列的水晶，慢慢掛到梅塞迪絲上面。

我瞥了安娜貝斯一眼，她示意我要有點耐心。

「你有沒有花點時間打探一下消息？」安娜貝斯提醒她。

伊麗絲顯得很驚訝的樣子，發現我們還在這裡。「打探消息？」

我的心一沉。假如伊麗絲沒有兌現她的承諾，我們大老遠跑去埃利森河不就白忙一場，只不過是在揚克斯市的爬行類之間開創出膜拜波西的異教儀式。

「甘尼梅德的事？」我問。「遺失的杯子？」

伊麗絲眨眨眼。「對喔。當然。我……四處打聽了一下。不過呢，你們確定不會比較想要一塊水晶當作獎勵嗎？或者來一包鼠尾草潔膚浴鹽？」

她繼續把商品堆到梅塞迪絲上面：飾帶、珠子、裝石頭的小袋，彷彿想要盡快把權杖藏起來。她爲什麼好像很緊張的樣子？

「只要有資訊都會很棒，」安娜貝斯說：「你……有得到資訊吧？」

「嗯哼，」伊麗絲嘆口氣，「你們好像眞的是那種優秀的年輕人。我會很討厭……」

她讓想法飄散出去，形成了「關於有可能殺死波西．傑克森那些事的未完成想法之地」。

我在那塊土地上花了不少時間哪。

「你找到那個杯子在哪裡了。」我猜測說。

「我有個相當好的構想。」

她的語氣令人生畏，讓我不禁覺得，是否應該拿浴鹽就好。然後我看著安娜貝斯。我想起這件事牽涉到跟她一起去上大學。跟她一起去，這是沒得商量的，無論面臨多困難的挑戰，無論鼠尾草的潔膚效果有多好。

「全都告訴我們吧。」我說。

伊麗絲撥了撥她手腕上的流蘇花邊手環。「我把你們的搜尋目標縮小到格林威治村。」

安娜貝斯皺起眉頭。「那個區域還滿大的耶。」

「他會在那裡，」伊麗絲堅持說：「當然啦，假如我對竊賊的身分判斷正確的話。」

「他……？」我催促說。

我等待更多資訊。如果你的消息來源避談「大反派」的名字，絕對不是什麼好兆頭，尤其消息來源是一位天神的話。誰可以讓伊麗絲這麼緊張啊？

「我早該猜到的。」她自言自語咕噥說道。她拿起一把焚香，到處揮一揮，也許希望讓空氣清淨一點，但其實不會。

「他呢，當然囉，很討厭甘尼梅德。還有那個聖杯。可是……」她搖搖頭。「希望我是錯的。我可能沒有說錯。」

「那是誰？」安娜貝斯問道。「我們需要知道名字。」

她比我更有勇氣。我已經甘願要搜索整個格林威治村，以亂槍打鳥的方式，尋找隨身攜帶聖杯的男子。

伊麗絲回頭看了一眼，然後以心照不宣的神情向我們靠過來。「他行走江湖的名號是……蓋瑞。」

我不敢笑出來，但心裡想到的只有卡通《海綿寶寶》裡的「小蝸牛蓋瑞」[52]。一般來說，聽起來最荒謬可笑的事，會讓你死得最快。你笑出來，那麼你就有可能以最蠢的方式死翹翹。

「蓋瑞。」安娜貝斯跟著唸一次。

「是的，」伊麗絲說：「我不知道他是怎麼偷到的，也不知道他希望達到什麼目的。不過這個訊息來自一位很可靠的雲精靈。」

「那麼，我們去格林威治村，」我總結說：「開始到處詢問蓋瑞的下落。」

伊麗絲歪著頭。「我想，你可以那樣試試看。不過呢，要快一點的話，可以用神飲。」

她從放置精油的展示架扯下一個小瓶子，接著把它舉起來，很像電視廣告裡的模特兒。

我以前見過神飲。我也喝過相當的份量，在每次需要從割傷、挫傷、毒舌和半神半人的其他日常傷勢趕緊痊癒的時候。不過這個小瓶子似乎特別金黃耀眼，很像陽光懸浮在蜂蜜裡。

安娜貝斯往前靠過去。「那是……？」

「百分之百純濃縮液，」伊麗絲帶著沾沾自喜的微笑說：「在奧林帕斯山上，在春天第一天的拂曉時刻，從樹林裡的露水收集而來。沒有添加物或防腐劑。千萬不要喝這個喔，沒有調配過的神飲會把你們半神半人燒成灰。」

我從那個開心黃金死亡果汁的旁邊慢慢退開。「那麼我們該拿它怎麼辦？」

伊麗絲旋轉搖晃那個小瓶子，讓裡面的液體散發出更耀眼的光芒。「天神的聖杯就是設計用來調配神飲，所有的神飲自然而然會受到它的吸引。在格倫威治村的空氣中，用這種液體對著空中滴個一、兩滴，如果聖杯在附近的某個地方，你應該就能夠跟著那一、兩滴液體找到蓋瑞。」

「超有用的耶，」我坦白說：「謝謝你。」

---

52 卡通《海綿寶寶》裡的小蝸，原文名字是「Garold "Gary" Wilson, Jr. the Snail」（蓋洛德「蓋瑞」．威爾森，小蝸牛），通稱「Gary the Snail」（小蝸牛蓋瑞），中文譯名為「小蝸」。

我伸手去拿瓶子，但伊麗絲突然縮手。

「啊啊，」她以責怪的語氣說：「這個有標價喔。」

我壓抑自己的哀號聲。我不禁心想，這次她想要清洗什麼魔法物品？還是需要我們從冥界深處收集什麼特別的水晶？

「多少？」安娜貝斯問。

伊麗絲凝視著我們，使出最厲害的議價絕招。「五元。」

「就這樣？」我問。

安娜貝斯用手肘狠狠頂我一下。

「我的意思是……這樣要五元喔？」我努力讓語氣顯得很憤慨。「現金？」

「我也接受行動支付。」女神提議說。

我伸手到口袋裡撈了撈，拿出來的有我的波濤劍、一個迴紋針，還有一張「花美男果汁」的收據。安娜貝斯取出她的錢包，拿出一張五美元鈔票。因爲當然啦，除了她可能需要用到的其他每一種奇怪又過時的古代工具，她也帶了現金。

「成交。」她說。

交易完成。安娜貝斯將黃金小瓶子放入她的錢包裡。

「還有什麼事是我們應該知道的？」我問：「例如蓋瑞是誰？」

「沒有，」伊麗絲說：「你們不知道比較好，否則……」她搖搖頭，接著將五美元鈔票收進她的刺繡腰包裡。

我有種感覺，她有其他事情想說，像是「見到你們眞好」、「祝好運」之類的，然而她只對我們慘然一笑，接著轉過身整理身邊那一大堆紮染披巾。

我想，你要送半神半人去執行一趟危險的任務時，眞正需要說的唯一一句話，就只有「否則」，這樣說就能面面俱到。「成功。否則……」

嗯，空白之處你可以自己塡寫。

# 21 我提供人際關係的建議，是認眞的

千萬別讓羊男有拍照的機會。

隔天下午，格羅佛現身在我的游泳聚會上。他戴著黑色貝雷帽、太陽眼鏡，穿著一襲白色罩衫之類，看起來好像準備在巴黎或哪裡的街道畫起水彩畫。他幫我加油，看著我游第一趟比賽（我游第二名，因爲不需要獲勝來引起關注），然後在露天看台上找我聊天，順便看我的隊友們彼此競爭。

對話中每次稍微停下來，格羅佛就打開他的文件夾（他幾時開始帶著文件夾了？），細細瀏覽布蘭琪幫他拍攝寫眞照片的底片印樣。

「我給你看過這個嗎？」他問。

「我還滿確定你都給我看過了。」我試著表現得熱絡一點，但是只看到好多照片都是格羅佛假裝死掉，癱倒在一截燒焦的木頭上。

「你看喔，我的手在這張照片裡稍微高一點點，」他說：「布蘭琪覺得這樣在我的額頭上產生很棒的陰影。」

「嗯哼，很好啊。」我幫隊友鼓掌，他正要開始游第二趟來回。「好耶！李，加油！」

「他姓『羅』，」看台長椅上的另一位隊友說，我想他的名字是克里斯，但依照我的運氣，他有可能是克雷格。嘿，我才剛轉學到替代中學嘛，大部分時候，我連自己的名字都不記得。

「所以總之呢，」格羅佛繼續說：「我問朱妮珀，最後沖印時，她是不是比較喜歡C25的尺寸？還是也許喜歡A6？兩種各有優點。」

我不想問，但還是問了。「那麼朱妮珀比較喜歡哪一種？或者你把這件事告訴她了沒？」

格羅佛沉下臉。「有啊。很奇怪耶，她好像……很生氣。」

噢，拜託，我心想。「你為什麼覺得她很生氣？」

格羅佛搔搔他的山羊鬍。我看得出來，他正在思考答案，因為他暫時忘記了自己的底片印樣。

「我也不太知道，」他坦白說：「我告訴她，布蘭琪比較喜歡面朝下的姿勢，但是布蘭琪喜歡側面姿勢的光線，所以……」

「你跟朱妮珀講話時，提到布蘭琪多少次？」我問。

格羅佛從他的太陽眼鏡上方看著我，一雙充血的眼睛非常迷惘。「這是……這是布蘭琪的攝影作品啊。」

「所以很多次，對吧？」

格羅佛皺起眉頭。「你該不會覺得……你覺得朱妮珀吃醋了？」

我想像有一群「那還用說嗎小天使」，在他的頭頂上高聲齊唱「那還用說嗎讚美詩」，但我努力維持面無表情。「有可能吧？」

「可是……布蘭琪是半神半人耶。我絕對不會……」他嚥下口水。「我想，我可能說了她的名字很多次吧。」

哨音響起，一百公尺比賽結束了。李／羅贏了。我和其他隊友一起用力鼓掌歡呼，但內心暗暗決定不要叫他的名字。

等我回頭看看格羅佛，他正抓著頭，活像有很多螞蟻在他的貝雷帽底下爬來爬去。

「也許十幾次？」他嘀咕說著：「噢，不會吧……」

「朱妮珀有沒有『要求』你送一張照片給她當開花日禮物？」

「嗯，當然，她……」格羅佛遲疑一下。「其實呢，沒有。我想……也許那是我的主意。噢。我搞砸了，有多糟啊？」

我在看台長椅上扭動身子。說到人與人的關係，最不應該提供建議的人就是我吧。嗯，也許比宙斯、我爸，還有其他奧林帕斯山天神更不應該。我多半只是以安娜貝斯為榜樣，到目前為止發展得相當好。至於我和安娜貝斯以外的其他人際關係，我覺得自己沒什麼資格提供意見。

不過格羅佛以懇求的眼神看著我。

「就對她坦白說出來吧，」我建議說：「好好道歉。對她說你思慮不周，你做了蠢事。」

「對耶，」他說著，慢慢點頭，「就像你和安娜貝斯之間的相處。」

「呃……對啦。也許問問朱妮珀，她自己想要在開花日收到什麼禮物。」

「不過肖像照……」他以渴望的眼神看著自己的底片印樣，假死的格羅佛身處於假死的大自然所拍的數十張照片。他拿下太陽眼鏡，塞進罩衫裡。「我想你說得對。反正朱妮珀的杜松❺❸樹籬裡面也沒什麼地方能掛照片。只不過布蘭琪拍得那麼用心……」

我清清喉嚨。

「那麼我再也不會講到布蘭琪了，」他糾正自己，「波西，謝啦。」

他的語氣聽起來慘兮兮，我覺得改變話題會是好主意。

「那些雲精靈呢？」我試著說：「你說會到處去打聽更多消息？」

他振作起來。「有喔，當然有！所以我就想，也許我可以把目標縮小到格林威治村，也許找出那個蓋瑞可能在哪裡出沒。我找法羅亞談過，再傳話給優克麗敏，而她說注意到華盛頓廣場公園周圍有些奇怪的能量。」

「奇怪的能量，限定在華盛頓廣場公園。」我說。

「對啊，不過這個嘛……我不知耶。她沒辦法給我特定的對象，但她說，最近幾個星期有很多大自然精靈已經離開公園了。草精靈、花精靈、樹精靈……她們要不是進入冬眠、躲到

---

❺❸朱妮珀的英文原名是「Juniper」，即杜松這種植物。

土壤深處，就是跑去度假了。」

我想像一群精靈，身上穿著輕薄的草葉衣裳，使勁拉著行李箱，爬上郵輪的梯板，準備前往墨西哥的坎昆市度過春假。

「蓋瑞這麼可怕啊，他把大自然精靈嚇得從她們自己的生命源頭逃走了，」我沉吟道：「你知道有什麼怪物或天神的名字聽起來很像『蓋瑞』嗎？」

「格律翁？」

我渾身發抖，想起以前唯一一次去德州的時候見過格律翁，那位牧場主人有三個身體。「去過那裡。把他殺了。還有誰？」

「蓋……蓋瑞……嘎尼……甘尼梅德？」

「那麼劇情就會超展開。不過呢，還是先假設他沒有偷走自己的聖杯。還有誰？」

格羅佛搖搖頭。「也許是跟『蓋瑞』有押韻。拉瑞？哈瑞？」

我考慮到自己連隊友的名字都無法說對，決定不玩這種猜名字遊戲了。

在下方的游泳池裡，下一場比賽已經開始了。我的隊友琳德西，也說不定是琳達，正在游五百公尺自由式的第一趟。

「也許我們應該一大早就去公園，」我說：「萬一最後必須大戰一場的話，附近的人潮愈少愈好。」

格羅佛點點頭。「不知道蓋瑞是不是某種大自然精靈，某種巨大又憤怒的精靈，把所有的小型精靈全都嚇跑了。如果是這樣，也許我可以讓他聽我說話。」

我想起之前與巨大又憤怒的河神埃利森交手有多麼順利啊，但我沒有提起那件事。還有很多時間能讓格羅佛的希望徹底破滅。

「明天早上怎麼樣？」我問。「我們可以跟安娜貝斯約在華盛頓廣場公園碰面。」

格羅佛皺起眉頭。「我想，我最好回去混血營，花一整個週末陪陪朱妮珀。星期一怎麼樣？」

我很不擅長制定計畫。我還滿確定星期一的一大早有數學考試，可是呢……我們與怪物交手的事，到時候一定能搞定，對吧？而且如果奧林帕斯山要到下個星期日才舉辦米娜瓦之宴，嚴格來說我們還有很多時間尋找聖杯，再把它還給甘尼梅德……

「好吧，」我表示同意。「星期一的一大早。我會讓安娜貝斯知道，她今天晚上要來我家吃晚餐。」

「酷喔。」格羅佛說，不過他看起來心神不寧。「你覺得……？」他似乎沒辦法把想法說出來。

他一副憂心忡忡的樣子，我猜是朱妮珀的事，於是我很想抱抱他，讓他裹上一條毛茸茸的溫暖毯子，親自開車送他去混血營。既然我沒有時間開車過去，也沒有什麼毛茸茸的溫暖毯子，只好絞盡腦汁想些有用的建議。

我想起安娜貝斯在幾個月前對我說的話，當時我努力想辦法要彌補高中一年級消失的一整年。

「老兄，聽好了，」我對格羅佛說：「朱妮珀會原諒你。她可能根本不想要禮物，只希望你在那裡陪她，好好聆聽她的感受，陪在她身邊。」

我的教練從游泳池那邊喊道：「傑克森，又換你了！」

我準備要來個高台跳水。

「我該走了。」我對格羅佛說。

「好，好啊，只是呢……關於我和朱妮珀，我一直覺得壓力很大，不過坦白說，我們本來很好，直到我開始煩惱要送她的開花日禮物。萬一真正讓我困擾的不是那件事呢？萬一我煩惱的是你和安娜貝斯明年夏天要離開我？」

離開他。

這件事就像埃利森河的冰冷波浪擊中我。我低頭看著布蘭琪攝影作品的底片印樣……所有的照片，都是格羅佛在黑白兩色的絕望場景中扮演死人。

「啊，格羅佛……」於是我給他一個擁抱。我覺得有點尷尬，畢竟身上只穿了游泳衣，而且上一趟游完之後全身還溼答答的，但他似乎並不在意。「兄弟，我們絕對不會離開你。我們會回來玩。你會來加州看我們。老兄，你就像我們的生命源頭。我們只要離開你太久，就會開始枯萎，你知道吧？」

格羅佛努力擠出微微一笑。「是啊……是啊，好吧。」

教練又對我喊了一聲。

「去吧。」格羅佛對我說。

「你確定沒事？」

「我很好。星期一早上我會在華盛頓廣場公園看到你。你是想說六點半嗎？」

我不想說清晨六點半，我也絕對不想在那種時候醒來。一想到要那麼早起床、跑去紐約的下城，我就好想把頭埋在水裡尖聲大叫。不過羊男是晨型人。

「聽起來很棒。」我對他說。

接著我小跑步去跳台。我完全沒練習過跳水技巧，但想到這輩子曾有那麼多次筆直墜落的機會，要拿到第一名根本是十拿九穩。

# 22 我得到一個杯子蛋糕和大驚喜

要帶點心去我媽家吃晚餐，非常耗費力氣和勇氣。我媽是有名的甜點高手。大部分人會太過緊張，不管烘焙什麼東西都很怕禁不起比較。幸好，安娜貝斯既優秀又勇敢，這表示我得到了杯子蛋糕。

「甜心，這些看起來好厲害！」我媽說，收下一整盤安娜貝斯的最新作品。

安娜貝斯感激到快哭了。我看過她對天神的稱讚不屑一顧，但我媽的讚美真正打動她的心。我想，這是因爲在她的成長過程中，雅典娜的母親形象非常遙遠。

有時候我不免心想，安娜貝斯樂於接受有一天跟我結婚，只因爲她一想到能有莎莉·傑克森—布魯菲斯成爲她的婆婆就很興奮。坦白說，我不怪她。

安娜貝斯開始學習烘焙，其實是因爲她把畢業所需的課程都修完了。儘管她跟我一樣有古怪的半神半人問題，儘管她的高中一年級因爲我在戰鬥中失蹤而度過痛苦的一整年，儘管她跟我一樣有閱讀障礙和注意力缺乏及過動症，安娜貝斯卻累積了那麼多的高等先修課程，成績也那麼好，因此紐約市設計學校的輔導老師建議她，每天的第七節課只要自修就好了。

要是我呢，我會說：「好的，請安排，那麼我可以帶顆枕頭去嗎？」

但是順順過日子並非安娜貝斯的天性。她已經簽了「烹飪設計入門」的選修單。到目前為止，她只專心挑戰杯子蛋糕（對我來說超酷的），但我很確定，到了學年結束時，她會用天使蛋糕建造出橋梁和摩天大樓。

然而，有一種東西是安娜貝斯不做的，就是藍色的食物。那有點像是我和我媽之間只有你知我知的笑話。安娜貝斯認為那是神聖不可侵犯的。今天她的杯子蛋糕做成綠色，撒上紫色的裝飾碎粒，原因只有她才懂。

她和我媽吱吱喳喳聊著糖霜裝飾時，我跑去找繼父保羅，他正把一疊又一疊的學生作業從餐桌上搬開。我敢發誓，這位老兄眞的是工作狂。這幾乎讓我覺得內疚，因為我沒有更努力做自己的功課。幾乎而已啦。

「嗨，保羅。」我跟他來個互相擊拳。

「最近有沒有打敗什麼好怪物？」他問。

「你也知道啊。就像平常一樣。」

保羅笑了笑。他還穿著上班的服裝：藍色襯衫、褪色牛仔褲，顏色鮮豔的領帶上面有很多書本的圖案。過去幾年來，他的灰白頭髮變得更灰也更斑駁，而我盡量不把它想成是我的錯。他很擔心我的狀況，也很了解我的半神半人過往。他很擔心我媽那麼擔心我。他是很好的人，只是我寧可認為，讓他產生老態的原因是他的教書工作，而不是我一天到晚經歷的生死戰鬥。我努力讓最可怕的細節都留在自己心裡，但保羅都知道。在曼哈頓戰役期間，他身為凡人，已經很盡力親自仔細了解我的世界。

然而今天晚上，他似乎比平常更緊張。如果你不認識他，可能絕對看不出來，但他緊張的時候會用拇指輕點其他指尖，就像是努力要夾住一條線，但其實根本找不到。

「還好嗎？」我問他。

「我嗎？」他笑著說：「這個星期沒有打到怪。除非你認為剛入學的新生寫的『羅密歐與茱麗葉』報告算是的話。幫我把餐桌擺好吧？」

他還有別的事沒說，但我決定不要追問。我擺設了四份餐具。在廚房裡，大蒜麵包正在烘烤，肉醬千層麵正在爐火上啵啵冒泡。安娜貝斯聽了我媽說的某件事而大笑起來，然後兩個人都對著我嘻嘻笑，猜想一定跟我有關。安娜貝斯看過我嬰兒時期的照片，所以我不擔心她們到底在講什麼。我已經沒有尊嚴了。我和安娜貝斯還在一起。我想這樣就夠好了。

保羅的唱盤播放著巴布．狄倫（Bob Dylan）的某張黑膠唱片，輕輕柔柔的可以當作背景音樂，但是搭配巴布．狄倫的歌聲，你絕對很難忽略。雖然不是我的菜，但還算可以接受。保羅說，巴布．狄倫是二十世紀的頂尖詩人。我是說，那傢伙可以讓「leaders」（領袖）和「parking meters」（停車計時器）彼此押韻，我想那確實很有兩把刷子囉？

等所有人就座，生菜沙拉傳遞一輪，我注意到有別的事不對勁。我媽在喝氣泡水。她沒有很熱衷於喝酒，但吃晚餐的時候通常會搭配一杯紅酒。

「不喝酒？」我問她。

她搖搖頭，眼神閃爍，彷彿還想要講個只有你知我知的笑話。「不喝。其實呢，我想要跟你講這件事。」

「紅酒的事？」

「咳咳。」保羅咳嗽起來。他現在兩隻手都夾個不停，尋找那條看不見的細線。爲何這麼急躁啊？

安娜貝斯看了我一眼。海藻腦袋，眞的嗎？你還不懂？

或許我媽已經在廚房裡告訴她了，也說不定她靠自己就發現到底是什麼事。她注意到了一些事。跟安娜貝斯在一起，就像跟某個人一起看同一部電影，不過那個人看的情節總比你早了十五分鐘。

「跟紅酒沒關係，」我媽說：「比較有關係的是我今天晚上爲什麼不喝酒。不過首先呢，我想要澄清一下。波西，這件事應該不影響你的計畫。你已經開始進行的所有事情，我不希望你分心……特別是要進入新羅馬大學的計畫。」

我的嘴巴好乾。我的第一個念頭是：「噢，天神哪，她得了什麼可怕的病。」

「媽，我……我過著分心的生活。那就像是我的郵遞區號。不管是出了什麼問題，我都想幫上忙。」

「噢，親愛的，」她從桌子對面伸出手，握住我的手，「沒有什麼問題。我懷孕了。」

她一定是用彩虹權杖打我的頭，所含的訊息讓我呆若木雞。

「懷孕。」我複述一次。

她對我露出燦爛的笑容，就像我被前一所學校踢出來之後，她幫我找到新學校時，也是露出同樣的笑容。

「那是……你和保羅。」

我看著我的繼父，他還沒有碰自己的千層麵。這時候我才發現，餐桌上的每個人都屏住呼吸。也許他們很怕我會讓公寓裡的水管全都爆掉。這個嘛，鄭重聲明，我只做過「一次」而已啦。

「是的，我和保羅。」我媽牽起他的手。我不禁心想，他們在半神半人孩子之後要生一個人類的孩子，是否曾有某種尷尬的對話，討論這樣是否安全。

安娜貝斯小心翼翼看著我，揣測著我的反應。是擔心我嗎？還是擔心保羅和我媽？

一陣溫暖的感覺淹沒了我。我露出大大的微笑。

「這眞是太棒了。」

緊繃的氣氛打破了，這樣比打破水管要好太多了。我從椅子上跳起來，擁抱保羅，因爲他坐得比較近。我想，我嚇到這個可憐的傢伙了。他的襯衫袖子不小心沾到千層麵。

接著我繞過桌子，擁抱我媽。她放聲大笑／大哭：那是全然的放鬆，全然的開心。也有人哭了一下，但我不想特別指出是誰。最後我們回到各自的座位上，不過我還是覺得自己微微飄浮在地板的上方。

「你這麼高興，我眞的很開心。」我媽說。

「我當然很高興啊。」我似乎止不住笑意，不過如果你肚子很餓，而且面前有一盤千層麵，這樣一直笑就會是問題。「等一下。什麼時候？」

「預產期是三月十五日。」她說。

安娜貝斯的眉毛挑了一下。「羅馬曆的三月十五？」

「那只是最佳狀況的預測。」我媽對她眨眨眼。「波西就比預期的時間晚了很多。」

「我很頑固啦，」我說：「所以這就表示寶寶出生時我會在這裡。那太棒了。我還有幾個月才會……」

我的微笑終於慢慢消失。如果一切都很順利，我跟安娜貝斯一起去上學，我會在夏天離開這裡前往加州。那就表示我會好想念這個新生兒。我好想聽到小嬰兒第一次發笑，看到嬰兒踏出的第一步。我好想玩躲貓貓，還想教小小孩發出粗魯的聲音，以及吃藍色的嬰兒食物。

「嘿，」我媽說：「生產的時候你會在這裡。而且只要你想從加州回來，無論多常回來都可以。不過也需要好好堅持你的計畫喔。那是超棒的計畫！」

「對啊，當然。」我說。

「還有呢，」她說著，露出淘氣的笑容，「我們會需要把你的房間給寶寶用。」

接下來的晚餐，我好像身處於五里霧中。我依然飄飄然，一方面是因爲開心……另一方面覺得好像有人割斷我停泊的繫繩，此刻越漂越遠。我爲媽媽和保羅感到非常興奮，這是肯定的。我不敢相信他們要生小孩了，我可以看著小孩長大。那個寶寶會很幸運。

可是呢，這件事似乎讓我自己準備離家的計畫變得更眞實。我準備離開的時候，剛好是我媽和保羅即將展開人生的新篇章。我不太確定自己究竟有什麼樣的感受……

我確實記得自己大大稱讚安娜貝斯的杯子蛋糕。那眞的很好吃：奶油和甜香，糖霜有點太厚……就是我喜歡的杯子蛋糕。

我和她一起收拾盤子。等到我陪她沿著街道走去地鐵站，天色愈來愈暗了。

「你覺得那是個好消息，我還滿高興的。」她說。我都沒發現，她直到這一刻才眞正鬆了口氣。

「你是想到你的那些弟弟。」我猜測說。

那些嬰兒的來臨，代表了安娜貝斯與她爸爸之間的父女關係即將結束。至少在當時是那樣。不久之後，她就逃離家裡，覺得遭到遺忘和遺棄。

她親我一下。「你跟我沒有同樣的處境，感謝天神。你會是很棒的大哥。」

一陣溫暖的喜悅之情又湧過我心頭。「你覺得嗎？」

「當然。而且我等不及看你學習換尿布。」

「喂，我打掃過格律翁的馬廄，那裡還有一堆吃肉的馬耶。換嬰兒的尿布怎麼可能糟到哪裡去？」

她笑起來。「到了四月或五月，我會提醒你說過這樣的話，到時候，你會祈求趕快離家去上大學。」

「才不會，」我說：「我是要說……跟你一起，當然好。只是……」

她點點頭。「我懂。家人相處很不容易。遠距離的家人相處更不容易。」

那是我們兩人都很了解的事。

她捏捏我的手。「星期一見，天剛亮一大早。」

然後她走下地鐵站的階梯。

至少我有安娜貝斯，我心想。我們會在一起。當然啦，假設我們能解決掉聖杯的整個問題，否則呢，我會困在紐約，而且有一大堆換不完的尿布可以期待。不過在這一刻，感覺兩種選擇都可以……兩件事我都有可能辦到。

好幾件事都有正面的結果？

哇喔。凡事都有第一次嘛。

# 23 甘尼梅德炸掉所有飲料

學校是不等人的。

我想，這是某人說的知名金句吧。而且是眞的。星期五早上過得好快，無論我希不希望這樣。我依然全身痠痛，因爲大戰埃利森的關係。我的大腦感覺好像內外翻轉，因爲聽了我媽的消息。我的科學考試其實書讀得不夠，意思是我根本就沒讀。

最要命的是，我在第三節課聽到廣播，叫我去輔導室報到，我沒有心情被沖下馬桶啊。

「波西！」我走進去時，歐朵拉這樣說。她聽起來異常高興看到我，也說不定只是很驚訝我還活著。「請坐！」

我擬定了計畫。如果她嘗試要再把我沖走，我會命令那些水把我抬向天花板。接著，我會偷走她的快樂牧場糖果罐，然後跑回教室，笑到瘋掉。

「好吧！」她十指交扣，對我眉開眼笑。「一切都好嗎？」

「一切是很多件事啊。」我說。

我告訴她，我媽要生寶寶了。歐朵拉似乎很高興，直到我解釋說那是人類嬰兒，不是跟波塞頓生的。

「噢，我懂了。」她聳聳肩。「嗯，我想，那也很好啊。那麼你的課業呢？」

「呃。」

「還有推薦信呢？」

我讓她了解最新狀況。我告訴她，我們星期一早上會去搜索華盛頓廣場公園，而且強調不需要把我沖去那裡。

「唔……」她看著「生病青蛙」，活像是牠也可能想要參一腳。「那麼，你到底要在華盛頓廣場公園找什麼呢？」

「甘尼梅德的聖杯啊，」我說：「我們認爲有個名叫蓋瑞的人帶著它。」

她變得好蒼白，就像是你踩到沙子上，把所有的水都擠出去。「你也知道，現在考慮社區大學還不嫌晚喔。我有沒有提過霍霍庫斯？我在這裡某個地方有一份摺頁。」

「等一下……」

「你可以在機械工程方面拿到副學士學位……」

「歐朵拉。」

「或者會計學……」

「新羅馬大學，」我說：「記得吧？那是目標。你爲什麼突然把我指點到其他地方去？而且拜託別告訴我，蓋瑞經營一間瑜珈教室。」

她在椅子上扭動身子。「不，沒有。也不算是把你指點到其他地方去，比較是……希望你好好活著。」

我盯著她，盡全力傳達出我爸的「不爽海神」表情。「我需要的不會只是那樣而已。你是我的輔導老師，所以輔導我吧。誰是蓋瑞？」

「你也知道……我只記得……我有一件事要做……」

她的周圍有個綠色的漩渦往上湧起。等到水幕瓦解，噴得地上到處都是海草，歐朵拉卻不見了。我瞥了「生病青蛙」一眼，不禁心想這個「蓋瑞」到底有多糟糕，非得讓一位海精靈把自己沖走不可，免得還要繼續對話。「生病青蛙」不知道答案。我抓起一大把快樂牧場糖果，走回教室。

午餐也沒有好到哪裡去。我拿著午餐袋坐下，是昨天剩下的千層麵三明治，配上一個昨天剩下的杯子蛋糕。我才剛開始覺得說不定能放鬆個幾分鐘，卻在這時聽到不祥的叮咚聲，有人幫我把保溫壺倒滿了飲料。

「嗨，甘尼梅德。」我說。

他坐在我對面，玻璃壺因為凝結而滴水。今天壺裡的液體是橘色的，也許是奧林帕斯山飲料六號？

他和之前一樣穿著希臘長袍和涼鞋，但是看起來比較憔悴又擔憂……沒有比較老，絕對是。天神不會變老。不過他雙眼的金色微血管充滿神血。他的臉色不太健康，彷彿準備要猛然化身為熾熱的天神形象，把全部學生都蒸發掉，變成一大堆綜合飲料粉末。

「拜託告訴我，你有新消息。」他說。

同時要講故事又要吃千層麵三明治實在很困難，所以我優先吃三明治。我點點頭開始吃，看著甘尼梅德變得愈來愈焦慮。我不確定他聽了消息會怎樣。如果他會把我蒸發掉，我想要好好吃完最後一餐。

「所以，」我說著，繼續吃杯子蛋糕，「我們認爲，偷走你的聖杯那個傢伙，出沒在華盛頓廣場公園。」

我把目前知道的情形告訴他，以及打算怎麼找到那個小偷。

「神飲，」甘尼梅德喃喃說著：「那樣很好。那樣行得通。」

「關於蓋瑞可能是誰，你有沒有什麼頭緒？」我問：「你有沒有什麼仇敵叫那個名字？」

他搖搖頭。「我有那麼多敵人，有些人可能就叫蓋瑞。我不知道。」

他的語氣好痛苦，我想向他保證一切都會很好，但不確定自己該不該承諾這種事。假如我是天神，而有人告訴我，我的寶貝聖杯在華盛頓廣場公園，我絕對會懷著一團正義的怒火，咻地衝去南邊那裡打爆每個人的頭、翻出每個人的口袋。

不過就像以前人家告訴我很多次，天神其實不會那樣做，那會違反「神界的偉大宇宙規範」之類的。任何人都可以偷走你的神聖物品，只有英雄能幫你奪回來，而且所謂的「英雄」，我是說我，是個急需推薦信的笨蛋。

況且，假如甘尼梅德開始大肆破壞格林威治村，我認爲其他天神可能會注意到，然後他的恥辱就會洩露出去，變得人盡皆知。這影片可能會爆紅，因為上傳到「神抖音」，或是他們最近在奧林帕斯山使用的其他短片分享平台。

「真的會很有幫助，」我說：「如果我能搞清楚那傢伙為何要偷走你的聖杯。」

「為什麼有人會偷呢？」甘尼梅德說：「要變成永生不死？要羞辱我？還是要變成永生不死，然後可以永遠羞辱我？我不知道。」

他在桌子對面靠過來，抓住我的手腕，他的黃金戒指深深壓進我的皮膚裡。「波西・傑克森，你一定要趕快把高腳杯拿回來。我們快沒時間了。我的斟酒預感開始陣陣刺痛，宙斯隨時都有可能要舉辦宴會！」

「噢，對了……關於這件事。」我把伊麗絲說的事情告訴他，從星期日開始，「米娜瓦之宴」將盛大舉辦一個星期。

甘尼梅德頹然低下頭。在我們四周，所有人的杯子猛然噴出果汁、汽水和白開水的間歇噴泉。「哇哇哇！」叫聲在空間裡此起彼落，我的同學們紛紛從椅子上跳起來，逃離他們身邊突然大抓狂的飲料。

甘尼梅德嘆口氣。「我可能應該要去重新倒滿那些杯子。不過呢，波西・傑克森，聽我說，宙斯是難以捉摸的，他甚至可能不會等到『米娜瓦之宴』那時候！只要他突然想為某一位貴客敬酒乾杯，無論白天或黑夜，我都得帶著聖杯到場。否則……」

「你就會被乾杯了[54]。」我猜測說。

「很好笑，」天神咕噥著說：「你可沒有活了幾千年都對『乾杯』這個字提心吊膽吧！我有一些最恐怖的惡夢……」他的聲音愈來愈小。「別提了。只要別讓我失望就好。」

接著他站起來，拿著飲料六號，幫所有口渴且全身灑滿飲料的學生倒好倒滿。

那天下午，我做了一件不常做的事。我跑去圖書館。

對啦，我知道。你努力要理解這件事的時候，我幾乎可以聽到你的腦袋裡有唱機轉盤的細針發出嘎嘎嘎的刮動聲。如果我告訴你，我再度掉進塔耳塔洛斯，或者有巨人把我吞下肚，或者我得在火山裡面高空彈跳，你可能會說：「對啊，這樣很合理。」但是波西跑去圖書館？那是冒牌貨吧。

事實上，我對圖書館沒什麼成見，那是可以安靜消磨時間的好地方，而且我遇過的圖書館員都是很酷的人。只不過呢，圖書館裡滿滿都是書。身爲有閱讀障礙的人，我往往認爲「書本」與「偏頭痛」是同義詞。不過有時候，書本是你唯一能找到資訊的地方，所以你得冒著頭痛的風險。這就是我去「TED」發表演講，大談閱讀的重要性所做的結論。

總之，我需要一個地方好好思考。我想要弄清楚，明天早上面對「高腳杯怪客」蓋瑞的時候該怎麼辦。

我先試用圖書館的電腦，但是跟平常一樣，網際網路派不上用場。我猜是因爲我面對的

54 這句的原文是「you're toast」，「toast」有敬酒乾杯的意思，另一個意思是「你完蛋了」。

所有詭異事情都很古老又奇怪，沒有人特地爲了「殺死半神半人的東西」在維基百科上做一個粉絲網站。假如你眞的在網路上找到怪物的資訊，通常講的會是怎樣在某個電玩遊戲裡打敗它。在眞實生活中，按住Z鍵同時按向左鍵是沒用的。

所以我來找書。

我找到五種不同的希臘神話選集，全部翻閱一次。我甚至記得後面有所謂的「索引」這種東西。我查詢那些索引，尋找看看有沒有天神或怪物的名字聽起來可能有一點點像「蓋瑞」（Gary）。

Geryon（格律翁）又來了。還有Gray Sisters（灰色三姊妹）。我記得學過北歐神話裡有一隻狼叫Geri（基利）[55]，但我不是雷神索爾，所以不想跨越他們那道彩虹橋。我在希臘這邊已經有夠多事要煩了。

最後，我把那些神話書籍放到旁邊，拿出自己的課本，試著念點書。

我的腳抖到停不下來，頭也嗡嗡作響到停不下來。我覺得好像看著自己努力想要念書卻不是眞的在念書。

我很在乎畢業的事，很在乎要跟安娜貝斯一起去新羅馬，但不在乎科學或美國文學或論說文。雖然知道那些事情跟我的整體目標有關係，我還是很難叫自己衷心相信。

我沒辦法專心讀自己的書。

我寫下報告的一個句子：「在這篇論說文裡，我會向你說明……」

好吧。是半個句子。

我盯著自己的科學課本。

我想著灰色三姊妹和一群灰狼和華盛頓廣場公園的可怕蓋瑞。不過一直漂浮在我腦海裡的影像，則是甘尼梅德講起他那些惡夢的神情。看起來很像我高一班上的一位同學，他在上學途中遭人搶劫：他的眼睛像是空洞的窗子，臉上已經忘了怎麼做出表情。

我讓埃利森的河流發生大爆炸之後，埃利森的眼神也像那樣。我還是覺得那很恐怖。而甘尼梅德的生命中有著更巨大、更永恆的折磨來源：就是宙斯，那是我非常努力永遠不要喜歡的一個傢伙。

我不知道他們兩位天神之間的過往情事；像平常一樣，神話基本上只傳述宙斯那一邊的故事。不過情況很明顯，甘尼梅德在心理健康方面的表現並不好。

我試著想像自己的人生像甘尼梅德一樣筋疲力竭：在青少年時期遭到綁架並升上奧林帕斯山，只因爲宙斯認爲我很賞心悅目，接下來就永遠困在這樣的情境裡。永遠不變老。永遠不長大。永遠不生病。永遠不康復。

我終於明白自己爲何這麼努力尋找答案。我再也沒有把這項任務當成只是一件麻煩事。

我很想幫助甘尼梅德。假如我可以把那傢伙帶去「緊張希碧」，在卡拉ＯＫ機器上跟他一起

---

55 基利（Geri）是北歐神話的戰神奧丁（Odin）手下的兩隻狼之一，另一隻名叫庫力奇（Freki）。

高唱古希臘時代的歌，直到他能夠逆轉自己的人生，再度變成凡人之身，我會全力以赴。

既然不可能辦到，我就得把他的聖杯找回來。

最後，我放棄在圖書館念書。回家的路上，我覺得自己好失敗，很擔心星期一早上對於即將面臨的狀況會完全沒有心理準備。也許至少我能在晚上好好睡一覺。

結果呢，我連好好睡一覺都做不到。

# 24 我刷了牙（用最英雄式的刷法）

過了平靜無波的週末之後，安娜貝斯在星期一早上四點三十分衝進我房間。聽起來超嗨的，但實際上就沒那麼嗨了。

我一直做著有關天神的詭異惡夢。奧林帕斯眾神全都圍坐在我家的餐桌上，宣布他們懷孕了。希拉懷孕了。阿芙蘿黛蒂懷孕了。赫菲斯托斯懷孕了。阿波羅相當確定他懷的是雙胞胎。每個人都宣布之後，宙斯會高舉他的「花美男果汁」外帶杯，然後高喊：「乾杯！」接著，所有的天神會拿起烤焦的吐司[56]丟向我，活像我們正在午夜場電影《洛基恐怖秀》[57]的螢幕上。

我醒來時，聽到安娜貝斯的刀刃刮過窗戶鎖頭的聲音。她大可敲門就好，但我猜她喜歡接受挑戰。她把底下的窗框往上推，從防火梯爬進來。

---

[56] 乾杯的英文是「toast」，這個字也有「吐司」的意思。

[57]《洛基恐怖秀》（*The Rocky Horror Picture Show*）是一九七五年的電影，進入午夜場放映後意外受到忠實粉絲的瘋狂喜愛，甚至穿著劇中角色的服裝到電影院一起狂歡，成為流行文化的特殊一景，至今仍常在全世界各地放映。

「不過輕柔一點，」我說：「那邊窗戶透出來的是什麼光？」[58]

她笑了笑。「刮目相看喔，你居然可以引述莎士比亞。」

「我可以引述『火花筆記』[59]啊，」我揉揉眼睛，鼻子裡還有烤焦吐司的氣味。眞高興我已經醒來了，不用看到夢中的波塞頓向我展示他的孕肚。

接著我低下頭，開始對身上穿的破爛T恤感到很不好意思。我也擔心下巴是否有乾掉的口水印。就像安娜貝斯常常對我說的，我睡覺時會流口水。

「呃，今天是什麼日子？」我問。

安娜貝斯穿著工作褲和背心上衣，帶著她的背包，穿著一雙跑鞋，讓我懷疑這不只是單純的拜訪。

「我睡不著，」她說：「覺得我們不妨搶得一點先機。」她把背包從肩頭卸下來，拿出伊麗絲那個發亮的金色液體小瓶子。

「那東西讓我快瘋了，」我說：「看起來像是有放射性的蜂蜜。」

「沒有啦，沒有放射性，蜜糖[60]。」

「我知道你在玩什麼文字遊戲喔。」

她搖搖小瓶子，光芒更亮了。「我想要更了解神飲的濃縮過程，所以去找朱妮珀聊一聊。」

我坐起來。「你這個週末去營區？」

「只是傳送伊麗絲訊息啦。」安娜貝斯坐在我的床邊。「原來『樹精靈女巫聚會』一直在她們的儲藏地窖裡濃縮神飲，有特殊緊急事件時可以使用。」

「樹精靈女巫聚會？有這種事？」

我想像一群女士穿著飄逸的綠褐色衣裳，繞著一棵樹跳舞，樹上掛著具有療癒力的水晶，很像搖滾女王史蒂薇．妮克絲[61]的角色扮演大會。

安娜貝斯伸出一根手指放在嘴唇上。「不要說是我說的喔。濃縮的神飲顯然可以讓大自然精靈從瀕死狀態恢復健康，不過很冒險。有一次，一位嚴重燒傷的橡木精靈復活之後變成一塊花崗岩。」

我揉揉眼睛，真想知道自己是不是還在睡夢中，因為安娜貝斯好像坐在我床邊講著樹木和岩石的事。「好吧。」

「還有，『神飲』這個詞的原意是『戰勝死亡』[62]。你知道嗎？」

---

[58] 這句話出自莎士比亞劇作《羅密歐與茱麗葉》。

[59] 火花筆記（SparkNotes）是美國高中和大學生常用的學習網站，最初以文學小說賞析為主，後來漸漸拓展到各種科目，但至今仍為莎士比亞的作品特別列出一個專區。

[60] 原文「honey」意為蜂蜜，也是「親愛的」之意。

[61] 史蒂薇．妮克絲（Stevie Nicks）是美國搖滾歌手，也是樂團「佛利伍德麥克」（Fleetwood Mac）成員，有搖滾女王稱號，穿著打扮具有強烈的神祕嬉皮風格，是許多人模仿的對象。

[62]「神飲」的原文「Nectar」，其字源 nek 指的是「死亡」，而 tar 為「克服」之意。所以這個單字的原意有「戰勝死亡」的意思。

「我要回去睡覺了。」

「等一下，這部分很重要。朱妮珀說，這種東西非常香，吸進一點點就可以讓半神半人陷入昏迷。」

這引起我的注意。「伊麗絲爲什麼沒提到這點？」

「她可能根本沒有考慮到，」安娜貝斯說：「不過既然今天早上我們沒有時間陷入昏迷狀態……」她在背包裡翻找一下，拿出一包衛生紙和一罐薄荷按摩霜。「我們把這東西打開之前，先塞住自己的鼻子。」

「聰明。」我說，不過我想到那樣還眞棒咧，我們在整個格林威治村邊走邊找，同時鼻孔裡面塞著尖尖的衛生紙。

「對啊。」安娜貝斯表示同意。「危機解除。總之呢，我現在欠朱妮珀一個人情。」

她看來好像正在思考該怎麼回報朱妮珀……以及樹精靈喜不喜歡杯子蛋糕。

「她怎麼樣？」我問。

安娜貝斯拍拍我的膝蓋。「你一定給了格羅佛很好的建議。他向她道歉，花了不少時間陪她在森林裡種樹苗。聽起來他們感情回溫了。」

「嘿，如果要聽點建議，做個完美的男朋友……」

她笑起來，接著很不好意思地看看牆壁。「會不會太大聲？我不想吵醒莎莉和保羅。」

「還好啦。」我向她保證。

沒想到公寓的牆壁還滿厚的，而且萬一我媽聽到安娜貝斯在我房間裡，最糟的結果會是她端一杯茶來給我的女朋友。

如果你的父母眞心接納你、支持你、認定你會做正確的事，產生的效應眞的很奇妙。結果你眞的會想做正確的事。至少這是我的經驗，這就是我們正在談論的「我」。我媽比大多數父母有更多擔心的理由。那些年來，我換了好幾所寄宿學校、在混血營待了好幾個暑假、在路上與怪物搏鬥了好幾個月之後，我還是不習慣無時無刻待在家裡，但我得承認，與我媽和保羅住在一起相當輕鬆愜意。

「改變主意了嗎？」安娜貝斯問我。

我這才發現，她一直仔細觀察我的表情。「什麼事？」

「離開紐約，因爲有寶寶要來的那一大堆事。」

「沒有啦……我的意思是，眞的沒有。我只是在想，住在家裡一陣子眞的很好，而且他們吃晚餐時看起來好快樂。我不免會想，我媽有個普通的孩子，不曉得會怎樣。」

「我不覺得莎莉眞的會養出一個普通的孩子，」安娜貝斯說：「因爲她不是普通人。保羅也不是。」

「說得沒錯。寶寶出生可能會像蝙蝠俠一樣，沒有超能力，但是有六個博士學位，根本就是怪物。」

「現在我開始想像那個小孩穿著連身衣，露出尖尖的耳朵。」

「格羅佛會很高興。」

她哼了一聲。「我要說的是……如果想到要離開，你覺得內心天人交戰，沒關係喔……」

我靠過去，親吻她一下。「沒有天人交戰。沒有改變主意。我跟你說過了。我再也不會離開你。」

「好吧。」她皺起眉頭。「不過呢，如果你想要離開一下子去刷牙，是可以的喔。你的口氣有一點點……」

「嘿，是你把我吵醒的耶。」

「這也提醒了我。」她拿起那瓶濃縮神飲。「我們應該要趕快過去。」

「現在比清晨還早耶……」

「我知道，」她說：「不過我給你三十分鐘的準備時間，因爲你的動作很慢。」

「拜託你再說一次？」

「我們四十五分鐘後要到達華盛頓廣場公園，接著執行我們的工作，然後再及時送你回學校去上……」

「呃是數學課啦。」

安娜貝斯就是有這種神奇的力量，可以預見未來，研究出做某件事要花多久時間。她把自己的能力稱爲「安排時程」，直接輾壓我那種神奇的拖延能力。

我去浴室準備出門。三十分鐘，好吧。當然。快速沖澡。抓幾件衣服。刷牙。穿上鞋子。

花了我三十一分鐘。

愚蠢又神奇的安排時程能力。

五點十五分，我們溜出公寓去搭火車，迎向有可能找到甘尼梅德聖杯的最後機會；也說不定我們不會找到蓋瑞，結果這一天只是又一個上學的星期一。我實在不確定哪一件事比較令我膽戰心驚。

# 25 遇到高腳杯怪客

格羅佛帶了波提甜甜圈。

幫山羊男額外加分。

在華盛頓廣場公園的入口處，我們三個人站在巨大白色拱門下方，嚼著甜滋滋的早餐，環顧著周遭狀況。

我從來不曾這麼早來公園。太陽才剛升起，在一條條街道上傾注了玫瑰色的光線，再漫流到廣場周圍建築物的紅磚立面上。大廣場延伸在我們面前，灰色石材打造的巨大圓形空間，從中央噴泉向外輻射出去。安娜貝斯說，這樣的設計讓她聯想到日晷，或是輪子。對我來說，身為土生土長的紐約人，這看起來很像巨型的人孔蓋。

噴泉本身沒有運轉。夏天的時候，噴泉是小孩子的大型戲水池，但現在水池是乾的。我想像那個噴泉正看著我，它心裡還想著：「噢，這下可好。波西在這裡。現在我要爆炸一下或淹死某個怪物等等之類的。」我以前可能提過吧，有水的設施往往不會太喜歡我。

就行人而言，附近人數不多。有位女士沿著一條步道遛狗；幾位通勤人士匆匆穿越廣場；在榆樹下的一張桌子上，兩位老人家正在下棋。曼哈頓大概沒有其他地方比這裡更空蕩。

「準備好了嗎？」格羅佛問。他努力表現得勇敢又堅定，但山羊鬍上的綠色抹茶屑屑有點破壞畫面。

「開始行動。」我說。

我把最後一口「餅乾怪獸」(63)甜甜圈吞下去，這顯然是最棒的口味，因爲是螢光藍色。那麼，現在唯一要做的事，就是找到蓋瑞。

安娜貝斯把剩下的紫色山藥波提甜甜圈包起來，塞進她的背包，然後把衛生紙和薄荷霜傳遞給我們。

「警察要檢查死者的屍體之前，是不是也這樣做？」格羅佛問著，把他的鼻孔塞好塞滿。

「拜託不要做那種比較啦，」安娜貝斯提議說：「今天沒有死屍，好嗎？」

「好嗯。」我用鼻音說，也只能發出這種聲音，畢竟鼻子裡塞了衛生紙團。薄荷嗆得我眼淚直流，喉嚨也很刺痛，感覺好像有一隻無尾熊幫我做口對口人工呼吸，但我想，比起陷入神飲昏迷狀態，這樣還是比較好。

「我們走吧。」安娜貝斯拿出她的發亮小瓶，扭開瓶蓋。

她以非常細微的動作傾斜瓶子，流出三滴金色液體。它們沒有滴落，而是乘著微風飄浮

---

(63) 餅乾怪獸（Cookie Monster）是兒童電視節目「芝麻街」的藍色布偶。有些品牌把甜甜圈做成餅乾怪獸的樣子，符合波西喜歡吃藍色食物的喜好。

到空氣中，像肥皂泡泡那樣，每一滴都飄往不同方向。

「這樣沒有幫助啊，」安娜貝斯觀察說：「我們該分頭行動嗎？」

「這永遠都是很孬的主意。」我用鼻音說。

於是我們分頭行動。

沒有跟安娜貝斯和格羅佛一起行動，我不是太擔心，畢竟他們即使越過大半個公園，也還在我的視線範圍內。安娜貝斯跟著她的那滴神飲，沿著大廣場前往棋桌。格羅佛的泡泡帶領他離開廣場，開始穿越樹林。我的則是搖搖晃晃飄向兒童遊樂場。我經過一位行人旁邊，她手上拿著咖啡匆匆走著，但刻意離我好遠，就像你看到一個怪小孩的鼻孔伸出兩坨衛生紙會有的反應。她似乎沒有注意到發亮的神飲。幸好她也沒有陷入昏迷，也許那種氣味對普通的凡人沒有作用。

我跟著那顆蹦蹦跳跳的小液滴時，想起格羅佛曾說有一些大自然精靈逃離公園。這個地方確實有種遭到遺棄的感覺。沒有松鼠。沒有老鼠。甚至沒有鴿子。就連樹木也似乎太過安靜；這種事你不太會注意到，除非曾經花時間與樹精靈相處。你漸漸習慣他們那種令人安心的存在，就像有人在你的耳邊輕聲哼著搖籃曲；一旦他們不見了，你會很想念。

碎石子在我腳下吱嘎作響。餅乾怪獸波提甜甜圈在胃裡咕嚕攪動。等我走到遊樂場的邊緣，才發現所有事物都變得好安靜。沒有汽車行經街道；微風完全靜止；樹冠在頭頂上方伸展開來，一動也不動，很像綠色的冰層。

神飲泡泡飄向遊樂設施，沿著攀爬鍊條往上飄到小型堡壘的頂端，接著爆開成火焰。對……那可能是正常的。

我回頭看看我的兩位朋友。

格羅佛在一棵大榆樹的旁邊停下腳步，耳朵貼近樹幹，彷彿正在聆聽聲音。他的神飲小滴已經消失了。

在他左邊大約五十公尺處，安娜貝斯站在第一張棋桌旁邊，看著一場對弈。兩位老先生拱著背，低頭看著棋盤，怒目瞪視那些棋子，但兩個人連動都沒有動一下。安娜貝斯的發亮神飲泡泡也已經消失了。

有點不對勁。

我想要大聲叫她，打破她那種詭異的出神狀態，但我的聲音不肯合作。四周的靜默令人緊張，害我很怕自己大叫或引人注意。

我覺得有某種因素讓大腦重新連線，改變了我對時間的感受方式。上一次有這種感覺……是我十二歲的時候，當時我站在聖莫尼卡的海灘上，第一次目睹克羅諾斯的力量。

「很類似，是的。」我背後有個聲音說。

我轉過身，伸手去拿我的筆劍，但是覺得好像在凝膠裡面移動。站在遊樂設施上面的，是一位老人……或者應該說，如果他出生就是這副老樣，而且又活了一千年，看起來可能就像這樣的老人。

他像小學一年級學生一樣矮小，駝背的形狀很像魚鉤。他的皮膚在骨頭上鬆垮垮的，呈現下垂的褐色皺褶，很像陳舊破爛的窗簾。他身上只圍著一塊腰布，讓我能清楚看見一雙很像彎曲竹竿的腿、粗糙的雙腳，以及凹陷的腹部。他的頭讓我聯想到水煮蛋，已經放在那裡腐爛了一星期。還有他的臉……

老人的鼻子肉肉的，布滿紅色的微血管……那是他全身最鮮明的顏色。他的雙眼因爲白內障而顯得混濁，嘴巴看起來像是有人曾經拿金屬管棒把他的牙齒全都打掉。

「拍張照片吧，」老人咕噥著說：「會持續得比較久。」

我嘗試要說話。凝膠空氣似乎覆蓋著我的肺，因此很難呼吸。我把鼻子裡的衛生紙團拿出來，以免窒息。

「你是指什麼？」我啞著嗓子說。

老人翻個白眼。「我是說照片持續得比較久……」

「不是那個。你說『很類似』是指什麼？」

「我的力量，」他說：「很類似克羅諾斯延長時間的方式。」

「你怎麼……」

「怎麼知道你在想什麼是嗎？陽光男孩啊，等你活到我的年紀，就沒有什麼事情好驚訝了。況且，我知道你是誰，波西．傑克森。我一直在觀察你。」

我的頸背寒毛直豎。一位穿尿布的老傢伙一直在觀察我。這樣一點都不毛骨悚然。

「我猜你是蓋瑞囉？」

「或者革剌斯，如果你喜歡這樣叫的話。」他舉起一隻乾枯的手，阻止我接下來要問的問題。「而且，是的，我是天神。至於我是掌管什麼的天神，我會給你一個提示。根據我的名字，你得到『老年人』64這個詞。」

我的心思飛快想著各種令人厭惡的可能性。我面對的這個天神負責掌管成人紙尿褲、賓果遊戲室、假牙固定劑、膳食纖維補充劑……也說不定只是對著一群瘋癲小孩大吼大叫，要他們從你家的草坪滾出去。接著，我的腦袋轉個不停，想辦法把所有線索拼湊起來，成為一個較大的類別。

「喔，」我說：「掌管老年的天神？」

「叮，叮，」蓋瑞露出沒有牙齒的牙齦，「現在呢，你也許能了解，我為什麼要偷走甘尼梅德那個小小的寶寶水杯。」

他伸出手。只見一陣閃光，有個陶瓷容器出現了，飄浮在他的手掌上方，但看起來比較像是會飛的淺碟，而不是喝東西的杯子。那個碗又寬又淺，附上兩個太大的把手。我還滿確定我媽有個沙拉碗很像那個東西。

它的外側是閃閃發亮的黑金色，用神界青銅線條描繪出天神舉辦宴會的場景輪廓。那是

---

64 革剌斯（Geras）這個希臘文的字意是「高齡」，衍生出「geriatric」一字，是老年人的意思。

一件別緻的陶器，但我不確定誰有辦法用它來倒出神飲。

「天神的聖杯。」我猜測說。

我想要加上一句，說我「當然」能了解蓋瑞為何要偷它。可惜我沒說。

「所以……既然你已經有永生不死之身，這個杯子會讓你更年輕嗎？」我問。「還是說，你的終身夢想一直是供應飲料？」

「噢，好失望啊……」蓋瑞握起拳頭，聖杯消失了。「或許我應該從安娜貝斯．雀斯先開始。我知道她很聰明。」

我無法眞的生氣。如果我正在尋找某個人，覺得那人可以猜到我的神鬼盛大計畫，讓我不必演出標準的反派獨角戲碼，那麼我也會先找安娜貝斯。換個角度想……

「等一下，」我說：「讓那幾滴神飲把我們分開的人，其實是你。」

我朝公園的另一端瞥了一眼。安娜貝斯依然看著棋局。格羅佛還在聆聽那棵樹。他們看起來不像有立即的危險，但是移動速度超級緩慢，很像蒼蠅掉進樹液裡，很快就要變硬，成為琥珀。

「你想要對我們做什麼？」我追問著：「要把我們一個接一個處理掉？你很怕一次對付我們三個人？」

蓋瑞哼了一聲。「我只要彈彈手指，就可以把你們三個人全都變成墳墓上的灰塵。一般來說我會喔，因為你們企圖破壞我的樂趣。不過既然甘尼梅德派了波西．傑克森來找我……

嗯，我想我會給你一次機會。希望你們所有的半神半人都能理解我為何拿走聖杯，不過呢，如果你不能理解，我現在就可以讓你碎裂瓦解，然後再去找你的朋友。也許他們會表現得比較好。」

「不行！」我大叫，不只因為我不想變成墓灰，也因為我不能讓他傷害安娜貝斯或格羅佛。「我完全了解。真的。」

蓋瑞瞇起眼睛。「我不相信你。」

我也不相信我自己。可惡的聰明老傢伙。

我試著想像安娜貝斯會怎麼做；我也想知道格羅佛會怎麼做。接著，由於我的腦袋很古怪，不免好奇我在自己身處的狀況下會怎麼做。

在我那團大腦海藻裡，一定有什麼東西發出喀噠聲，或吱嘎聲，或至少稍微攪動一下。

「你是掌管老年的天神，」我說：「而那個杯子讓凡人變得永生不死。」

蓋瑞微微一笑，點頭要我繼續。

「結果人們不會變老，」我說：「而你不喜歡那樣。」

「我痛恨那樣！」蓋瑞大吼。

「好，」我說：「因為人們應該要變老。不能因為得到晉升而具有神性，就像……」我想到甘尼梅德，那麼年輕又英俊，悲慘兮兮地在我學校的餐廳裡晃來晃去，幫大家的杯子倒滿飲料。「你想要羞辱甘尼梅德，當作殺雞儆猴。你認為我會了解，因為我曾經拒絕變成永生不死之身。」

蓋瑞對我微微頷首，顯露出他頭頂的烏黑髒點。「也許你終究不是徹底的大笨蛋。」

「謝了，」我說：「我這個星期的目標，就是不要變成徹底的大笨蛋。」

「甘尼梅德沒有權利成爲天神！」蓋瑞說：「能夠將永生不死賜予人類的物品，全部是可惡且錯誤的！你們全都註定要枯萎、死去、歸於塵土。那是你們的目標！」

「對啦有那樣的目標。」

「好幾千年來，你是第一個拒絕變成永生不死的半神半人，」蓋瑞說：「我尊敬那點。你懂我的意思。」

「這眞是一次很好的交流經驗，」我說：「我想，你已經證明你的觀點。現在我可以把杯子拿回來嗎？」

蓋瑞目露凶光。「你不是認眞的吧。你爲什麼要完成這個愚蠢的任務？走吧！讓甘尼梅德接受懲罰！讓眾神失去他們珍貴的聖杯，那麼他們就少了一種方法把永生不死的詛咒傳遞給其他人！」

「我絕對要完成任務，」我說：「除了需要拿到推薦信去申請大學，我也對甘尼梅德做了承諾。更何況，你眞的覺得他是需要接受懲罰的那個人嗎？他沒有要求宙斯綁架他，對吧？」

「噢，拜託！」蓋瑞說：「你認爲永恆青春和永生不死讓他成爲受害者？」

「我是說……你有沒有見過那傢伙？他是個非常緊張、不太健康的人。」

蓋瑞交疊兩隻枯瘦的手臂。「波西．傑克森，我很失望。如果你堅持要幫助甘尼梅德，我認為我看錯你這個人了。根本就是墓灰。」

「等一下！」我尖聲說道。有時候逼近死亡的險境時，我的米老鼠聲音就會冒出來。「你看喔，我了解你為什麼生氣。不過看在我們有共同點的份上，就是認為『凡人不應該成為天神』，我們沒有什麼方法可以達成協議嗎？」

蓋瑞定睛看著我。乳白色的汙點飄過他的眼睛，很像某個外星球上的雲團。

「也許呢……」他的狡猾語氣讓我很後悔提出剛才的問題。「我給你一次機會，讓你贏得這個杯子，如何？波西．傑克森，你應該要覺得很光榮。在人類歷史上，我只向另一位英雄提出過這樣的條件。」

「海克力士。」我猜測說，因為答案幾乎永遠都是海克力士。

蓋瑞點點頭。「你必須在摔角比賽中打敗我。如果你贏了，我會把聖杯交給你。假如我贏了呢……你會比預期中更快實現你的目的，我會把你變成一堆骨灰。我們達成協議了嗎？」

# 26 我針對自己的解體條款進行協商

這是半神半人的日常，我們稱之爲「陷阱題」。

如果我拒絕，他會把我炸成灰燼；假如我同意，就得跟一個老傢伙來一場摔角比賽，然後他會把我炸成灰燼……

我看著蓋瑞，發現很難聚焦清楚……不只是因爲他的骯髒腰布或缺了牙齒；光是他的存在，就讓我在自己的體內感受到幽閉恐懼症。血液在耳裡轟鳴，兩手滿是手汗。我必須對抗一種恐慌感，彷彿自己的血肉已經開始碎裂瓦解。

我終於了解爲何連伊麗絲這樣的女神都會害怕這個傢伙。永生不死是一回事，但永遠都很老……那又是另一回事。其他天神寧願看起來既年輕又漂亮。蓋瑞則是承認自己的年紀，每一個千年都呈現出來。我想像奧林帕斯眾神一看到他，就會想起自己實際上有多麼古老。他很像某個故事說的，有幅畫描繪一個永遠不會老的傢伙，但是他的畫像會變老。是格雷伯爵嗎？不對，那是一種茶的名字。反正呢，那個故事令我覺得毛骨悚然。[65]

這些事全都沒有幫助我想出答案。蓋瑞以期待的眼神盯著我，於是我後退一步，打出我身爲半神半人的最後王牌：拖延戰術。

「我有一些條件。」我說。

蓋瑞歪著滿是皺紋的頭。「醫療方面的條件嗎？」

「不是，是跟你比賽摔角的條件。首先，如果我輸了，你只能把我殺掉，放我的朋友們一馬。」

「『老年』永遠不會放任何人一馬。」

「你知道我說的意思。你現在不會把他們變成灰燼。你放他們走。」

「可以接受。」

「其次……」我停頓一下。波西，加油啊，一定有什麼「其次」。「你說我必須打敗你，那會是什麼樣的狀況？你是天神，我不可能殺掉你。」

「年輕的笨蛋，這還用說嗎？」蓋瑞以嘲弄的語氣說：「如果你可以讓我的膝蓋彎曲碰到地面，即使只有一邊膝蓋，我就會認爲夠了。另一方面，我呢，如果能把你的臉平貼到路面上，則是由我獲勝。這樣絕對公平吧。」

「那是我第一個想到的詞，」我說：「公平。」

---

65 這裡說的畫像，是指英國作家王爾德小說《格雷的畫像》（*The Picture of Dorian Gray*）。故事敘述畫家幫俊美青年格雷畫了一幅畫像，格雷看了意識到自己會變老，畫像則永保青春，於是脫口說出要是能交換就好。結果格雷本人真的青春永駐，畫像則是逐漸衰老醜惡，顯現他真實生活的惡形惡狀。格雷伯爵（Earl Grey）則是一種調味紅茶的名稱，又稱伯爵紅茶。

「還有其他的嗎？」

「有。」我絞盡腦汁，拚命想著應該還要提出什麼樣的要求。瓶裝水？在我的更衣室裡準備一整碗藍色的M&M巧克力？我需要安娜貝斯在這裡幫我一起想。

咦。對耶。那是我可以要求的事。

「放我的兩位朋友一馬。」我對蓋瑞說。

「你已經要求過了。」

「不，」我說：「我是說放開他們，不要再對他們施加現在的手段。」我指著安娜貝斯，她還凍結在棋局那邊。

「我只是讓他們慢下來，」蓋瑞說：『老年』就是每個人都變成那樣。」

「我希望他們在這裡，」我說：「好好道別，就這樣。不管我發生什麼事，都希望他們能親眼見證。」

「這又不是給觀眾看的運動比賽。」他咕噥著說，這是有史以來第一次有人這樣說摔角運動吧。

「你到底想不想跟我比賽？」我問。

我覺得可以冒著風險這樣說，因爲蓋瑞的發亮眼神告訴我，他非常渴望把我的臉壓在路面上。他不是第一個想要這樣對待我的人。

「好吧。」他嘀咕著說。

他彈彈瘦骨嶙峋的手指。安娜貝斯和格羅佛兩人都解凍了。他們轉過來看我這邊，把超級吸睛的薄荷衛生紙塞子拿掉，朝遊樂場跑來。

安娜貝斯一邊跑過來，一邊拔出她的佩刀。格羅佛則是揮舞一顆黑芝麻波提甜甜圈，很像是拿著「手裡劍」那種暗器。

「怎麼了？」格羅佛追問著，同時舉起他的點心，活像是準備要全力使出甜甜圈暗殺技。

安娜貝斯打量著蓋瑞，接著低聲咒罵一句。「我猜你是革刺斯？我早該知道我們對付的是『老年』。」

蓋瑞笑起來。「而我應該先找你談話才對，小姑娘。你顯然是這個團隊的首腦。」

「酷喔，」我對兩位朋友說：「我們達成協議了。」

安娜貝斯對那位天神沉下臉。「讓我猜猜看。一場摔角比賽？抱歉，我需要跟我的客戶談一下。」

她抓住我的手臂，把我拖到遊樂場的另一端。在我們背後，我聽到蓋瑞問格羅佛：「你要吃那個嗎？」

安娜貝斯抓住我的肩膀。「波西，你不能那樣做。」

「嘿，那可不是我想要做的啊。」

「你不可能打敗他。」

我想要反駁說那是我們最好的機會，絕對比他把我們三個人全都變成墓灰要好太多了。

但我從安娜貝斯的表情看得出來，她已經從各種方面考慮過。像平常一樣，她跑得很前面。

「海克力士與『老年』比賽摔角，雙方一動都不動，」她繼續說：「那是革剌斯唯一一次被迫喊平手。打敗他是不可能的事。」

「海克力士有什麼祕訣？」

「沒有祕訣。就是靠蠻力。」

我揉揉自己的二頭肌，試著不要覺得很傷心。我並不虛弱，這是真的，但超強的力氣並沒有列在我的能力清單上。我的能力反而是「在水下呼吸」和「跟馬兒講話」，但在格林威治遊戲區的頂尖對決中，這些能力不太有用。

「一定還有其他的方法，」我說：「你媽媽曾有一次在胡佛水壩對我說，永遠都能找到出路……」

「夠聰明的人一定能找到，」她說：「對啊，我知道。不過眼前這樣……革剌斯是自然界的力量，他是難以抗衡的。你不可能對抗『老年』。」

除非你有永生不死之身，我心想。

不過呢，那正是革剌斯偷走聖杯的原因。聖杯能讓你欺騙既有的系統。而他沒說錯，永生不死是一種詛咒。天神是我所見過最亂來的一群人。他們有那麼多個世紀的時間能夠解決問題，他們就是沒解決。確實沒錯，他們每隔一陣子就改變服裝、讓生活方式符合當代的模式，但骨子裡依舊完全是原本的樣子，可以回溯到青銅器時代。

有個沉重的感覺落到我的肚子裡……我不確定那到底是絕望、不顧一切，還是甜甜圈。關於這場對抗，難道我站錯邊了？假如我逕自離開，讓蓋瑞保留著聖杯，則甘尼梅德有可能備受羞辱，遭到驅逐而離開奧林帕斯山。那樣會很糟糕嗎？天神就得要自己倒飲料。他們會少了一種方法來產生新的永生不死天神。甘尼梅德可以在「花美男果汁」找到新工作。也許蓋瑞甚至會幫我寫一封推薦信，稱讚我欣然接受自己內心那個脾氣暴躁的老人。

但是甘尼梅德選擇我來出這趟任務。姑且把每一位天神都選擇我去執行每一趟任務的事實擺到旁邊去，我覺得有責任遵守自己的承諾。我還記得那位可憐的斟酒人在「花美男果汁」看起來有多麼緊張；他一想到「金鷹」口味的果昔，就想到宙斯可能會飛撲而下抓住他，於是連忙躲到桌子下面去。

是的，他飽受創傷，可憐兮兮。如果他被踢回凡人世界，也許會過得比較好。不過他沒有要求我讓他脫離奧林帕斯山，他是要求我取回杯子。如果我為了他好，選擇破壞他的人生，沒有得到他的允許，那麼我沒有比宙斯好到哪裡去。我相信每個人應該有權利毀掉自己的人生，沒有別人能代替他們做這種事。

「我需要做這件事，」我對安娜貝斯說：「我覺得可以找到某種方法……」

她仔細端詳我的臉，也許想知道是否應該用她的刀柄把某種觀念敲進我的腦袋裡面。最後，她嘆口氣。「得由你來做決定。只是呢……波西，不要因為他的外表而低估他。」

她叫我波西，而不是「海藻腦袋」，害我覺得很不安。表示我們已經到達某個地步，她沒必要再批評我有多蠢了。

我們齊步走回遊樂設施。蓋瑞正用牙齦咀嚼一顆彩色水果穀片甜甜圈，而格羅佛以驚駭的神情看著這一幕。天神的嘴邊沾著彩虹色的碎屑，不知為何讓他看起來更蒼老了。

「準備好要道別了嗎？」蓋瑞問我。

我搖頭。「還沒有要道別。先確認一下雙方交手的規則。我和你一對一摔角。你把我的臉貼到地面，我輸，變成塵埃，等等之類。我迫使你的一邊膝蓋貼到路面，你就把聖杯交給我，讓我們平安離開。無論是哪一種結果，等到摔角結束，我的朋友都能自由離開。」

「就這樣說定了，」蓋瑞同意說：「不過呢，畢竟你會輸，所以大部分的條件呢……那是怎麼說來著？純屬假設。」

「你才純屬假設啦。」我咕噥著說，因為我想破頭才有那些機智的巧妙回應耶。

「或者……」格羅佛說：「你可以用聖杯來交換剩下的甜甜圈。」他掀起盒蓋又蓋上好幾次，讓波提甜甜圈的香氣飄向天神。「那麼我們就可以分道揚鑣。我還有兩個黑芝麻和一個開心果口味喔。」

蓋瑞似乎考慮了起來。以我的看法，在世界末日之後的所有以物易物系統中，波提甜甜圈和魔法聖杯還滿接近的。我覺得格羅佛可能真的打中了什麼喔。他即將讓我的人生變得好過一點，而且長命一點。

接著，蓋瑞搖搖頭。「我們還是依照原本的協議。」

「好吧，」我喃喃說著：「我們什麼時候開始？」

我甚至沒有呼吸的機會。說時遲那時快，蓋瑞趴在我背上，用一雙鋼鐵般的雙手箝制住我的肩膀，雙腿則環扣我的胸口，腳踝狠狠壓進我的肉裡，彷彿我是不肯乖乖合作的馬兒。我的膝蓋往下彎。那傢伙重到不像話。我連忙伸長雙手，阻止自己往下降，我的臉距離柏油路面不到十公分了。

他的酸臭口氣害我頭暈目眩。他的聲音在我耳邊訴說：「噢，只要你喜歡，我們隨時都可以開始。」

# 27 我的臨終遺言超糗的

我緬懷著往日的美好時光，想起以前必須和戰神阿瑞斯一對一戰鬥的時候，他用巨大的劍／球棒對我發動猛烈攻擊，放出巨型野豬踐踏我，還以他那雙放射出核能的眼睛瞪著我。對，那些都是比較容易對付的時刻。

現在呢，蓋瑞這位滿嘴口臭的包尿布天神，在這場「摔角到死爲止」的比賽裡，緊緊擒抱住我。

而我快要輸了。

我試圖反制，強迫自己站直身子，感覺好像用力推著某條地道的天花板。我扭向側邊，利用他本身的重量，把他從我的背部甩下去。我趕緊爬離，拚命喘氣，幾乎沒有時間站起來，他又對我發動猛攻，用手臂環抱我的頸部。他把我的頭扯向側邊用力扣緊，迫使我的臉貼近他的腋下，眞是超級危險。我眞希望剛才沒有把那些薄荷衛生紙從鼻孔裡拿出來。

「噢，不行，」蓋瑞咯咯笑著說：「你逃不出『老年』的掌握。」

「嚴格來說不是眞的！」格羅佛大叫：「像跑步之類的運動可以延年益壽！」

蓋瑞咆哮著說：「羊男，安靜。不要插手！」

「這不是插手，」安娜貝斯插嘴說：「這是賽事評論！每一場摔角比賽都有觀賽講評。」

他們這樣分散注意力，幫我爭取了幾秒鐘的時間，而我很想說，我利用這段時間規劃出一個偉大的計畫。然而，我的思考過程卻是：「噢天神啊我要死了拜託哎喲腋下腋下。」這並不符合規劃出「偉大計畫」的標準。

我試圖扭向側邊。蓋瑞很快壓制我。我先用盡全身的力量向前推動，然後再往後仰，希望能扯得他失去平衡。即使這傢伙的體型只有我的一半，他也沒有移動半步。

「要去哪裡嗎？」他問。

他用空著的那隻手重擊我的胸口。從我喉嚨發出的聲音，可能會讓方圓三公里內的所有海象提高警覺，認爲我正在尋找同伴。

「丟黃旗！犯規！」格羅佛大喊：「十碼線罰球！」[66]

「不能毆打身體！」安娜貝斯附和說：「那不是摔角！」

「閉嘴啦！」蓋瑞抱怨說。

趁他分心之際，我想辦法讓自己的頭從他的腋下扭轉出來。我用兩隻手臂緊抱住他的胸口，使盡全身力氣用力擠壓。我又推又拉，但就是無法撼動那個傢伙。

他笑起來。「好不好玩啊？」

---

[66] 犯規時裁判丟一面黃旗到場中，以及十碼線罰球，都是美式足球的規則。

我連回答的力氣都沒有。至少他還沒有拉著我的臉去撞路面。只要我還能逗他發笑，他似乎甘願讓我當個徹底的大笨蛋。幸好我還眞的擁有這項超能力。

一定有什麼祕技能打敗這個傢伙；除了超大的力氣之外，那種荒謬的力量只有荒謬的海克力士才有，那人眞是荒謬啊。也許蓋瑞有個「關掉」的按鈕。也許他害怕某種東西，我可以用來克制他……

什麼東西能對抗老年呢？抗氧化劑、塡字遊戲、纖維補充劑。我發現自己因為痛苦和老人的臭味而變得神智不清。我的老師奇戎曾告訴我，一旦碰到有生命危險的情境，最重要的是保持冷靜。萬一進入了「戰或逃」的模式，你會因爲太過害怕而無法好好思考，那樣會害你送命。

不幸的是，我無法冷靜。我無法戰或逃。而且我剛把纖維補充劑吃完了。

我嘗試使出自己的大絕招。我召喚自己的憤怒，將之傳導到我的胸口，並求助於大海無窮無盡的力量。我們身在曼哈頓，剛好在海平面上方，周圍環繞著幾條主要河流，旁邊就是大西洋。沒錯，我可以動用我父親的威力，召喚那種龐大的力量來幫我戰鬥！

我用盡全力，喊出原始的尖叫聲。

越過華盛頓廣場公園的半路上，有個人孔蓋射入空中。一道噴泉灑在樹林的頂上，接著就消失了。

「令人刮目相看喔，」蓋瑞說：「好了，我們要結束這一回合嗎？」

他把我從他的胸口拔開，活像我是一隻蝨子，然後把我扔向遊戲區另一端。

「波西！」安娜貝斯大叫。

唯一能拯救我的，就是她的關切語氣。我飛越空中時，安娜貝斯的聲音激發了我體內的每一個分子。我的各種感官變得超速運轉。我並沒有一頭撞進遊樂設施，反倒在空中扭轉身子，抓住一根橫桿，甩動一圈，然後雙腳落地。我的肩膀陣陣刺痛，手臂可能脫臼了，但沒有摔斷背部，或者，你知道的，沒有死掉。

我踏著蹣跚的步伐向前走。許多小小的光團在我眼裡搖晃旋轉。

蓋瑞怒目瞪著安娜貝斯和格羅佛。「如果你們哪一個人再出手干預，我會宣布這場比賽沒有法律效力。我會把你們三個人全都變成只剩下乾巴巴的皮囊！」

安娜貝斯彎下腰，手上握著匕首。格羅佛抓住她的手臂，試圖阻止她跳入戰局。她其實無法用一把刀子傷害「老年」，但那不會阻止她想要嘗試的決心。

儘管很感激這樣的心情，但我不能讓她冒險。

「尿布男，過來這裡！」我大喊：「我才是你的對手！」

蓋瑞轉過身，瞇起雙眼。「你是啊。」

接著他發動攻擊。

嗯……我說「攻擊」，其實比較是堅定的跛行。

這讓我有時間思考「現在實行A計畫真的會很棒」。

接著他對我出手了。他擒抱我，把我往後推，直直推向繩球遊戲的竿子。我的脊椎發出吱嘎聲，但竿子讓我維持直立，甚至能讓我稍微保持平衡。

我的兩隻手緊緊扣住蓋瑞的二頭肌。我的手臂極度痛苦，視線渙散成像是黑白的閃光。我奮力將蓋瑞往前推一步，然後兩步。我的動力不是來自於力氣，而是絕望……但我的振作無法持續很久。

蓋瑞用瘦骨嶙峋的手指箝制我的肩膀。我在這裡告訴你：肩膀分布了很多神經末梢，而蓋瑞找到它們全部。我放聲尖叫，任憑他又把我推回去抵著繩球遊戲的竿子。那根金屬竿子開始彎曲。

「你已經比大多數人撐得更久了，」老人坦承說：「很努力喔。」

很努力喔，我心裡想著，心思沉溺於痛苦之中。

好極了。我贏不了，但至少從「老年」手中拿到參加獎。等我分解成塵土之後，安娜貝斯可以把獎狀拿去裱框，等到她自己去新羅馬大學，把獎狀收藏在她的房間裡。

我的雙腿抖個不停。蓋瑞把我緊緊壓在竿子上，我覺得肋骨像是繃得太緊的鋼琴外框，隨時都會猛然折斷、向內擠爆。

我想到自己會對安娜貝斯造成多麼大的痛苦。我曾經答應再也不會離開她。等到即將離開人世時，我希望兩人能在一起，是距離現在的很多年後，等到我們都老了，白髮蒼蒼……

等一下。

我感覺到雙腿恢復一點力氣。我還是非常痛苦，但也許擠壓的速度比較慢一點點？

記得我的兄弟傑生曾對我說過一件事。在危機當頭的一刻，他曾經作了一個夢，夢見他是老人，與他的女朋友派波結了婚，有一群孫子在身邊跑來跑去。他沒有把那個夢境當成是牢不可破的未來。說到凡人的生活，命運三女神從來不曾給予「不滿意可退款」的保證。但他對我說，那並不是重點。在他最需要的時候，那個夢中景象讓他覺得有了前進的方向……他可以爲了那件事好好活著、努力奮鬥。

我把手指更用力掐進蓋瑞的手臂。他咕噥一聲，顯得很驚訝。

我想起幾個月前曾經和保羅有一段對話。我取笑他每一年白頭髮都變多了。他說：「嘿，變老很討厭，不過呢，變老打敗了其他可能的取代方案。」我當時其實沒聽懂。眞的只能選擇死掉或變老嗎？

如果你是半神半人，要讓自己活著就已經夠煩惱的了，你幾乎沒想過變老的事。我一直都專心想著要從高中順利畢業、長大成人……但也許那並不是最終的目標。變老或許很可怕、很難熬，牽涉到我不想要仔細思考的一些事，像是關節炎、靜脈曲張和助聽器。不過呢，如果你是和你所愛的人一起變老，豈不是比其他可能的取代方案更好？

我瞥了安娜貝斯和格羅佛一眼。我們一起經歷過那麼多的事。我想像安娜貝斯變得滿頭白髮、滿臉皺紋，這輩子第四百萬次叫我「海藻腦袋」的時候，輕聲笑了笑。我想像格羅佛的耳朵冒出幾撮白毛，駝背倚著一根拐杖，抱怨羊蹄很痛的時候咩咩叫，然後也許跟我一起坐在海邊花園的長椅上打瞌睡，我也讓痠痛的骨頭休息一下，閒望著海浪，嗅聞著海風。對我來說，痠痛的骨頭並不難想像。其實呢，「休息」也不是很難想像的事。

蓋瑞期待我以摔角跟他一決高下。而除非我很年輕就死去，否則我不可能打敗「老年」。可是，萬一我擁抱他呢？

這是個荒謬的想法。停止奮戰，盡情擁抱老年人蓋瑞？我的膝蓋又開始搖晃了。也許只剩一秒鐘的時間，然後他就會把我在繩球遊戲的竿子上壓得扁扁的。

我鬆開緊扣的雙手，兩隻手臂環抱著天神。

接下來我說的話，我相當確定會名留青史，成為有史以來最蠢的臨終遺言：「我愛你，兄弟。」

# 28 開始有玩具從天而降

蓋瑞呆掉了。

我很用力擁抱他，害他開始打嗝。

「這是怎樣？」他的聲音顫抖，原本緊抓我肩膀的手鬆開了。他這麼驚訝，我大可把他推倒，讓他一邊膝蓋跪地，但不知爲何，我知道那樣做是錯的。我只是一直抱著他。

我從來沒見過自己的凡人祖父母。（我想，嚴格來說克羅諾斯是我的爺爺，但我盡量不去想那種事。）

現在呢，我在心中想像著，認識我媽的父母會是什麼樣的感覺。他們在我媽還很年輕時就過世了。事實上，他們過世的時候，比我媽現在更年輕。想到這點讓我有點頭昏。他們和我媽會因爲同樣的樂趣而歡笑嗎？我媽是從他們身上遺傳到熱愛烹飪或寫作嗎？他們會不撐雨傘在雨中哼著歌散步嗎？或者那只是莎莉的習慣？如果他們沒有那麼年輕就過世，就可以在我媽最難熬的那幾年陪在她身邊。他們可能有機會認識我。也許革剌斯不是那麼壞的人，雖然他選擇的裝扮是不大可靠的纏腰布。

我抱著他時，想像自己擁抱的是我的祖父母，同時也擁抱著一種想法：等到逐漸變老、回頭審視這段很棒的人生時，心裡會想著：「嗯，我們辦到了。對啊，我們總有一天會離開人世……也許很快喔，不過我們擁有一段相當美好的旅程，對吧？」

我想像著，等到我和安娜貝斯都滿臉皺紋、身體虛弱，兩人手牽著手，我依然深深望著她的雙眼，愛她如昔。我想像著，等到格羅佛在花園長椅上睡著，我弄亂他的一頭灰白頭髮，告訴他：「嘿，山羊男，醒醒吧，食物準備好了！」我想像著我們一起圍坐在一張桌子旁，分享一頓美味的餐點，笑著談起我們這輩子的所有瘋狂事蹟，包括那一次我在華盛頓廣場公園，與掌管老年的天神進行摔角比賽。

我忽略了蓋瑞的陳腐氣息、他的鬆弛皮膚、他的老人斑和古怪髮型，就只是擁抱他，像是擁抱一位老朋友，一位非常非常老、超過使用期限的朋友。

這比其他可能的取代方案好多了。

生活放蕩、年紀輕輕就過世、留下一副好看的遺體，是一種聽起來很酷的人生哲學……直到人們談論的遺體是「你的」遺體。蓋瑞最後一次把我壓向繩球遊戲的竿子，但我猜想，他已經不是眞心要這樣做了。

他鬆開手，拍拍我的背，接著把頭靠在我的肩膀上。他開始顫抖。我聽到一陣吸鼻子的聲音。難道天神在哭？難道……他把天神鼻涕抹在我的肩膀上？

我不知道。然而，我沒有把他推開。

我偷偷看著安娜貝斯和格羅佛。羊男看起來驚呆了，但「聰明女孩」露出淺淺的微笑。

她當然知道我在做什麼。她很快就發現這是很好的策略，而且她眼中閃耀的讚賞意味，正是我求之不得的最棒眼神。那表示她以我爲傲。

最後，蓋瑞從我的懷裡掙脫開來。他往後退，重新打量著我。他的眼裡湧出紅褐色的眼淚。他的下巴輪廓微微顫抖。我看不出來他到底是想要揍我，還是想要再次擁抱我。

「爲什麼？」他問。

「我想，我這輩子都要跟你搏鬥到底，」我說：「而我覺得那樣很好。我只是想讓你知道。」我匆匆吸了口氣。「不過呢，如果你眞的覺得現在就應該是我的生命盡頭，我們可以在遊戲區繼續把彼此丟來丟去喔。」

蓋瑞咕噥一聲。他的表情混合了驚訝、惱怒，也許還有一點點敬意。

「嚴格來說，是我把你丟來丟去吧，」他說：「我是獲勝的一方。」

我沒有回應。這樣似乎是聰明的選擇。

「從來沒有人欣然擁抱『老年』，」他喃喃說著：「你知道我上一次得到擁抱是什麼時候嗎？」他凝視著天空，彷彿正在努力回想。他的神情好悲傷，讓我聯想到以前在養老院看過的老人家，他們凝視著遠方，努力想要理解自己的人生跑到哪裡去了，摯愛的人們究竟在何方，他們自己又變得多麼孤單。

「那現在怎麼辦呢？」我問。

他皺起眉頭。「『老年』是很有耐心的。我討厭自己的這一點，但我幾乎從來不曾急著結束某人的生命。而你說得對……現在就結束你的生命，在十六歲的時候……」

「十七歲。」我更正說。

格羅佛清清喉嚨，意思是：「閉嘴啦！」

「十七歲。」蓋瑞複述一次，這個數字在他嘴裡嘗起來似乎有點苦澀。「不行。這樣不對。這不是你的死期。」

他歪著頭，讓臉上的老人斑轉而迎向早晨的陽光。「你眞的不會去喝裝在聖杯裡的東西，對吧？」

「不會，」我說：「我有點想要度過一段完整的人生，你懂吧？即使有時候很難熬。更何況，說到那些變成天神的人，我見識過他們後來發生的事。」

我想著可憐的甘尼梅德，凍齡在美好的青少年時期，但也永遠無法脫離青少年時期所有的焦慮、自我懷疑和恐懼。不，謝了。

「很有趣。」蓋瑞仔細端詳我的兩位朋友，接著轉過頭來看著我。「波西．傑克森，我很期待未來有很多年的時間能夠與你搏鬥。只因爲你現在讓我刮目相看，不要覺得我以後會輕易放過你喔。」

「我會一直努力鍛鍊，」我向他保證，「做一大堆填字遊戲。」

蓋瑞噘起嘴唇。「我們度過一段美好的時光。不要搞砸了。」他彈彈手指，天神聖杯應聲冒出，飄浮在我們之間的上空，閃閃發亮。現在只需要一陣天使般的合唱聲來結束這一回合。

「拿去吧，」蓋瑞說：「我想它應該留在奧林帕斯山，陪伴那些早就已經背棄『老年』的笨蛋。波西．傑克森，你讓我有了希望，知道不是每個人都像他們一樣。」他吸吸鼻子，然後哼了一聲。「塡字遊戲喔……」

接著噗的一聲，他幻化成一團灰色的滑石粉。

我連忙接住聖杯，免得差點掉到路面上；感覺像一顆保齡球那麼重，對我超痠痛的手臂不是什麼好事。

「哎喲。」我說。

「你辦到了！」格羅佛跳了幾步輕盈的山羊舞。「擁抱他？那樣眞的很冒險耶！」

「那招太棒了。」安娜貝斯說著，走上前來親我一下。「你知道嗎？我覺得你會變成帥氣的老先生。希望未來有一天我們有機會知道答案，不過我很高興不是今天。」

我笑了笑。蓋瑞的氣味流連在我的衣物上。我既疲倦又痠痛，覺得自己好像老了十幾二十歲。不過呢，心中的那些影像同樣流連不去……就是跟我摯愛的人們、跟我最好的朋友們一起變老。這讓我覺得好像能夠應付身上的痠痛了。也許這場交易是値得的。

「那麼，你覺得我們可以傳送伊麗絲訊息給甘尼梅德嗎？」我舉起那個聖杯。「我不想把這東西留在我的置物櫃裡，一直放到星期日。」

安娜貝斯看起來似乎想要說什麼話，但就在這時，有個呼拉圈從天而降。

那是粉紅色的，有藍色條紋和星芒燒印在塑膠裡。呼拉圈撞上路面，發出歡樂的「碰」

一聲，彈回空中五、六公尺高，然後又再落下，滾到遊戲區的另一端，搖搖晃晃停下來，很像拋起落下的硬幣。

即使是這麼奇怪的早晨，這似乎也太詭異了。

「呃。」我說。

安娜貝斯走向那個呼拉圈。她輕推它一下。沒有轟然爆炸或變成怪物，於是安娜貝斯把它撿起來。

她看看空中的雲層，但是沒有其他物體從天而降。

「這是甘尼梅德的象徵物。」她說。

「呼拉圈？」格羅佛問。

「嗯……是環圈。這種小孩子的玩具已經有數千年的歷史，這是他永恆青春的象徵物。」

我抖了一下。「是喔，但這樣並沒有讓宙斯綁架他的事變得比較不恐怖。那麼你認為是怎樣？甘尼梅德從奧林帕斯山丟出呼拉圈？」

既然當今的奧林帕斯山盤據在帝國大廈上面，有這種想法也不是太瘋狂。天神如果丟得好，有可能掉到華盛頓廣場公園，沒問題的。可是為什麼呢？

安娜貝斯更仔細地檢視那個呼拉圈。「等一下。」

她發現有個紙片纏繞在呼拉圈上。我本來以為那是標籤或什麼的，但安娜貝斯把它剝下來，開始閱讀。

「這是求救訊號，」她朗聲說：「甘尼梅德說他受困在奧林帕斯山，而且他立刻需要杯子。他說……」

她的臉垮下來。「噢，天神哪。宙斯沒有等到星期日就要舉辦宴會了。」

我吞嚥口水，想起甘尼梅德曾說過宙斯讓人難以捉摸。「所以……什麼，他今天晚上就有宴會？」

「比那更糟，」安娜貝斯說：「宙斯請他媽媽過來，現在就要舉辦家庭聚會了。他們要吃『早午餐』。」

# 29 我在「早午餐山」的斷崖險境上搖搖欲墜

還有別的事情比早午餐更恐怖的嗎？

這是超級惹人厭的一類餐點，各種食物選項彼此衝突，很像是科學怪人之類的混種。它喚起一些惡夢，就像是輕柔爵士樂團、穿著發癢衣服的孩子、戴著奇怪帽子的女士、帶有唇印的香檳杯，還有「croque-monsieur」的氣味。很抱歉，我才不吃這種翻譯成「嚼嚼先生」的食物。[67]

就連「早午餐」這個名稱也讓我覺得緊張發毛（看吧，我差點說成緊張希碧，但我們家再也不用那個詞了）。若要稱呼一種理應很優雅的事物，「早午餐」真的是最不優雅的用詞。那就像是說：「讓我們盛裝打扮，去找一位嘎嘎啪嗒。」會讓人覺得……爲什麼啊？

但現在，我已經找到一件事甚至比凡人的早午餐更糟糕，就是一群天神吃早午餐。在星期一早上喔，你沒聽錯。而且是在一般的早餐時段，可是呢，喔不妙，他們無論如何都要吃早午餐。

而且，宙斯邀請他「媽媽」過來？我從來沒見過瑞雅[68]，她是泰坦天后，而我一點都不急著知道那些天神要請她吃什麼當作特別的早餐。可能是在吐司上面放了水煮半神半人，搭配半神半人的眼淚調製而成的金合歡雞尾酒[69]。

我舉起天神的聖杯。「我想，我們不能用『荷米斯快遞』送這個過去囉？」

安娜貝斯皺起眉頭。「波西……」

「他們在曼哈頓沒有一小時可到的快遞嗎？」

「甘尼梅德現在就需要拿到，而且必須由你親自帶去。這是……」

「我的工作。」我嘆口氣。

我很熟悉那些完成任務的規則，包括由主責的半神半人戴著白手套去執行高級的快遞服務。似乎愈來愈不可能把它帶去學校，讓我準時參加第一節課的考試了。

「好啦，」我說：「我要怎麼樣溜進奧林帕斯山、潛入一場天神的早午餐？你們有沒有什麼建議啊？」

「呃，其實呢？」格羅佛眨眨眼，彷彿他要說的事情會讓我痛苦到不想聽。「我可能有個點子。」

---

[67]「croque monsieur」是法國常見的午餐食物，基本上是火腿起司三明治，croque 的意思是「嚼、咬」，monsieur 是「先生」的意思，因此字面意思是「嚼嚼先生」。台灣也將之音譯為「庫克先生三明治」。

[68] 瑞雅（Rhea）是三大神的母親，克羅諾斯的妻子，也是泰坦巨神之一。

[69] 合歡雞尾酒（mimosa）是用柳橙汁加香檳（或其他氣泡酒）調製而成，宛如金合歡豔黃花朵的色澤，常用來搭配早午餐。

簡單的部分是搭計程車去紐約上城。一般來說，我不會花錢搭計程車，可是我和格羅佛向安娜貝斯說再見之後，搭計程車似乎是前往帝國大廈的最快方式，也是逃離氣呼呼安娜貝斯的最快方式。

懷著千百個不願意，她把自己的紐約洋基隊棒球帽借給我。她從來不曾借給別人。那頂隱形帽是她媽媽送的禮物，因此如果沒有非常好的理由，她絕對不會出借帽子。那就像是我讓另一位半神半人拿波濤劍去戰鬥。門都沒有。

不過格羅佛懇求說，這是唯一的方法，安娜貝斯就把帽子遞過來了。她瞪著我說：「你絕對會把它拿回來。祝好運。不要死。」然後她跑去上今天的課，畢竟她的校園距離這裡只有幾個街區。

在計程車上，格羅佛很緊張，用他的羊蹄輕踏地板，同時說明計畫的其他部分。我不太擔心計程車司機也聽到，因爲這裡是紐約；某一天有個計畫要闖進奧林帕斯山，並不會是計程車司機所聽過最瘋狂的事。更何況格羅佛堅持要帶呼拉圈跟我們一起坐計程車，而我腿上又放了一個巨大的聖杯，所以我們講的話本來就不可靠吧。

「一位雲精靈。」我說，只是要確定我沒聽錯他說的話。

「對啊。」他往我們後方瞥了一眼，雖然根據我的判斷，沒有人跟蹤我們。

「就是同一位精靈，告訴你華盛頓廣場公園的資訊？」我問。

「不，不是啦。不過雲精靈呢，老兄……她們就像學校的祕書。她們知道每一個人和每一件事。這一位呢，娜歐咪，她過去幾個月一直跟馬戎約會。她在宙斯宮殿的廚房裡工作。如果你到得了側門，她應該能讓你溜進去。」

我打了個寒顫。馬戎也是格羅佛所屬的偶蹄長老會議的成員，以羊男來說算是好人，不過在「怪老人」光譜上，他只比蓋瑞稍微好一點點而已。聽到他竟然在羊男的交友網站上有自介檔案，我不太想詳細追究這件事。

我的雙手把玩著安娜貝斯的帽子。「我覺得這頂隱形帽騙不過天神耶？」

「當然不行，」格羅佛說：「這頂帽子是用來騙過你可能遇到的精靈或小神。只要你不揮動兩隻手臂、不要當著他們的面胡亂尖叫，他們應該看不見你。不過那些奧林帕斯天神呢？你會需要黑帝斯的『黑暗頭盔』。安娜貝斯的帽子最多只能夠讓你看起來……我不知道，無足輕重嗎？」

「好極了。」我咕噥著說。關於安娜貝斯的帽子，我不曉得格羅佛怎麼知道這麼多事，但既然他對我說的是壞消息，我認爲他說的有可能正中要害。「所以，我要盡快到達宮殿廚房的側門。」

「你要用特殊方法敲門。」

「叮─咚咚登咚─叮噹，」我說：「因爲這種敲門法從來沒人用過。」

「娜歐咪打開門時，告訴她是格羅佛送你過去，而你需要她的協助。」

「好吧……」爲什麼我的雙手抖個不停？噢，對耶，我才剛剛跟「老年」進行一場摔角比賽。我累癱了，而且，我正準備在沒有受邀的情況下，偷偷溜進奧林帕斯山的宮殿，那裡有好幾位重要的天神，都是「我們恨死波西．傑克森俱樂部」的創始成員。「然後，我只需要搞清楚該怎麼把杯子拿給甘尼梅德。」

「對。」

我們在帝國大廈前面停到路邊。「哇好失望，怎麼這麼快？」看著黑色大理石門口，我曾經進出太多次的地方，這時我突然想到另一個問題。

「櫃檯的警衛怎麼辦？」我問。「如果沒有經過通報，他不會讓我上去奧林帕斯山。洋基棒球帽對他有用嗎？」

「絕對沒用，」格羅佛說：「你會需要有人去分散注意力。就是我。」

他付錢給計程車司機，拿著呼拉圈下車。我跟在他後面匆匆爬出計程車外，使勁搬動那個聖杯。

「等我開始進行我的部分，」格羅佛繼續說：「你繞過去，溜到電梯間，然後去第六百樓。快點！」

我不確定格羅佛的「部分」是什麼，不過我們是這麼久的朋友了，我自認知道什麼時候是正確的時機。只要格羅佛想讓別人分心，他真的超厲害的……我則是分心恍神的專家。

我戴上安娜貝斯的帽子。即使調整成最大的頭圍，帽子還是不適合我的大頭，不過它似乎能發揮功效。我低頭看自己的身體，發現原本是波西．傑克森的地方，此刻呈現模糊的煙霧狀輪廓。

突然間，我覺得全身的皮膚好像爬滿了白蟻。安娜貝斯從來沒對我說過這個狀況，她的帽子就像產生了令人毛骨悚然的可怕小蟲，難怪她只有非不得已的時候才使用。交給雅典娜，她會做出一種魔法禮物，內建了阻止你使用的措施。

走進裡面，大廳幾乎空無一人。既然他們在幾年前把遊客動線改到西三十四街的入口，第五大道的入口就安靜多了，而且今天時間太早，沒什麼人在此走動。平常的保全人員站在門邊。幾位來辦公室上班的人緩緩走向電梯，但只有這樣而已。

黑色大理石牆壁可能是要讓人覺得莊嚴且雄偉，但老是讓我一直聯想到奧特里斯山⑦⓪，就是泰坦巨神的總部。所有陰沉的石材向我逼近，重重壓在我的胸口，很像蓋瑞的擁抱。我不禁心想，奧林帕斯眾神是不是故意把大廳設計成這樣，因此你到達魔法世界的第六百樓時，走出去踏進雲裡，眼前奧林帕斯山閃閃發亮的高塔和神殿才會讓你目眩神迷。很像是宙斯會做的事。你瞧，我們漂亮多了吧？我們一定是好人！

在主要接待櫃檯的右邊，我以前交手過的那位警衛顯得很放鬆，像平常一樣正在讀書。他的外貌似乎從來不曾改變，而且總是讀著超厚的小說。在我看來，這兩個跡象顯示他有可

⑦⓪奧特里斯山（Mount Othrys）位在希臘中部，海拔一七二八公尺。傳說泰坦巨神以此山為據點，對抗以奧林帕斯山為據點的宙斯、波塞頓和黑帝斯等諸位天神。

能不是人類。

警衛的門禁卡掛繩懸垂在椅子的扶手上。根據以前的經驗，我需要那張門禁卡才能去搭特殊的天神電梯，但就算隱形，就算格羅佛讓他分心，我也不懂要怎麼拿到那張卡，又不引起警衛的注意。

接著，格羅佛走進大廳中央，開始進行他的部分。

他拿出自己的排笛，大喊：「嗨，各位！」而且開始搖呼拉圈。

我知道羊男擅長攀爬和跳躍，卻不知道他們居然是呼拉圈高手。格羅佛搖動他毛茸茸的身子。甘尼梅德的神聖呼拉圈開始發光，隨著格羅佛的動作閃閃爍爍，包括讓呼拉圈在他身上往上又往下搖動，然後用一條腿轉動呼啦圈，接著再換另一條腿。他把排笛放到嘴唇上，轟然吹出〈幸運星〉[71]的副歌旋律。

普通的保全人員嚇得張大嘴巴。一位通勤上班族把整杯咖啡掉到地上。那名警衛放下手中的書，從椅子上站起來。

接著我才想到，我應該要好好利用這個時機，而不只是盯著格羅佛看。

眼看警衛繞過接待櫃檯，告訴格羅佛：「先生，你不能在這裡表演。」我趁機繞過大廳邊緣，用一隻手臂抱著聖杯，很像抱著一顆美式足球。我抓起門禁卡，連忙衝向電梯。

我用力捶打著「上樓」的按鈕。等待的時間彷彿像永遠那麼長，我很確定警衛會追上前來，或者警鈴大響，凶惡的鳥身女妖出現，把我拖進地牢。（帝國大廈有地牢嗎？可能有喔，對吧？）

最後，銀黑色的電梯門打開了。我溜進去，把偷來的卡片插進去，然後按下第六百樓的按鈕。我往上移動，迎向據說能夠撫慰人心的〈我有你寶貝〉[72]歌聲。

希望格羅佛不會有事。我不確定在帝國大廈的大廳裡一邊吹奏〈幸運星〉、一邊搖呼拉圈會受到什麼樣的處罰，但可能很嚴重。安娜貝斯和格羅佛已經盡了最大的努力協助我，現在都看我了。我們有過那麼多的經驗，我可不能失敗。對吧？

電梯門打開了，伴隨著愉悅的「叮」一聲，好像是說：「哇，對耶，你絕對會失敗！祝你有愉快的一天！」

我走出去，踏上飄浮的石橋，這座橋從電梯間延伸到奧林帕斯山的城市。城市聳立在那裡，與我的記憶一模一樣：一個獨立的山頭，周圍雲霧繚繞，陡峭的山坡上開拓了圓屋頂的宮殿和梯田般的花園……一整個超脫塵俗的城市，飄浮在紐約中城的上方，像是要說：「這裡沒什麼好看的，走開啦。」

聖杯在我的懷裡變得更重，它似乎拉著我向前走，彷彿感應到乾渴的天神需要斟酒。真

[71]〈幸運星〉（Get Lucky）是法國電子音樂團體「傻瓜龐克」（Daft Punk）於二〇一三年發行的歌曲。
[72]〈我有你寶貝〉（I Got You, Babe）是「桑尼和雪兒」（Sonny and Cher）二重唱在一九六五年發行的歌曲。

希望我不會遇到佛羅多的那種時刻[73]，就是我帶著魔法物品到達「早午餐山」的門口，然後呢，卻沒有把它交出去，而是從隱形狀態現身，大喊「哈哈！杯子是我的！」，再喝下永生不死口味的「酷愛」粉末沖泡飲料。

宙斯可能會讓我變成掌管開胃菜的小神。安娜貝斯會氣瘋。

我甩開那種念頭。

在下方的凡人世界某處，教堂鐘聲響起，表示是早上八點。在沒有天神的地方，這種時間吃早午餐實在太早了，因此我認爲這正是天神會吃早午餐的時間。我得快一點。

我開始沿著路徑走，跳過石橋上的間隙，暗自祈禱能把聖杯交給甘尼梅德，趕上宙斯的要求，幫大家倒上一輪用半神半人眼淚調製的金合歡雞尾酒。

[73] 佛羅多（Frodo）是小說《魔戒》（*The Lord of the Rings*）裡的角色。他帶著魔戒前往末日火山，準備將之摧毀，但到了目的地卻再也無法抵抗誘惑，戴上魔戒而隱身逃走。

# 30 潛入閃電天神三〇〇〇的巢穴

衝向奧林帕斯山聽起來很酷又英勇，但我跑到半路上才意識到，我帶著像保齡球一樣重的聖杯，卻還有大概四、五百公尺要跑。等到抵達石橋的另一端，我汗流浹背且氣喘吁吁。我想像蓋瑞正在某個地方嘲笑我，而且回想起他小時候赤腳跑了八公里的上坡路到奧林帕斯山，一群人樂此不疲。

我兩度停下來調整呼吸，倚著路邊休息，還遇到一群路過的奧林帕斯山居民。我不確定他們是誰……是小神嗎？還是大自然精靈？不過他們似乎沒有注意到我，就這樣遊蕩過去，穿著閃亮的金色長袍，用古希臘文痴痴傻笑、竊竊私語，基本上看起來就像永久生活在「超自然盛世美顏」的相機濾鏡裡。

安娜貝斯的帽子一定發揮著功能。要不是本地人看不見我，就是我顯得太不重要而不用對付。這樣很好，因爲我戴著帽子愈久，身上就覺得愈癢。我感覺皮膚好像被炙烤成脆脆的豬皮。眞想知道安娜貝斯是怎麼對付這種狀況，也想知道奧林帕斯山這裡有沒有藥局在賣皮質醇藥膏。

至少奧林帕斯山的街道沒有很繁忙。兩輛戰車排列在「射手座咖啡」的得來速窗口旁。

由赫菲斯托斯打造的一隻蒸氣龐克74犀牛沿著街道緩慢前進，從它的口鼻猛力噴出蒸氣，以高壓蒸氣的方式清洗鵝卵石。公園涼亭有個告示牌寫著：「與Erato牌耳機一起開放麥克風給熱門新詩！只有今晚！」不過，此刻花園裡空蕩蕩的，只有幾隻鴿子。（因爲沒錯，就連奧林帕斯山也有鴿子。）

我依循格羅佛的指示前往宙斯宮殿的側門：到了白色大橡樹向左轉，沿著百合花圃走，直到發現兩棵白楊樹。向右轉，找到茉莉花樹籬。如果你最要好的朋友是羊男，你會學到一大堆樹木和植物的事。這是他們觀看世界的方法，因此這也是他們指示路徑的方法。

聖杯也幫上忙，我們愈靠近甘尼梅德，它拉著我向前走的力道就愈堅定。至少，我希望它是要帶我去那裡，而不是去最近的天神高中餐廳，叫我把每個人的杯子都倒滿飲料。

最後我來到一條巷子，位於一座高聳峭壁的底部。聳立在上方遠處的基礎構造，屬於一座巨大的白色宮殿——宙斯之家，我猜啦。果不其然，我面前的高牆覆蓋著盛開的茉莉花，只有一道小門雕刻著花俏的青銅圖案。在奧林帕斯山上，即使是小巷子也很高尚。

我敲了「叮—咚咚登咚—叮噹」的敲門聲。

那道門發出吱嘎聲，打開了。有位女士探出頭來。她的髮型很像漏斗雲，灰色眼睛宛如暴風雨，臉孔看不出年齡，帶著一股風雨欲來的氣息。如果有塊名牌寫著「哈囉！我的名字是雲精靈」，那麼她是雲精靈就再清楚不過了。

「娜歐咪？」我猜。

「你帶了甜甜圈？」她問。

「喔，呃……沒有。」

「你聞起來很像波提甜甜圈。」

「那是因爲……別提了。我其實是馬戎的朋友。」

她哼了一聲。「不，你才不是。馬戎沒有朋友。」

「那是眞的。不過我眞的是格羅佛．安德伍德的朋友。他說……」

「進來。」她抓住我的手臂，把我拉進廚房。

我不確定自己期待天神的廚房是什麼樣子。如果要很誠實的說，我從來沒想過天神到底有沒有廚房。我是說，他們大可彈彈手指，創造出自己想要的任何東西。何必那麼麻煩找人來煮東西給你吃？

此時此刻，眼看所有精靈在烤箱和爐台之間跑來跑去，從空中拉出白雲之類的東西，就像一縷縷棉花糖，然後加進她們做的湯品和派皮裡，我才領悟到，天神就是希望有僕人忙東忙西，幫他們變出各種花樣，這跟他們喜歡凡人焚燒祭品是一樣的道理。說穿了就是希望受到關注、照料、迎合和服務。天神很吃鎂光燈這一套，比他們吃喝神食神飲更重要。他們當

74 蒸氣龐克（Steampunk）是以十九世紀工業革命為背景的科幻題材，特別是英國維多利亞時代，創造出一個科技時代是以蒸氣為動力，人類文明充滿了蒸氣引擎、齒輪零件、銅製材質、大量管線配置等。

然會堅持用困難的方法做這些事。

大約有二十位精靈忙著工作，她們全都穿著白色圍裙，用黑色網紗罩住大波浪頭髮。她們的雙腿只是幾縷雲煙，可能這樣才能移動得快一點。她們朦朧的衣裳沾著各種湯品、肉汁和糖漿，看起來很像繽紛多彩的夕陽。

廚房本身比我的高中體育館更大，而且不斷有樹精靈推動青銅打造的雙扇門進進出出，端著一盤又一盤的食物進入門外的餐廳。每當雙扇門打開，我聽到一些認識的聲音：宙斯的宏亮男中音，希拉的笑聲。噢也太好，是我最愛的女神耶。

正如我所害怕的，主廚正在烹煮所有常見的恐怖早午餐菜色：班乃迪克蛋佐螢光橘色的荷蘭醬、牛排搭配蛋料理、舒芙蕾。對啊，甚至有幾份「嚼嚼先生」，外加法式吐司、培根漢堡，還有鳳梨披薩。爲什麼不行呢？就來一場早午餐大亂鬥吧。

娜歐咪仔細端詳我的表情，如同我看那些食物的表情一樣充滿了懷疑。

「所以格羅佛爲什麼……」她的聲音消失了，因爲我拿出聖杯給她看。「我懂了。你不該有那個東西。」

「對啊，」我說：「我知道。」

她搔搔網紗底下。「那麼，你是天神嗎？」

我的腦中閃過一部老電影的台詞：「如果有人問你是不是天神，你要說是！」[75]

我說：「不是。」

「好吧。」她略顯遲疑。「這樣就能夠解釋，甘尼梅德爲什麼在外面會一直流著希臘火藥汗水。」

「我實在不能說什麼，」我說：「不過呢，如果你能打個暗號，請他進來這裡……」

「噢，不行。」娜歐咪交叉雙臂。眼看她氣沖沖瞪著安娜貝斯的洋基棒球帽，讓我想到在她的廚房裡，戴著隱形帽顯得很沒禮貌，也沒有隱形效果。「我會假裝沒有看見你，在這個廚房裡沒有人會煩你。不過呢，如果想要得到甘尼梅德的注意，你得自己想辦法。他就在那裡。」她指著那道雙扇門。「你不可能沒看到，他一直在流那種汗……」

「希臘火藥。了解。我想，我不能借一件服務生的服裝，也許再加個假鬍子囉？」

娜歐咪咕噥一聲。「馬戎的朋友。太可笑了。」

她匆匆走開，跑去查看她的舒芙蕾。

我想，服務生的服裝部分，答案是「不行」；既然安娜貝斯的隱形帽沒什麼效果，只讓我看起來與這裡格格不入，而且害我的皮膚癢得要命，那麼我需要想出另一個計畫。

我走向那道雙扇門，等著某位樹精靈服務生打開門，然後趁機伸出一隻腳擋住門，保留一道門縫，足以偷窺外面。

我以前從來沒見過宙斯的私人宮殿。我來到奧林帕斯山的那幾次，一直都是從電梯直奔

---

75 這句話出自一九八四年的電影《魔鬼剋星》（*Ghostbusters*）。

天神的會議室；如果你是快遞一些毀滅性武器過來，或者企圖阻止泰坦巨神摧毀世界，你就是得直奔那裡。

宙斯的餐廳看起來很像古羅馬的宴會廳結合了比佛利山莊的派對公寓。在正中央的聊天區，繡有金色花紋的紫色沙發圍繞著一張桌子，桌上放了滿滿的水果盤。整套金色的餐具非常耀眼閃亮，我覺得眼睛都快熔化了。天井的周圍有光滑雪白的柱子，上面蝕刻著一道道金色閃電，以免你忘記自己身在誰的宮殿。我倒是對於宙斯沒有放上他名字第一個字母的花體字感到很驚訝……不過也許有吧。如果他只放了「Z」的花體字，基本上就跟閃電長得一模一樣了，對吧？哇好吃驚喔。

眼前的景象果然令人印象深刻，廣闊的陽台俯瞰著奧林帕斯山的其他宅邸，許多次要的笨蛋天神被迫住在那裡。但真正吸引我注意的是遊戲。沿著外側牆壁排列成一整排，每一台你想得到的宙斯主題電玩機台全都閃爍發光，有「奧林帕斯之王」彈珠台、「偉大宙斯」吃角子老虎，甚至還有「閃電天神三〇〇〇」，我記得曾在紐約的科尼島遊樂園玩過一次。宙斯會收集他自己的重要紀念事物，這沒什麼好驚訝的，似乎非常符合他的人設。不過呢，他會在自家的餐廳裡展示這些東西，實在是天神等級的自戀，就像是說：「既然你可以在多人遊戲模式裡選擇我這個角色，也發現你的力量跟我比起來簡直爛透了，那爲何要看那些令人驚嘆的景致呢？」我不禁心想，這些機台的來源是不是與「緊張希碧」找上同一位批發商。

我強迫自己的注意力不足及過動症大腦別再痴迷於閃爍的亮光，轉而注意早午餐的賓客。很多位老朋友和亦敵亦友閒坐在沙發上。

坐在首位的是大人物自己，偉大的宙斯，他神色輕鬆，穿著紫色天鵝絨長袍和金色涼鞋。因爲這還用說嗎？如果你是天神，可以讓自己看起來是你想要的任何樣子，那麼這就是你會選擇的模樣。

他的左邊是我的好夥伴希拉，讓波西過得超悲慘的女神。她面貌莊嚴，身穿無袖白色衣裳，辮子髮型很優雅，彷彿要襯托出她的丈夫有多麼粗俗。

宙斯的右邊，有一位女士背對著我，我想那是瑞雅，泰坦巨神之后，又稱阿嬤女神。我以爲她看起來會比其他天神老一點，因爲她現在可能高壽六千歲，但是當然啦，永生不死的天神不必顯現他們的年紀。她的深金色頭髮在背後層層傾瀉而下，長長的捲髮宛如瀑布。她穿著一件紮染的寬大長袍，兩隻手臂都有銀色的手鐲。有一隻獅子蜷縮身子睡在她腳邊，那只是桌子旁邊的另一個頂級掠食者。

早午餐區的其他名人還包括雅典娜、荷米斯，以及狄蜜特……因爲掌管穀物的女神當然會現身來吃早餐囉。還有其他幾位客人是我不認識的，要不是他們改變外貌，就是我還沒見過。而站在宙斯背後，兩手空空沒有捧著聖杯，拚命想著自己該怎麼辦的人，正是甘尼梅德。

他流的汗還眞的是希臘火藥。每隔一陣子，他的頸背就會有一滴發亮的可燃液體冒著煙蹦出來。到目前爲止，房間裡似乎沒有人注意到這件事，也說不定他在老闆桌邊服務時向來如此。

宙斯正滔滔不絕說著話，講到爲了他母親這個特別的早午餐日，他欽點了所有的美味佳餚。她顯然已經有非常久的時間沒有來奧林帕斯山了，而除非宙斯談到她有多麼令人敬畏的演說發表完畢，沒有人能獲准開始吃吃喝喝。他們所有的杯子都是空的。

很好。現在呢，只要我趁著沒人注意的時候，把聖杯交到甘尼梅德的手中就行了。這似乎可以辦得到，然而……

我盯著那位斟酒人，希望他能往我這邊看過來。最後，宙斯正在稱讚用「鳳凰蛋」做的班乃迪克蛋有多麼眞善美（是香辣口味！）之時，甘尼梅德瞥了廚房門一眼。經過一陣子的狐疑困惑，他看到我把聖杯舉得高高的。

在平常一杯飲料都還沒倒完的時間內，他的表情不斷地變化，從驚訝到鬆口氣到驚恐懇求。他的眼神訴說著：「噢，感謝天神！」我作勢要他來廚房。

他拖著腳步走到一側，但宙斯立刻往後面伸出手，抓住他的手腕。「甘尼梅德，留下來。我要你聽聽這件事！然後你就可以幫我們倒飲料，所有人來好好乾一杯。」

沒有人注意到一個顯而易見的事實，就是斟酒人的手上沒有拿著他的杯子。我想，他身爲一位僕人，甚至比我戴著借來的隱形帽更不起眼。

甘尼梅德又往我這邊看了一眼。「救命！」

「我想，」宙斯對整群人說：「爲了對我們親愛的母親瑞雅表達敬意，我來講一段跟她有關的特別故事。」

「噢，寶貝，你不用這樣啦。」瑞雅說。

其他天神擠出痛苦的微笑，彷彿是附和著說，宙斯真的不用這樣。

「那麼，有一次呢，」宙斯開始說：「回想起我只是小伙子的時候，而你們其他人還在克羅諾斯的胃裡滾來滾去……」

這一刻，我突然清楚意識到兩件超恐怖的事：第一，我得要聽完這個故事；第二，如果甘尼梅德沒辦法拿到聖杯，我就得把聖杯拿去給甘尼梅德。

# 31 面對危險掠食者，她可能是我未來岳母

我現在好想高歌一曲，讚美甜點小推車。

甜點推車不只能把美味的烘焙點心運送到你面前，還能用桌布蓋住，裡面偷放一個低矮的架子，讓人剛好能蹲在架子上，如果你這個半神半人需要溜進一場早午餐會的話。對啦，我知道這種做法很老派，我就是從老派的電視節目得到這個點子；不過呢，嘿，只要有用，就得試試看。

只有一個困難需要克服，就是說服芭芭拉，她是我剛結交的摯友和樹精靈服務生，要拜託她盡可能把我推到最靠近甘尼梅德的地方。

她索取的代價呢？

「我想要見安娜貝斯．雀斯，」她說：「我想要自拍照和親筆簽名。」

「我……真的嗎？」

「她是我心目中的英雄！」芭芭拉說。

「喔，我明白了。她也是我的英雄。只是呢……」我決定不要追究細節了。我本來做了心理準備，認爲芭芭拉要求的事情會比這個更困難，像是幫她個人出任務，或者一盒「神話魔

法遊戲卡」的金箔包裝收藏家特別版。「我絕對可以安排一場見面會。」

「成交！」她興高采烈地說：「不過如果有人發現你，我完全不知道你是誰喔，也不知道你是怎麼躲進甜點車，而且我會尖叫：『半神半人！殺了他！』酷吧？」

「我期待的就是這樣。」

於是我縮著身子躲在甜點車底下，腿上放著那個永生不死聖杯，躲在一塊繡著閃電圖案的白色桌布後方，然後芭芭拉把我推進餐廳裡。

「總之呢，」宙斯正在說：「我就在那裡，周圍全都是生氣的駱馬……嗯，你們可以想像得到吧！」

「我親愛的，」希拉說：「古希臘沒有駱馬。」

「克里特島有喔！」宙斯咆哮著說：「我不知道啦，也許是克羅諾斯認定我們不能擁有好東西，把牠們全都送去祕魯了，不過在那時候，哇！到處都是駱馬！就像我說的，我孤孤單單一個人。沒有阿瑪泰伊亞[76]。沒有庫瑞忒斯[77]。只有我一個小嬰兒包著尿布，像小貓一樣嗚嗚地哭，如果你們可以想像的話……」

「爸，我可以想像。」雅典娜以冷淡的語氣說。

---

[76] 阿瑪泰伊亞（Amalthea）是養育宙斯長大的女神，她有一種形象是山羊，相傳以山羊乳汁餵養宙斯長大。

[77] 庫瑞忒斯（Kouretes）是古希臘神祇，擅長擊鼓和唱跳，相傳曾陪伴宙斯長大。

甜點車吱嘎作響且搖搖晃晃。我很靠近餐桌了，可以聞到獅子毛皮的潮溼氣息。我不敢探頭看，但是覺得一定愈來愈靠近甘尼梅德了。

只要再移動個幾公尺……

「那個停下來！」宙斯冷不防說道。

甜點車停下來。

「芭芭拉，我正在說一個故事耶！」

「是的，先生。抱歉，先生。」

一陣漫長的停頓。我想像所有的天神都盯著甜點車，好奇想著為什麼好像裝滿了很重的東西，而且吱嘎聲為什麼比平常更響亮。我等著芭芭拉大叫：「半神半人！殺了他！」

最後，宙斯嘀咕一聲。「我剛才講到哪裡？」

「克里特島，」荷米斯說：「周圍全是駱馬。」

「對喔，所以……」

我很難跟上故事情節。一方面我的心臟砰砰跳得好大聲；另一方面，我就是不想跟上故事情節。

宙斯漫談一陣，講著他自己是克里特島上徹底孤單的可憐嬰兒，努力建立起大家的同情心。我懷疑他的聽眾根本就不擔心，畢竟（以下有劇透）他是永生不死的天神，因此他遭到駱馬殺害的可能性實在相當低。但無論如何，我希望每個人都已經沒有盯著甜點車了。我冒險抬起桌布的底部。

我清楚看到宙斯穿著涼鞋的雙腳。他的腳趾是不是擦了指甲油還是怎樣？

波西，專心啊。

甘尼梅德站在宙斯的另一側，只離三公尺，但還是太遠，我沒辦法把聖杯偷偷塞給他，特別是我們之間畢竟夾了一位閃電天神。我試圖往上方看去，想要看到甘尼梅德的臉，但角度不夠好。我無法判斷他是否知道我在這裡，還是太忙著流出希臘火藥汗水而沒注意到我。眞想知道能不能從甜點車爬到桌子底下，穿越所有那些完美無瑕、修飾美麗的天神雙腳而不會引起他們的注意。可能不行喔。接著我往右邊看去，結果與獅子四目交接。

嗯，超驚人。牠顯得昏昏欲睡且大吃一驚，似乎很狐疑自己是否仍在睡夢中，還是甜點車的底層架子上眞的有個人頭。

我所做過最糟的事，可能是繼續盯著獅子看，於是我就盯著牠看。牠有一雙漂亮的金色眼睛。我從來沒有特別喜歡貓，但是看得出那種吸引力，毛茸茸的大臉靠在巨大蓬鬆的腳掌上，只不過那張臉其實有可怕的尖牙，而且腳掌有利爪。

我試著用我正在申請專利的「海神之子」心靈感應力向牠傳送訊息：「我無害喔。拜託別吃我。」不過我還滿確定的就是：一、獅子不是海洋動物；二、就算我可以跟牠溝通，牠也不會聽我的。

我用嘴形默默說道：「好吧，再見。」

我慢慢放下桌布邊緣。如果獅子發動攻擊，這樣沒辦法保護我，但也許牠會忘記我？

「然後，」宙斯正說著：「我摯愛的母親出現了！而你們絕對猜不到她做了什麼事！」

吼嗚嗚嗚嗚嗚，獅子說。

桌邊的每個人都笑起來。

「盧修斯，沒錯！」宙斯表示同意。「她發出怒吼！在那之後……」

我又冒險偷看一眼，只是想看看獅子是否準備吃掉我的臉。然而，盧修斯反倒歪著頭，閉起眼睛，露出極度享受的神情，因為瑞雅搔搔牠的耳朵，可能是想讓牠保持安靜吧。

不過呢，我確實迎上另一個人的目光。她顯然是從桌子底下偷看可愛貓咪。現在呢，從桌子對面，雅典娜直直盯著我。

我們的眼神接觸持續了不到一秒，但雅典娜的特點就是很聰明，她可以只看你一眼，你就覺得好像在她的聚光燈底下經歷了一場沉默的審問。對話大概像這樣：

雅典娜：為什麼？

我：任務。抱歉。試圖躲起來。

雅典娜：甜點車底下？老派的說詞。

我：對啊，我知道。

雅典娜：不敢相信我女兒還在跟你約會。

我：愛情很神祕啊。拜託不要殺我？

雅典娜：……

我：……

她突然把頭縮了回去，這時宙斯繼續講他的故事。我等待著那位女神打斷談話，揭露我的身分。

「所以總而言之，第一隻駱馬呢……」宙斯正說著。

「甘尼梅德？」雅典娜打斷談話。「你能不能當個好心人，把甜點車推回廚房去？我沒看到搭配司康的濃縮鮮奶油，非有那個不可。」

甘尼梅德結結巴巴說：「呃，我……」

「我要甘尼梅德聽到故事的結局！」宙斯抗議說。

「不過呢，父親，」雅典娜說著，顯得既冷靜又鎮定，「你也知道瑞雅有多麼愛吃她的司康啊。」

接下來是電壓高張的時刻……我可以想像宙斯的椅子周圍正在形成暴風雨雲。

「唔。」他終於開口說話。我看不到他，但我敢發誓，我可以感覺到他放開甘尼梅德手腕的那一刻。「快點回來。」

「或者不用快點，」希拉嘀咕著說：「慢慢來。」

甜點車開始移動。我無法判斷車子的抖動是因爲輪子的關係，還是因爲甘尼梅德快要崩潰了。

在我們後面，宙斯喃喃說著：「我眞的好愛看著他走開……」

「你不是在早午餐桌上吧？」希拉咬牙切齒問道。

「那麼我在哪裡？」

「克里特島，」荷米斯說：「駱馬。」

雙扇門旋轉打開，我們安全進入廚房。

我喘著氣，從甜點車底下滾出來。我到現在才發現自己憋氣太久了。

「噢，寶貝！」甘尼梅德說：「過來把拔這邊，你這漂亮的小傢伙！」

謝天謝地，他不是在對我說話。他對著聖杯做出「給我給我」的手勢。我眞想知道他爲什麼不乾脆把它抓過去。接著我才明白，我必須把聖杯交給他。我必須完成任務，把杯子放進他的懷裡。

「先生，聖杯交給你了。」我說著，奮力抬起杯子。

甘尼梅德抱住它，親吻杯子邊緣，檢視著裡裡外外的凹痕。「噢，波西．傑克森！你辦到了！我眞不知道該怎麼感謝你。」

「寫封推薦信如何？」

甘尼梅德眨眨眼。「對喔！當然好！」不知從哪裡飄下來一張紙，直直停在我的胸口。

我看了紙張的正反兩面。「是空白的耶。」

「就把你希望我說的內容口述出來，那些字會自己寫上去。等你說完，只要沒有稱讚過頭，我的簽名就會出現在底下。完全合情合理合法。」

歷經這種種的一切……都是爲了一張空白的紙張。

我大可笑死或哭死，但那樣不會有什麼好處，而且還會吸引其他天神的注意。

「謝啦，」我說著站起來，「所以……我們完成了？」

「現在我得裝滿這個聖杯，」甘尼梅德說：「還有濃縮鮮奶油！我需要一些濃縮鮮奶油。不過呢，是的，我們完成了。波西．傑克森，我不會忘記這件事。祝你在大學一切順利！」

甘尼梅德在廚房裡匆忙奔走時，宙斯大喊：「甘尼梅德，你在哪裡？我正要講到精彩的部分！」

「宙斯大王，來了！」甘尼梅德喊叫回應。「只是要……裝滿我的聖杯，它無時無刻都在我懷裡！」

他皺皺眉頭，然後回去工作。濃縮鮮奶油拿了，聖杯也裝滿了，他匆匆把甜點車推回餐廳裡。

我朝樹精靈芭芭拉看了一眼。「謝謝你幫忙。我會安排安娜貝斯的見面會。」

「太棒了！幫她做事一定很興奮。」

「呃，對啦。」

我轉過身，然後嚇得差點從牛仔褲裡跳出來。主廚娜歐咪就站在我面前，緊盯著我。

「幫天神執行任務，有點失望？」她問。「每次我做出一道餐點，他們沒有一個表達感謝之意，我就有點這種感覺。」

「你知道的啊，」我說：「這就是人生。」

她拍拍我的肩膀。「你會想要拿個半袋帶到路上吃嗎？然後你可以離開我的廚房了。」

# 32 格羅佛吃掉我的剩菜

整件事最糟糕的部分是什麼呢？

就是眞的有「半袋」這種東西，袋子裡是給半神半人吃的剩菜。

娜歐咪給我一個白色的保溫袋，用紅字寫著「半袋！」，紅字下面還草草畫了一些微笑的小孩，他們伸出舌頭，等著吃美味的食物。

我不確定哪一件事比較羞辱人，是天神把他們的孩子當成寵物？還是波塞頓從來不曾帶剩菜給我吃？

娜歐咪幫我裝滿了超棒的點心，不過沒有放進半點濃縮鮮奶油。

總之呢，我往回走，跨越奧林帕斯山的石橋，一路上沒有小神或瘋狂的樹精靈粉絲上前搭訕，要求拿到安娜貝斯的親筆簽名。

我搭電梯下樓回到凡人世界時，電梯裡還在播放〈我有你寶貝〉那首歌。萬能的天神啊，那首歌到底要唱多久？也說不定天神就是要反覆播放，藉此折磨他們的訪客。

我發現自己到現在才害怕得全身發抖，體內所有的腎上腺素消耗殆盡。我還能看到雅典娜的目光鑽進我眼裡，那比獅子的凝視還要糟糕一百倍。智慧女神和獅子盧修斯不一樣，不可能光是搔搔耳朵後面就能夠安撫……或至少呢，我不會想要當白老鼠姑且一試。

我脫掉安娜貝斯的帽子，這樣稍微好一點，搔癢立刻就停止了。我預料自己的皮膚會布滿紅色抓痕，但是手臂看起來卻沒有什麼不一樣的地方。等到抵達大廳，我覺得幾乎又恢復平靜了。

電梯門滑開。我深吸一口氣，走出電梯，表現出最平常的模樣。走到櫃檯附近，我把偷來的門禁卡丟到地上。到處都沒有看到格羅佛，不過我經過一位凡人保全的身旁時，她輕聲哼著〈幸運星〉那首歌。櫃檯的警衛沒有試圖攔下我，但我還滿確定的，他看到我的半袋時瞇起眼睛。

等到走出去到外面的第五大道，我看到格羅佛在路口，對我揮舞那個耀眼的呼拉圈。

「大廳的保全人員警告一聲就放我出來啦！」他說著，小跑步過來。「而你有沒有……噢，半袋耶！謝啦！」

格羅佛衝過來，很像馬兒衝向一袋穀物……這完全是稱讚和正面的意思喔。

「看起來好好吃，」他說：「你知道這些點心需要什麼嗎？」

「濃縮鮮奶油？」我猜測說。

他的臉上呈現做夢般的神情。「我會說是草莓果醬。不過好啦……濃縮鮮奶油。不管怎麼樣，告訴我發生什麼事！」

我簡單述說那趟超棒的早午餐經歷。

「克里特島的駱馬？」格羅佛皺起眉頭。「你確定牠們不是小羊駝或原駝？」

「你也知道，我躲在甜點車底下，沒有機會提問啦。」

「眞是老派的說詞。不過你遇到獅子盧修斯耶！我聽說他很會講超歡樂的笑話……」格羅佛一定是發現我一臉茫然的樣子。「你當然沒有時間聽到那個囉。不過呢，聽起來每一件事都成功了！」

「對啦，」我說：「只要雅典娜沒有向奧林帕斯山的邊境巡邏隊舉報我。或者宙斯沒有發現我偷偷溜進他的早午餐會。我絕對不會向營區的任何人提起這件事。」

格羅佛的山羊鬍微微抖動。我擔心不知道是什麼地方惹他生氣。接著他吸吸鼻子，我才明白他是快要哭了。

「波西，我要坦白說……我有史以來最害怕的事情是什麼呢？可能是在妖魔之海的獨眼巨人洞穴裡，當時我孤孤單單一個人……」他抹抹鼻子，結果讓呼拉圈歡樂閃亮起來。（因爲呼拉圈不懂禮貌。）

「不過今天呢，」他繼續說：「我看到你和蓋瑞比賽摔角……？那也很接近。我眞的覺得快要失去你了。」

我感覺心裡好像灌滿了超級沉重的奧林帕斯山飲料。「啊，山羊男……我們撐過來了。一直都是這樣。」

吸吸鼻子。「我知道。不過每一次……我都覺得好像在挑戰命運。就好像到最後運氣會用光。而如果我失去你……」

「嘿，」我說：「我很好啦。更何況你以前有很多處境比今天更可怕啊。我是說，梅杜莎的頭髮啦、冥界啦……」

「才不是，」他說：「看著你的朋友痛苦掙扎卻幫不上忙，沒有什麼事比那樣更可怕。」

我伸出一隻手放在他的肩膀上。「不過，你是真的有幫上忙喔。你知道我是怎麼打敗蓋瑞的嗎？」

我告訴他，是那些白日夢讓我挺過摔角比賽，關於我和他和安娜貝斯在海邊小屋的陽光下打瞌睡的情景。

他聽得很專心，幾乎像是非常渴望聽到那種故事，就像他非常渴望吃半袋的美食。「我長出白色的耳毛？」他問。

「對啊。」

「很合理喔。煮了什麼東西當午餐？」

我想了一下。「可能是墨西哥玉米捲餅。」

他心滿意足嘆口氣。「好吧。很棒。我可以相信墨西哥玉米捲餅。」

他擁抱我一下，這讓我想起自己的肋骨有多痛，但是坦白說，我不在意。我們看起來可能很奇怪吧，站在第五大道上，就兩個男生緊緊相擁，中間還夾了一個呼拉圈。關於這點我也不在意。

「我害你不能去學校上課。」格羅佛說著，讓我脫離羊男的堅定擁抱。「你是不是已經錯過兩節課了？」

噢，對吼……學校。

「也許我應該先去找安娜貝斯，」我滿懷希望地說：「把剛才發生的事情告訴她。把帽子還給她。」

「我可以代勞，」格羅佛說：「你去上課啦！」

有個朋友不必上學就有這種好處。你困在那些課堂上的時候，他可以幫你很多忙，缺點則是，你少了一個藉口可以蹺掉那些課。

我重新調整安娜貝斯那頂帽子的大小，遞給格羅佛，接著又抱他一下。

「山羊男，一切都謝啦，」我說：「如果沒有你，我絕對辦不到。」

「哎喲。」他的臉紅到羊角底部。「只要拿到好成績就好！否則……嗯，我敢說你會表現得很棒。」

在這樣的歡樂氣氛下，我們各奔東西。他前往下城的紐約設計學校，我則搭乘地下鐵去皇后區。

我努力不要陷在一個念頭裡，就是我搭乘F線地鐵去學校。這似乎是不好的兆頭。然而，前往奧林帕斯山一遊之後，回到凡人通勤的感覺還滿怪的。在我旁邊的座位上，有個傢伙正在講電話抱怨著員工的股票選擇權。走道對面的女士正在翻找好幾袋蔬果，最後拿出蕪菁，然後氣呼呼瞪著它們。在此同時，在上方的奧林帕斯山，宙斯的駱馬故事可能還沒有講完。我寧可待在股票選擇權傢伙和蕪菁女士這裡。他們有趣多了。

等我出了車站，在皇后區街頭走了八百公尺遠，終於不再因爲早上的任務而渾身發抖時，卻又開始抖了起來，因爲想到必須解釋無故遲到的原因。

替代高中就在原本的地方，位於第三十七大道的一個街區，種了成排的行道樹，兩旁各有一家二手車專賣店和一家大賣場叫做（沒騙你喔）「赫菲斯托斯建築材料」。我一直沒有勇氣造訪那家賣場，不過眞想知道他們有沒有賣青銅巨龍零件的二手貨。

校舍本身看起來很像一般的紐約小學：一棟兩層樓的楔形紅磚建築，窗戶有白色的窗框，大門是亮麗的藍色。直到你把招牌所寫的「替代中學」和遊戲區拿來對照，發現遊戲區依然有蹺蹺板，地面上也有迪士尼各個角色的圖案，你才開始感覺到兩者連不起來。

我走進學校的辦公室，準備瞎掰出各式各樣的誇張故事。我一直無法下定決心，到底是要說「我的狗咬我的鞋子」還是「我的鬧鐘沒有叫」，然後呢，考慮到我的心境，說出來的結果可能是「嗨，我的狗沒有叫，而我咬了我的鬧鐘鞋」。

我還來不及說什麼，祕書就一邊講電話一邊抬起頭。她簡直是高興得眉開眼笑。「噢，傑克森同學！我正在跟你父親講話。他解釋說你會遲到。」

我眨眨眼。「他這樣說？」

她伸手摀住話筒。「好可愛的男士！來吧，你可以跟他說你安全到達，而我幫你寫准假單到第三節課。我們已經幫你將第一節課的考試改了時間。別擔心！」

她把電話遞給我，然後飄飄然回到她的辦公桌，嘴裡哼著開心的曲調。

我盯著話筒。保羅打電話到學校？這沒道理啊。他根本不會知道我遲到，而且他向來謹慎，不會亂說是我的父親。

不過還會有誰……肯定不是……

「哈囉？」我說。

「恭喜！」波塞頓說：「聖杯那件事處理得很棒。」

我連忙扶著櫃檯以免摔倒。在凡人的電話線上聽到海神的聲音，已經不能用奇怪來形容了。一般來說，我都是在水底下聽到他的聲音，或者迴盪在奧林帕斯山會議空間裡的聲音。他的聲音在電話線上聽起來，很像我聽到自己的聲音經過錄音後的樣子……意思就是，完全不像波塞頓。

「你打電話到我的學校？」我問。

我不是故意要講話沒禮貌，只是太震驚了。

波塞頓怎麼找到學校的電話號碼？他怎麼知道要說什麼話？甚至是他怎麼學會使用電話？我想像他在一個空氣泡泡裡，坐在大陸棚邊緣的泳池邊，電話線直直連接到海底的跨大西洋電纜線。難怪連線狀況好清晰。

「我略盡綿薄之力，」他說：「瑪格麗特非常能理解。」

瑪格麗特？我猜是那位祕書。格羅佛說得對，學校的祕書眞的認識每一個人、掌握每一件事。可是呢，聽到波塞頓直呼她的名字，我實在不知道該做何感想。

「呃，謝啦……爸。」我最後這樣說，有點是爲了瑪格麗特，畢竟她一邊寫著我的准假單，一邊對我微笑。她可能覺得我好幸運，有父親這麼積極參與我的生活。

「我可以問個問題嗎……？」我握著話筒壓低聲音說：「嗯不要想歪喔，可是爲什麼現在要幫我？我是說……我以前碰過更慘烈的狀況啊。這樣對天神來說不是太事必躬親了嗎？」

電話線那端沉默了三秒鐘，要不是背景傳來細微的汩汩水聲，我會以爲波塞頓已經掛掉電話了。

「你知道的啊，」他說：「有時候把你沖倒的是最微小的海浪。海嘯嘛……每個人都知道海嘯的威力非常強大。潮汐的波浪呢……規模很大且令人敬畏。但是那些小小的海浪？它們蘊含很大的能量，能夠證明海洋有什麼樣的能耐，即使是沒人注意到的時候。」

瑪格麗特把一張准假單放在櫃台上滑過來。她面帶微笑，彷彿是要說：「這一切都很好，你爸爸聽起來很棒，但現在我得把電話拿回來。」

「好吧，爸，」我說：「我了解。」

事實上，我完全不知道他在說什麼。

「波西，我一直很關心你，」他說：「是沒錯，多半是遠遠看著。我看著你拯救世界好多次，而且你戰勝的一些敵人，會讓大多數永生不死的天神感到畏懼。不過直到今天，我才體認到你眞的是很了不起的英雄。」

我的喉嚨好像哽住了。「因爲我勇闖早午餐會嗎？」

波塞頓笑起來。「不是。那只是有勇無謀。你絕對不會在宙斯的早午餐會看到我。我指的是你接受革剌斯的挑戰那時候。你大可一走了之，任憑甘尼梅德面對自己的命運，甚至可能乾脆改請革剌斯幫你寫推薦信。」

聽到波塞頓詳細列出我當時曾有的想法……我都想問，他是不是能讀出我的心思。也說不定他只是很了解我，如同他很了解海洋的情緒。我是他的一部分，就像大海一樣。

「不過呢，」他繼續說：「你實踐了你的諾言。你爲了一位素昧平生的斟酒人冒著生命危險。不是爲了一封信，不是因爲世界的命運危在旦夕，而是因爲你就是那樣的人。今天呢，你創造了一個小小的海浪，你顯示出海洋擁有多大的能耐。」

我的眼眶都溼了。一不小心我就會讓辦公室這裡變成一片鹹水汪洋。

「傑克森同學？」瑪格麗特的語氣讓我得知她的耐心快要耗盡了。

「我得走了，」我對波塞頓說：「不過呢，爸？謝謝你。還有……你能不能考慮看看，找個時間讓河神埃利森在你的宮殿開個瑜珈課？我覺得你眞的會很喜歡喔。」

我把電話交給瑪格麗特，接著拿了准假單就離開。

等我回頭朝辦公室窗戶再看一眼，她和我爸又聊了起來，聽著他說的事情笑得花枝亂顫。他們是在調情嗎？我覺得我不想知道。

光是今天早上，我已經跟「老年」比賽摔角，也從天神的早午餐會中倖存下來，而且得到了「半袋」證明我眞的去過。我挽救了甘尼梅德的名譽，甚至爲埃利森和他的海底鯨魚瑜珈課程美言一番。

此時此刻，那些微小的海浪實在夠多了。我爸說得對，只要一個不小心，那些微小的海浪就會把你整個人沖倒在地。

# 33 看在懷舊的份上，再多來點快樂牧場

我沿著走廊走到一半，輔導室的門打開了。

「你在這裡！」歐朵拉說：「請進！請進！」

我實在太震驚而無法拒絕。況且，稍微多拖延個幾分鐘可能不會有什麼差別吧，所以我跟著她走進去。

我坐在藍色小塑膠椅上，對「生病青蛙」點點頭，因爲到了這時，我還滿確定那隻青蛙是有感情的。歐朵拉似乎把輔導室當成自己的家。她在辦公桌上添加一些貝殼收藏品，也許是萬一需要改造髮型時可以派上用場。在背後的牆上，她釘上一張勵志海報，有一隻笑嘻嘻的海獺傳達出這樣的訊息：「大笑是最佳良藥！」

我心想，等我順利畢業、到達美國的另一端，或許我該買另一張海報作爲向她致謝的禮物。海報上寫著：「輔導服務：今天我們可以把你沖到哪裡去？」

「那麼！」歐朵拉搓搓雙手。「把所有事情都告訴我！我聽說你拿到甘尼梅德的推薦信！」

「是那種『你自己寫吧』的推薦信，不過有啦。」我把自從上次見面後的冒險經歷告訴她，確定她眞的了解，以後再也不需要透過她的魔法下水道輸送系統把我送到任何地方去了。

等我提到波塞頓打來的電話，她的貝殼頭髮滲漏出細細一絲海水。

「我……我懂了！我會很樂意親自去辦公室交涉。很抱歉你父親得要這麼麻煩。」她停頓一下，突然一副嚇壞的樣子。「當然啦，沒有說你是麻煩的人！」

「沒事啦，」我說：「其實呢，進行得很順利。」

她的肩膀放鬆下來，因爲意識到我沒有要對她大吼大叫，也不會要求我父親處罰她去馬里亞納海溝。

「眞高興聽到你這樣說，」她說：「我想，在申請書的自傳上，這個經歷會成爲很棒的主題。勇敢！進取！自我探索！」

「對啊。」我說著，努力不要哭出來，因爲想到又得寫一篇作文。「我想，我們今天全都在這裡學到重要的一課。」

「抱歉，你的意思是……？」

「沒事啦。」

她傾身向前，一副不懷好意的樣子。「還有……我可不可以問，你到底有沒有很想從天神的聖杯喝東西？你可以告訴我實話。」

我想到可憐的甘尼梅德在早午餐會流出希臘火藥汗水，想到宙斯把他當成一種戰利品，想到我提起甘尼梅德的名字時，希碧、伊麗絲和革剌斯做出各種厭惡的神情。

「實話嗎？」我說：「我完全不想。」

她仔細端詳著我，活像我長出了一堆觸鬚似的。「不簡單耶。我可以看看甘尼梅德寫給你的推薦信嗎？」

我拿出那張空白紙張，推到桌子對面去。

「噢，天哪……」歐朵拉搓搓紙張邊緣。「這非常棒耶。阿拉克妮[78]的絲織品！蛋殼拋光漆。三重編織。這會讓入學委員會留下相當深刻的印象。」

「這是空白的。」我說。

「啊，小事一樁。我很確定你會加上恰當的句子。」

我真想知道能不能在英文課用上這一招。也許我對寫作業的看法一直都是錯的。我大可去文具店買一張昂貴的卡紙，在上面寫滿了「吧啦、吧啦、吧啦、吧啦」，然後我的老師會打分數說：「噢，好棒的紙！$A^+$！」

歐朵拉很不情願地把空白紙張推回來給我。「波西，做得好。等你把推薦信寫好，不需要對我表達太多的感謝喔。」

我看著那張微笑海獺海報，牠熱愛笑容良藥；然後我再看看生病青蛙，牠不愛。

「好吧。」我說。

---

78 阿拉克妮（Arachne），希臘神話中的人物，宣稱自己的織繡技藝比雅典娜好。雅典娜對此大為惱怒，把織物撕成碎片，阿拉克妮則因絕望而自縊身亡。女神出於憐憫鬆開繩子，讓繩子變成蜘蛛網，並把阿拉克妮變成蜘蛛。

「只要簡短提一下就夠了。」歐朵拉說。

「那麼，我想現在我們全部完成囉？」我指著門口。「因爲今天接下來的時間，我眞的很想好好待在班上。」

「當然好！」歐朵拉說，因爲海精靈就像很多次要的女神，不會講些尖酸刻薄的話。「而我知道你父親一定非常以你爲榮！」

我不知道要怎麼回應。剛才與我爸談話，感覺還是很不眞實。他居然打電話到學校。他一直在關心注意。那幾乎彌補了他從來不會給我任何「半袋」，雖然坦白說，我不能怪他都不參加奧林帕斯山的早午餐會。他太聰明了，沒辦法勉強自己吃那些班乃迪克鳳凰蛋。

「再過不久，我們就得談談標準化測驗的事，」歐朵拉提醒我，「而且你會需要在寒假拿到另外兩封推薦信。不過現在呢，你應該放鬆一下！你今天還有哪些事需要處理？」

「要討論某篇短文。有個數學考試。一個化學實驗。」

她點頭表示滿意，彷彿關於放鬆，我對她做了最完美的描述。「記得喔，如果你有任何需求，我都在這裡。好了，你喜歡什麼顏色的快樂牧場糖果？綠色？黃色？」

她眞的非常不了解我。她把罐子遞過來，我撈了一會兒，只找到幾顆藍色的。

歐朵拉笑了笑。「波西，你會表現得很棒。我對這一年有很好的預感！現在呢，如果你的第三節課快要遲到了，我永遠可以……」

「我會走路去，」我趕快說：「不過呢，歐朵拉，謝啦。」我用手中的快樂牧場糖果向她致意，然後向生病青蛙致意。「我敢說很快就會再見到你。」

我得承認，坐在英文課教室裡還滿輕鬆的。不，我還沒有讀過課文或做完功課，不過我很確定，我自有辦法吹噓一番，度過今天的文學討論會。我可以大談勇敢、進取，還有自我探索。你可以從那些方面得到一大堆靈感。

# 34 我寫了史上最糟的信，刪除，刪除

那天晚上回家眞是鬆了口氣，至少直到晚餐變成寫信派對爲止。你會想說餐桌上有一位英文老師、一位快要出版作品的作者，還有一位雅典娜的女兒，我們這些人絕對想得出甘尼梅德會對我表達的讚美之詞。你有可能想錯了喔。

安娜貝斯大約在日落時分抵達。

她這次沒有帶杯子蛋糕。早上在公園裡追逐那位掌管老年人的尿布天神之後，她一直忙著趕上學校功課進度。我和她負責切碎胡椒放在沙拉上，保羅則煮義大利細麵。那個，對啦，歷經了頭上長角小蛇的事件之後，我發誓不吃義大利細麵，但義大利麵食就像是最好的朋友，你不可能永遠對它生氣。

等到餐桌一切準備就緒，保羅的唱盤也流洩出戴夫・布魯貝克四重奏（Dave Brubeck Quartet）的爵士樂，我們開吃大蒜麵包，也聊起各自的一天生活，就我們四個人。嗯……四個半人。我得一直提醒自己，我媽很期待傑克森加布魯菲斯的凡人小嬰兒。

對我們來說，這是一頓很平凡的晚餐，完全就是我需要的。保羅說了一些他課堂上的趣事。他的學生是傻瓜。他的老師同事和行政人員是更傻的傻瓜。我媽告訴我們，她的書在網

路上得到第一個一星評論，雖然這本書還要好幾個月才會出版。寫評論的人顯然不喜歡《天神的情歌》這個書名，覺得是提倡異教崇拜。

保羅笑起來。「他們太無知了。」

我提議跟海拉談一談，她是「亞馬遜」女王，也是令人爲之喪膽的網路零售霸主，不妨問她看看能不能移除評論，但我媽說不需要。

「我打算把它印出來裱框，」她說：「我還滿愛的。」

最後，安娜貝斯對他們敘述我們最新的冒險經歷。

她把最恐怖的那些部分淡化處理，像是差點就變成墓灰這段，但是我覺得我媽很擅長把空白的部分填補起來。

「哇，擁抱老年？」她對保羅笑了笑。「我有個很聰明的小孩呢。」

「是啊，眞的，」保羅說：「我覺得他是從你身上遺傳到的。」

我可能臉紅了吧。別人叫我「波塞頓之子」是一回事，不過有人注意到我的某種特質很像我媽……那更是大大的讚美。

「在奧林帕斯山上怎麼樣？」安娜貝斯問我。「我還沒有聽到那部分。」

我遲疑了。在早午餐會上見到的事情，我還需要消化一下……不只是看到宙斯修剪整齊的腳趾甲那種恐怖的事。「沒有太糟啦，」我說：「我及時把聖杯交給甘尼梅德。他把推薦信交給我。」

安娜貝斯等著聽更多細節。我看她一眼。等一下再說，好嗎？

「那麼……」保羅打破沉默。「天神的推薦信長成什麼樣子啊？」

「吃完晚餐我再給你看，」我保證說：「可能最好不要沾到義大利麵醬汁。」

我們洗好碗盤後，我拿出那封信，放在客廳桌上。每個人都靠上前去，像是緊盯著某種桌遊。

「是空白的耶。」我媽指出。

「不過紙張很漂亮。」保羅說。

「如果你收到一份作業是寫在這種紙上，」我說：「你會沒有仔細看就給A$^+$嗎？」

保羅笑起來。「我可能會寫『漂亮的紙張很棒喔，不過你還是需要提供一些例子來說明你的論點』。」

「嗯，果然是這樣。」我咕噥著說。

我媽拿起那封信，看看正反兩面。「是用某種隱形墨水寫的嗎？」

「我得自己寫。」我解釋甘尼梅德對我說的話：隨便我想寫什麼都可以，只要合情合理就行，而且等到順利寫好，他的簽名就會出現在底部。

保羅皺起眉頭。「似乎有點……」

「太信任了？」安娜貝斯猜測說。

「甘尼梅德的部分，我會說是偷懶。」保羅盯著天花板。「但是希望這樣說不會害我遭到天打雷劈。」

「不會啦，」我說：「天神會覺得是普通的抱怨。他們把偷懶提升到藝術的層次。」

「如果你能得到這種工作，那就太好了。」保羅說。

我知道他是開玩笑的，不過這番言論讓我皺起眉頭。曾經有人對我提供這樣的工作，但我拒絕了。

不過愈是想起甘尼梅德，我就愈慶幸自己的選擇。他的工作根本談不上是好工作。

我媽把那張紙放回桌上。「它怎麼知道你何時要開始寫？」

「不知耶，」我坦白說：「也許我只要說『親愛的招生辦公室』。」

我應該要多了解一下才對。在紙張的頂端，花俏的筆跡燃燒成形，每一個字都以火熱的青銅墨水呈現出來，伴隨著很像保險絲燃燒的嘶嘶聲寫出：親愛的招生辦公室。

「哎喲，糟糕。」我說。

「哎喲，糟糕。」花俏的筆跡寫著。

「不！刪除！」我說。

謝天謝地，筆跡自己擦掉了。

我看著安娜貝斯，她拚命忍住沒有笑出來。

「這不好笑，」我說：「刪除，刪除。我不知道它會開始寫。刪除，刪除啦。」

我媽盯著那些字寫出來又自己擦掉。「好驚人的紙。那是用什麼做的？」

我不打算跟她說是阿拉克妮的蜘蛛絲，因爲安娜貝斯有嚴重的蜘蛛恐懼症。我不希望還得把她從吊燈上面救下來。

「也許我們現在應該幫波西把推薦信寫好，」保羅說：「他就不必再擔心這件事。」

「不愧是眞正的英文老師說的話，」安娜貝斯說：「不會很困難，對吧？這樣如何：『我非常推薦波西．傑克森就讀新羅馬大學。他很可愛，而且眼睛很漂亮。』」

「我才不會那樣說，刪除，刪除。」我抱怨著說，不過還是保留了第一個句子。那一句聽起來沒問題。

「而且他的母親非常以他爲榮，」我媽插嘴說：「不過大學會是一段很棒的經驗，有可能讓他學會自己洗衣服。」

「你們這些人全都好糟糕喔，」我說：「刪除，刪除。」

保羅清清喉嚨，像是準備要發表一段關於明喻的演說。「我，甘尼梅德，天神的斟酒神，已經發現波西．傑克森是非常傑出的英雄。他勇敢無畏、心胸寬大，而且很擅長切蔬菜。」

我媽和安娜貝斯都笑得不可遏抑。

我很想說「乾脆現在就殺了我」，但以我的運氣，這些字會緊緊黏在信上，而且等我到達新羅馬的那一刻，招生辦公室會讓我倒在自己的佩劍上。

我引用了保羅的句子，刪掉蔬菜的部分。

接下來的半小時，保羅、安娜貝斯和我媽幫甘尼梅德的推薦信提供了各式各樣沒有幫助的建議，我則選出最不尷尬的幾行字，唸出來顯現在紙張上。我甚至努力在那上面想出一句話，講述我的輔導老師歐朵拉幫了多少忙。

到最後，安娜貝斯笑得太厲害而哭倒在地上。保羅看起來好像開始覺得我很可憐。我媽則是過來親吻我的額頭。

「親愛的，真抱歉，」她說：「不過呢，你的所有這些事，我們真的都很愛喔。來看看這封信的結果怎麼樣吧。」

她大聲唸出來，而我得承認，還滿不賴的。

「不過，你要怎麼讓他的簽名跑出來呢？」安娜貝斯疑惑問道。

她還沒提議來個「擁抱」和「親吻」之類的，我就說：「謝謝你們撥冗閱讀。真心誠意的甘尼梅德敬上。」

這些字句自己燒灼在紙張上，加上甘尼梅德的簽名顯現成紅字。

「你們覺得完成了嗎？」我問。

接著我發現，我這個問題並沒有自己寫出來。「感謝天神。」

「你還得像這樣取得另外兩封推薦信嗎？」我媽問道。「聽起來很好玩！」

「對啊，如果那些也是『你自己寫』的話，」我說：「我想我會自己來寫。」

「不過呢，海藻腦袋，你絕對不孤單喔，」安娜貝斯捏捏我的腳踝，「我們永遠會在這裡幫忙。」

她甚至沒有按照規矩虧我一下，在空氣中爲「幫忙」的兩邊加上引號手勢。

「敬波西！」保羅舉起他的杯子。「我們自家的英雄！」

我媽和安娜貝斯都歡呼一聲，喝一口氣泡水祝我健康。

我很感激大家的盛情，但我沒有加入。

乾杯會讓我想到甘尼梅德，現在要乾杯有點太快了。

# 35 差不多是有史以來最棒的晚安吻

那天晚上，我把整個來龍去脈告訴安娜貝斯。

晚餐之後，她回去自己的宿舍。不過我做完功課後躺在床上，啟動了伊麗絲通訊的替代裝置，往彩虹裡面投擲一枚金幣。我有點怕伊麗絲的權杖，就是梅塞迪絲，可能會從窗外飛進來用力打我的頭，因爲我用了另一種傳訊形式。但謝天謝地，沒有發生那種事。

「嘿。」安娜貝斯說。

她在彩虹光裡閃閃發亮，一隻手撐著頭，面前的床上放著一本打開的課本，內容是一些我無法理解的數學之類的。

對於漫長又瘋狂的這一天，她的微笑是最棒的解藥。當然，吃晚餐的時候她也笑咪咪的（而且笑我，笑很大），不過現在這是比較溫暖、比較親密的笑容。我很樂於認爲這是專屬於我的笑容。

「我想跟你說奧林帕斯山的事。」我開口說。

她很開心聽到芭芭拉提出自拍照和親筆簽名的請求。「當然好！非常樂意！」

她聽到這件事這麼不驚訝，讓我有點驚訝。也許她一天到晚接到這種請求，只是都沒有提過。

「對了，謝謝你出借洋基棒球帽，」我說：「你從來都沒對我說過，原來戴帽子的時候會那麼不舒服。」

她對我聳起一邊的肩膀。「所有力量都是有代價的。就連隱形也是。我媽在很久以前就教過我這件事。」

她的語氣帶著渴望，也許有點悲傷，但沒有憤慨。她顯然很能接受雅典娜口中這世界的運作方式，即使不是永遠都同意，即使這一切有時候不是那麼有道理，就像安娜貝斯的數學作業對我來說沒什麼道理那樣。

「說到你媽媽……」我把早午餐會發生的事情告訴她，當時在餐桌底下，雅典娜與我四目交接。

安娜貝斯的表情很難理解。伊麗絲通訊總是有點模糊，但安娜貝斯似乎想要在心裡把我說的話組織起來，構成一個前後連貫的故事。

「哇喔。」她終於說。

「對呀。」

「她幫了你。」

「我猜……是吧？總之，她沒有殺我。」

「你知道這代表什麼意思嗎？」她向我伸出一隻手。她的手指在水氣和光線之中消散開來，因爲干擾到伊麗絲通訊，但我還是向她伸出手。影像重新形成時，看起來好像我們兩人的手已經合併起來，手上的生命線融合在一起。安娜貝斯又笑起來。

「我媽很懂耶，」安娜貝斯說：「好奇怪，她以前沒有這樣，因爲她通常遠遠跑在其他人前面，不過我猜這不是戰場囉。」

「抱歉，她懂的是『什麼』啊？」

她笑起來。「我對你有多認眞啦，海藻腦袋。」

我胸口一緊，但不是不愉快的感覺，比較像是一件緊身毛衣把我裹得緊緊的。「所以你認爲，她是爲了你而幫我？」

我說出這句話時，才發現很多事情都說得通了。至少，絕對比雅典娜爲了其他原因而幫助我更說得通。

「她知道我要把這件事做到底，」安娜貝斯說：「我要確定我們兩人都會長大成人，有機會安頓下來，希望我們度過開心的大學時光之後，能夠達成那樣的心願。」

「開心的事情我陪著你，」我說：「事實上，所有的事情我都陪著你。」

我把自己與革剌斯摔角時想到的事情告訴她，還有我怎麼會決定要擁抱老年，因爲我們兩人在一起的未來，就是我想要好好生活的未來。

「喔我的天啊。」安娜貝斯擦掉一滴眼淚。「你知道的，有時候你可以這麼貼心。」

「只是有時候嗎？」

「我們專心一點，好嗎？在寒假之前，你還需要拿到兩封推薦信。那就表示還要幫天神執行兩項任務。」

「非常想吐。」

「你是要說非常簡單吧。」

「不，我還滿確定的，那讓我想吐。不過我們辦得到，對吧？我是說，如果連你媽也站在我們這邊的話……」

「我不會在那方面逼得太緊，不過那是好兆頭。而且，對啦，我們辦得到。嘿，波西？」

「嗯。」

「我不想破限，不過我想，我可能很愛你喔。」

「啊，該死，我就怕破限。我也愛你啦。」

「去做功課吧，晚安。」

「晚安，聰明女孩。」

然後依照往例，我們朝向彼此滾過去，打斷伊麗絲通訊，就像兩個人眞的在一起。不過在霧氣和最後的光點之中，我覺得可以聞到她的存在，感受到她的溫暖擁抱。

說實在的，這樣就足以讓我相信，不管什麼事情都有可能辦到。

只有功課除外啦。我幾乎立刻就睡著了，而且就這麼一次，我做了愉快的美夢。

**波西傑克森**

# 天神聖杯

文／雷克・萊爾頓（Rick Riordan）
譯／王心瑩

主編／林孜懃
封面繪圖／Blaze Wu
封面設計／Snow Vega
內頁排版／中原造像
行銷企劃／鍾曼靈
出版一部總編輯暨總監／王明雪

發行人／王榮文
出版發行／遠流出版事業股份有限公司
地址／104005台北市中山北路一段11號13樓
電話／（02）2571-0297　傳真／（02）2571-0197
郵撥／0189456-1
著作權顧問／蕭雄淋律師
□2024年 4 月 1 日 初版一刷　□2024年 7 月15日 初版四刷

定價／新台幣400元（缺頁或破損的書，請寄回更換）

ISBN 978-626-361-547-2

ylib 遠流博識網 http://www.ylib.com E-mail: ylib@ylib.com
遠流雷克萊爾頓奇幻欄 http://www.facebook.com/thekanefans

THE CHALICE OF THE GODS
by Rick Riordan

國家圖書館出版品預行編目（CIP）資料

波西傑克森：天神聖杯 / 雷克．萊爾頓（Rick Riordan）著；王心瑩譯. -- 初版. -- 臺北市：遠流出版事業股份有限公司，2024.04
面； 公分
譯自 : The chalice of the gods
ISBN 978-626-361-547-2（平裝）

874.59 113002236